U0937689

【长篇小说】

阿吾的理想国

亦夫 著

四川文艺出版社

图书在版编目（CIP）数据

阿吾的理想国 / 亦夫著. -- 成都 : 四川文艺出版社, 2022.11

ISBN 978-7-5411-6466-8

Ⅰ. ①阿… Ⅱ. ①亦… Ⅲ. ①长篇小说—中国—当代 Ⅳ. ①I247.5

中国版本图书馆CIP数据核字（2022）第190855号

AWU DE LIXIANGGUO

阿吾的理想国

亦夫 著

出品人　张庆宁
责任编辑　陈雪媛
特约编辑　孔智敏
出版统筹　孙小野
封面设计　穆　歌
责任校对　段　敏

出版发行　四川文艺出版社（成都市锦江区三色路 238 号）
网　　址　www.scwys.com
电　　话　010-64959786（发行部）　028-86361781（编辑部）

排　　版　北京凤凰联动图书发行有限公司
印　　刷　石家庄继文印刷有限公司
成品尺寸　145mm × 210mm　　开　　本　32 开
印　　张　9.5　　字　　数　190 千
版　　次　2022 年 11 月第一版　　印　　次　2022 年 11 月第一次印刷
书　　号　ISBN 978-7-5411-6466-8
定　　价　54.00 元

01

“年轻人，你疯了！”

阿吾认真地又一遍说完自己的身世之后，围在他身边的一群男女都面面相觑，然后神情惊诧地将目光投向一个头颅硕大、两腮及下巴刮得铁青的老人。那人有着一双波斯猫般琥珀色的眼睛。他伸手在阿吾的头上轻轻地摸了摸，语气认真而忧伤地说了这句话。

这是一个类似初春季节的黄昏。之所以说类似初春，是因为阿吾无法确定。这是一个令他感到无比陌生的环境，无论是周围的动植物、人、自然环境还是人工建筑，都让他无法确定这究竟是真实存在，还是自己只不过正身陷梦中。阿吾四下看了看，自己正身处一个面积不大的坪坝上，身后是一孔窑洞式的建筑，门窗上都挂着印有同样图案的厚厚的帘子。坪坝前方是起伏的坡地，上面种满了各种阿吾叫不上名字的植物。

“真的，我是一个外乡的孤儿，一路流浪，不知不觉间到了这里。”

阿吾说。

围在四周的人都默契地笑了起来："殷伯说得对，阿吾怕真是魔怔了。"

殷伯琥珀色的眼睛在夕阳中闪烁不定，似乎是在思考什么对策。这时，四周忽然响起了一阵沉闷的轰隆声，由远及近，由小到大，空气仿佛都跟着颤动起来。众人闻声一阵骚动，随即四散而去。殷伯说："阿吾，回家去吧，睡一觉也许就好了。"阿吾看见他的头发抖动起来，如同起了风一样。

"阿吾？你们为什么总叫我阿吾？我叫胡正坤，是我疯了，还是你们疯了？"阿吾说。

还不等殷伯说话，身后有一个女人的声音急迫地传了过来："阿吾，阿吾，要起雾了，赶紧回家。"阿吾回头看去，只见一个陌生的老女人正挑帘站在洞口，紧张地一边招手一边喊着自己。

"你不是外乡人，也不是孤儿，你只是脑子出问题了，那就是你家和你妈。"殷伯笑眯眯地说完，也转身走开了。此时沉闷的轰隆声越来越响，仿佛巨大的地鸣一般让人心惊。阿吾看见紫色的烟雾从四周渐渐升起，由远及近地吞没着夕阳之下的这片土地。殷伯的背影在紫雾中渐渐隐去，像是驾了祥云一样消失在远方。

"不是我脑子出了问题，就是这个世界出了问题。"阿吾这么想着，却觉得自己真的要疯了。

这场紫色的雾气，让阿吾在被殷伯称作自己家的窑洞里足不出户地待了很长一段时间。

窑洞门窗的缝隙，虽然都用棉絮精心堵塞了，但阿吾依然能闻到外面紫雾的气味。那是一种类似水果腐烂的气味，让人有一种如同酒后般淡淡的晕眩之感。这是一种让阿吾既讨厌又迷恋的气味，他总是忍不住凑到缝隙处去深深地呼吸。

“阿吾，紫雾有毒，你可千万不能打开门窗啊。”每当这个时候，那个一直与阿吾朝夕相处的老女人就会适时出现在眼前，神色慈祥而忧虑地叮嘱他。而在其余绝大多数的时间里，她都像一个模糊的影子一样，在远处忙碌着各种各样的琐碎事情。阿吾多次试图和这个充当着自己母亲角色的女人好好聊聊，但她总是不动声色地听着阿吾说完，然后笑眯眯地说：“你脑子烧坏了，等养好病再说。”阿吾从她嘴里得到的唯一有用的信息，就是据说自己从过去完全正常的状态到变成目前这样一个神经病，是因为前几天“好端端的，突然发了一场高烧”。

尽管事情蹊跷，但阿吾根本无法承认自己的认知出了问题。他甚至对脑能力做了全方位的自测，证明自己保持着非凡的清醒和理智。唯一让阿吾感到不可思议的是，存储在记忆里的内容似乎完全被置换掉了，与眼下的状态无法产生丝毫的关联。

在阿吾的记忆中，自己的生活环境、所处时代和人生阅历，都与当下找不到一丝重合之处。可奇怪的是，自己的长相、年龄和在

周围陌生众人口中的名字，却似乎是一个准确统一、真实无误的存在。幸亏这场让人闭门不出的紫雾，让几乎走向崩溃的阿吾渐渐冷静了下来：不管这真的是一个古怪而陌生的地方，还只是自己的认知出了故障，只要始终保持这份判断的自觉，一切终会在时间中迎来真相。

在无法出门的这段时间里，阿吾首先想弄清楚的，就是自己这个所谓的“家”的住居结构和人员组成。这是一孔从外面看再普通不过的窑洞，一门一窗，崖畔上方一个两尺高的烟囱而已。但其内部却别有洞天，令人如陷迷宫：从窑门进来，是一个方方正正的空间，中间摆有一张涂着黑油漆的木桌和四把椅子。窑窗下是一个土灶台，上面搁置着一些炊具和瓶瓶罐罐。窑壁上凿有大小不等、形状不同的壁龛，放置着形形色色的日用品。窑门一侧除外，另外三侧的洞壁上都另有洞口。左右两侧分别是两间卧室，而正对窑门一侧的那个洞口，被一张巨大的挂毯遮挡着，里面却是窑洞套窑洞，像树根一样分叉越来越多。一天夜里，阿吾手执油灯，试图一探究竟。结果刚进入三级洞口，就晕头转向地迷了路，绕来绕去大半天才逃了出来……那个貌似母亲的老女人除了做饭和收拾家务，白天的大部分时间都隐身在其中的某个洞中。各种各样的食材和日常消耗品，都是她从那里拿到方厅里来的。

这个家里除了自己和母亲，还有一条狗和两只猫。这狗是在阿吾

的记忆中不曾见过的品种，嘴长而尖，圆而小的耳朵直竖着，毛色土黄，吠叫的声音发闷且总是卡顿，仿佛患有哮喘之类的病症。两只猫一只黑色，一只灰白相间。黄狗几乎所有的时间都卧在被阿吾私下命名为“千须洞”的主洞口旁，不动也不作声，像个万念皆空的出家人。而那两只猫则大部分时间待在千须洞内，它们偶然现身时，总是会邀功似的将一些蜥蜴、老鼠、盲蛇之类的猎物的部分尸体摆在老女人的面前，发出一种类似婴儿哭泣般的叫声。令阿吾感到惊诧不已的是，有一次黑猫的猎物中居然出现了一只长着鲜艳羽毛的鸟头，这不得不让人怀疑千须洞有通往外界的途径。

在一个密闭的空间里，没有什么规律可循，时间仿佛变得失去了意义。面容慈善的老女人是这里洞悉一切的主宰。每当阿吾刚有饥饿感时，她就会在桌上摆好可口的菜肴。阿吾有时甚至怀疑，在没有任何计时用具的情况下，她之所以做到如此精准，大概就是为了让对方保持沉默，就如同她同样精准地给黄狗投食一样。但这难不住阿吾，他一有空就去帮助老女人做家务，一边忙着手里的活儿，一边询问她各种各样的问题。面容慈善的老女人总是显得讳莫如深，但从与她被动的聊天中，阿吾还是得知了一些有待亲自证实的信息：本地是由千峰、思界、六甲和神木四座大山围堵而成的一个东西长、南北窄的盆地，名为烟虚盆地。人口密度以烟虚镇为中心，周边有广宗、大同、太仆、天台等部落，多则成千上万，少则数百……老女人寡言少语，

但却对本地地理、历史和风土人情了然于胸，完全不像一个足不出户的家庭主妇。

“……嗯……我完全记不得以前的事，就连您是我母亲，我也没有丝毫印象了……妈，咱们家除了你和我，还有别人吗？我爸爸已经去世了吗？”有一天吃饭时，阿吾终于鼓起勇气，又一次试探地触及这个老女人一直避讳的话题。

“你脑子烧坏了，等你病好起来，自然就想起来了。”老女人说。她表情慈祥，但看向阿吾的目光闪烁不定。

“我总不会没有爸爸吧？”阿吾执拗地问。

“那可说不定，你还逢人就说自己是没爹没妈的外乡人呢。”老女人微微地笑了一下。

“我的记忆里一点有关烟虚镇的事情都没有，都是与这里一点关系都没有的内容。”

“你的脑子烧坏了。”

“以前镇上发生过这样的事情吗？就是脑子烧坏，完全失忆的事？”

老女人摇了摇头没有说话。她站起身来，开始收拾杯盘碗筷，这是本次谈话结束的标志。但阿吾心有不甘地说：“你有没有设想过，或许是自己的记忆出了问题呢？”

“如果是我的记忆出了问题，那全镇人的记忆都出了问题，只有

你一个人没有问题。真是那样的话，还是你出了问题。”老女人笑眯眯地说。

“可是……”阿吾刚想辩驳，卧在千须洞口的黄狗却“汪”地叫了一声，声音嘶哑，如同一个情绪厌倦的老人。阿吾看了看黄狗，黄狗的目光却漠然地转向了别处，于是他只好尴尬地保持了沉默。

外面的世界，对阿吾而言广大而陌生，但此刻却被一团紫色的浓雾笼罩着，让他无法前去探知。透过门窗缝隙飘进窑洞的那丝淡淡的腐烂水果的气味，让阿吾昏昏欲睡。他听老女人说，当地鸣般神秘的轰隆声终止的时候，雾气也会随之消失。那时通往外界的大门将重新开启，生活将恢复它应有的样子。但此刻外面的轰隆声依旧不紧不慢地回响着，如同大地沉稳而舒缓的心跳。

“别急别躁，时间有的是，真相终会浮出水面的。”阿吾想。

02

紫雾弥漫期间，烟虚镇发生了一件匪夷所思的事情：位于镇北妙见峰上的那座朝代不明的废弃钟楼，居然神奇地恢复了“钟鸣日落”的“烟虚奇观”。

镇北钟楼是烟虚镇最古旧的建筑之一。有关它的历史，已经无据可考。民间流传的版本主要有两个：一说本钟楼是过去一座公共粮仓的附属建筑，后因烟虚地区各个部落的收支失衡而废止，其他建筑都湮灭在了漫长的岁月中，只有这座钟楼作为残迹留存了下来。另一说则与公共建筑无关，说这座钟楼建于盗匪流贼横行的年代，是一个大户人家为本村修建的瞭望报警楼。如有险情，便会敲响铜钟，全村大门关闭以御盗匪……在少得可怜的有关烟虚镇的残存文献中，有关这座钟楼的记载，根本没有提及建设的年代和当初的用途，只是在介绍烟虚镇“六大奇观”的文字中有过记载，言该钟楼上的铜钟具有机理不明的神奇功能：每当日落之时，铜钟会准时自行响起，且钟声会因季

节和天气的不同而有长短和多少之分。但如同其他“奇观”一样，这些神奇的景观都变成了无法求证的传说，只能让烟虚镇的住民们用来幻想本地历史上曾经的辉煌……谁也没有想到，一场在烟虚镇并不罕见的有色雾气中，不知什么力量竟然让“钟鸣日落”这一古老传说意外地复现。

章无为虽然未必是第一个听见钟声的人，但他绝对是第一个注意到钟声复活这一现象的人。烟虚镇所处的褊狭盆地，总有许多令人不解的自然现象，有色雾气便是常见的现象之一。在雾气弥漫期间，人们的所有活动都被局限在了房屋或窑洞内，整个镇子就如同一座被冰封的死城。即便万不得已需要出门，人们也都会穿起特制的防护服，戴上头盔或面罩，行动笨拙缓慢，看上去滑稽可笑。那天黄昏，章无为之所以不嫌麻烦地穿起防护服出门，其实并没有任何非办不可的事情，而只是这个二十来岁的毛头小伙子在家里快憋疯了。他开始往身上套防护服装时，父亲章疑从地下室中走了上来。老章把镜片超厚的眼镜摘了下来，像看一个怪物一样地打量着儿子，一脸厌弃之色地说：“浪荡之徒，毒雾都挡不住你游逛的脚步。”章无为说：“古钟连续敲响两天了，我得去一探究竟。”章疑诧然地说：“哪里的古钟？”章无为说：“您还号称考古第一人，烟虚镇除了镇北钟楼的古钟，哪里还有第二个？”

章无为当时说这番话，只不过是为外出所找的借口，以免碎嘴且

向来对自己成见颇深的父亲唠叨个没完。但他并没有撒谎，他的确在前两天连续听到了隐约的钟声，而且都是在傍晚时分。隐约的钟声夹杂在地鸣般的轰隆声中，很容易被人们疲倦的听力忽略，但章无为却敏感地分辨了出来。这突如其来的钟声让他当时也颇为迷惑，就如同一张挂在墙上多年的陈旧狗皮，忽然间发出了清晰可闻的吠声。

紫色的雾气笼罩着一切，让整个小镇到处呈现出梦境般虚幻缥缈的氛围。镇街上空空荡荡的，偶然擦肩而过的一两个行人，也都像章无为一样，被防护服包裹得面目全非，难以辨认。他们步履迟缓，动作笨拙，像悄无声息地在紫雾中出没的僵尸。章无为沿着镇西的灵龟河漫无目的地走了一段，忽然灵机一动，觉得既然也没什么地方可去，倒不如去镇北看看古钟楼究竟是怎么回事。

古钟楼位于镇北妙见峰的一片坡地上。灵龟河至此拐弯，沿山脚朝东而去。章无为站在山脚下向上望去，只见春天满山嫩绿的植被在紫色的雾气里呈现出一种古怪的颜色，沟壑间大团或浓或淡的紫雾在缓缓飘移，一切看上去都像梦境般不真实。那座古钟楼矗立在夕阳的余晖中，残破而孤独，像一个吃了败仗的巨人。沿着通往半山的碎石路，章无为笨拙而艰难地向上走着。随着视野升高，烟虚镇的全貌渐渐呈现在他的眼前：飘浮在一片紫色雾海之上的，只有形形色色的建筑的屋顶、阁楼和烟囱，蜿蜒的灵龟河在云雾间时隐时现，在夕阳中泛着粼粼波光。

山路难行，加之一身笨重的防护服，章无为还没走到一半，就累得出了一身臭汗。就在这时，随着一阵由远及近的笑闹声，一群人从山上走了下来。等到了对面不远处，章无为惊诧地发现，这是一群无论长相还是口音，都完全异于本地人的人。他们身上既无保护服，也没有头盔或面罩，而只是穿着日常的服装，完全暴露在紫色的雾气之中。这群人有数十名之众，每个人都或背或扛地带着长短、大小不一的装备，无法分辨是武器还是工具。浩浩荡荡的人群和章无为擦肩而过时，他们完全忽视了这个全身包裹得严严实实的异类的存在，仿佛他只是路边的一棵树或一块石头。章无为觉得他们像一个巨大的蜂群正在穿过自己，杂乱而尖厉的笑闹声让他感到异常刺耳。从长相来看，这是一群青壮年男人，他们肤色呈古铜色，凸眼珠，宽眉距，大部分都蓄着卷曲而浓密的胡须。他们说话时带着很重的口音，以至于章无为根本难以听懂……他傻愣愣地站在坡道上，回头看着这群谜一样的人。紫雾越来越浓，只见他们的背影连同笑闹的声音一道，渐渐地从他的视线中消失了。

这个意外的遭遇让章无为有几分迷惑。他看看沐浴在夕阳中的古钟楼，再看看山脚下紫色的云海，甚至怀疑刚才的一幕不过是自己的错觉。章无为继续向山上走去，却不可思议地迷了路。章无为分明是径直走向钟楼，但没走多远，却被一道沟壑挡住了去路，再看钟楼时，它却处在左侧的山腰上……章无为左转右绕地走了半天，但看上去一

直近在眼前的古钟楼，却怎么也到不了跟前。就在他筋疲力尽地打算下山回家的时候，一阵钟声突兀地在头顶响起，铿锵洪亮，在山谷间留下悠远的回声。

章无为吓了一跳。他循着钟声向上望去，那座古老的钟楼就在自己正前方的山坡上，近在咫尺却又远不可及。随着钟声响起，夕阳像耗尽了油的灯光一样越来越微弱，群山先是变成了黑魆魆的剪影，稍后就被巨大的黑暗彻底吞噬了。章无为看了看山下笼罩在紫雾中的烟虚镇，此时按理应该是万家灯火的时分了，但却只能看到零星分散的灯光时隐时现，如同巨大坟场中的几点鬼火。

“钟鸣日落！果然是真的啊。”章无为忘记了恐惧，忘记了要赶很长一段路才能摸黑回家，忍不住激动地叫了起来。

传说中六大奇观之一的“钟鸣日落”复现的消息，通过章无为的嘴，很快就成了烟虚镇妇孺皆知的重大新闻。尽管紫雾弥漫，人们却无法像以往那样在有色雾季安心在家。大家纷纷穿着防护服走出门来，到处打探这个消息的有关细节。对于消息的真伪，开始人们并不存疑。因为在日落时分，很多人都从地鸣般的轰隆声中，确实无误地分辨出了从镇北一带传来的钟鸣之声。但细节却让求证的人感到困惑：许多好奇的年轻人成群结伙地去古钟楼实地考察，有时从下午一直守候到第二天凌晨，却都没有发现章无为所说版本中的任何细节。古钟楼千百年来就矗立在人们所熟知的地方，沿着生满青草的古山道轻松

就能抵达，哪里有什么神奇的“移位”之说？从钟楼拱形的门洞步入楼内，通往上层的木楼梯早已腐朽坍塌，依旧是昔日那副残败破旧的样子。甚至没有任何人在日落黄昏之时，在钟楼下近距离真切地听到过钟鸣之声。至于章无为绘声绘色地描述的那群谜一样的怪人，更是找不到一丝存在过的证据……这样的考据热潮很快就偃旗息鼓了。尽管没有任何权威人士的正式发布，但人们对这一消息基本取得了共识：这是年轻人章无为凭空捏造出来的一个赤裸裸的谎言！根本就不存在什么“钟鸣日落”的复现之说。人们之所以在黄昏时听到了所谓的钟声，只不过是接受心理暗示以后的错觉而已……黄昏时分，人们半信半疑地再次侧耳聆听时，果然只能听见像大地心跳般的地鸣，再也分辨不出任何别的声音了。

烟虚镇的住民们原谅了章无为，却把所有的抱怨和羞辱都发泄到了他老子章疑的身上。章疑自诩为烟虚镇“考古第一人”，但人们对他的评价素来都分为完全对立的两派。认可他的人尊他为德高望重的大学问家，认为他不但满腹经纶，而且清高古雅，人品淳厚。不认可他的则觉得他不过是烟虚镇一个倒腾旧物的老古董，跟收破烂的没有什么两样。正是这样的观点，让他们觉得章无为就是受到了他老子的影响，也喜欢从玄虚之中找点话题来哗众取宠，因而便有了这次用谎言欺骗大众的事件。

“前几日，荒滩老寡妇家的儿子装疯卖傻，一本正经地宣称自己是

来自外乡的流浪汉，现在镇街章老古董家的儿子又编出这么一套谎话来，如今的年轻人都是什么毛病，不但瞎话张口就来，而且信誓旦旦，说得就跟真的似的。”在聊起章无为的话题时，人们自然而然地就想到了阿吾，免不了发出一阵世风日下人心不古之类的慨叹。

主流舆论虽然对这个让人们兴奋一时的新闻盖棺论定，但有关“钟鸣日落”奇观复现的话题，依然有不少小道消息在私下流传：有的人坚持认为日落时分，地鸣般的轰隆声中明显可以分辨出钟鸣之声，那些否认的人简直就是睁着眼睛说瞎话。有关章无为口中的那群谜一样的怪人，也有人信誓旦旦地表示，自己曾在灵龟河边亲眼看见过。那些人在天色昏黑时分成群结伙地走下山来，乘坐着停泊在河边的两艘大船，消失在了远方……类似这样的消息作为无聊时期的谈资到处流传，一时真伪难辨。

这些小道消息流传了一个月左右的时间，随着轰隆声停止、紫雾散去、人们走出门户重启生活，便也渐渐消失得无影无踪了。

紫雾持续了一个来月的时间，在有色雾气犹如风霜雨雪一样稀松平常的烟虚盆地，这次雾期不算短，但也并不长得离谱。

在这个四面高山耸立的狭长盆地，每年都会出现几次雾期。这些雾气有时是常见的白色，但有时却会呈现出各种各样的颜色。对于有色雾气的形成机理，在烟虚地区向来都是公说公有理，婆说婆有理，一直争论不休。以科学和理性自居的住民们，大多认为这不过是太阳光线在这个特殊地理位置形成的折射。而神秘主义者则坚信它是神谕，不同的颜色代表着神灵不同的心情……烟虚大地有色雾气之所以众说纷纭，无法定论，主要原因是它无规律可循。无论发生的季节、持续时间的长短、雾气的颜色等，都找不到任何规律，因而也根本无法预见。由于烟虚地区历史上几次著名的雾期，都造成了重大灾难，所以尽管有些雾气如同普通雾气一样，并没有对人们的生活产生任何影响，但烟虚人依然以“雾灾”来称呼每一个雾期。而面对无法判断危害和影

响的雾灾，闭门不出和出门时严密防护，早已经成了烟虚地区人们生活的常识。

在紫雾彻底消失之后，轻装出门的人，首先关心的是这次雾期所造成的影响。烟虚地区没有公权力机构，所以也不存在权威发布。对所有疫情、自然灾害、突发事件等重大问题的判断，都来自“头人会”。头人会是一个松散的组织，成员并不固定，有老也有少，基本上都是其时在本地公认的德高望重之流。头人会对任何重大公共事件并不定性，只是在综合广大民众意见的基础上，做出比较公允客观的判断。对于这次紫雾，头人会最后的结论是：本次雾期三十二天，雾气呈紫色，味腥甘，吸入者个别有眩晕感，目前尚无法证实是否会对健康有影响，后效待观。雾散无痕，对植被和环境似无影响……这是一个让人心安的结论，一个让警报解除、生活重回常轨的结论。

多少年来，殷伯一直都是头人会的核心成员。这次紫雾调查结论的发表，却让他无法像大众一样变得坦然。事实上，“吸入者个别有眩晕感”这个表达，是在头人会大多数成员反对的情况下，殷伯力排众议才加上去的。从调查反馈的情况来说，虽然这是民众有关于吸入紫雾的体验之一，但极为个别，根本不足以形成普遍结论。殷伯之所以坚持己见，是基于一个自己高度怀疑却无法证实的现象：天气越来越热，往年在这个季节渐渐增多的苍蝇之类的飞虫，今年似乎明显少了起来。殷伯留意到这一现象，是在紫雾彻底散去的第三天。他在去位

于镇西荒滩老寡妇家的路上，在灵龟河岸一处茂密的苇丛旁，闻到一股浓烈的尸体腐臭的气味。殷伯循味前去查看，居然是一具高度腐败的男人的尸体……这个意外发现，延迟了殷伯前去探望阿吾和他寡妇母亲的计划。从向头人会通报、委托乔七殡葬行收殓尸体、张贴认领告示到最终按无名尸安葬，殷伯一连忙碌了多日。

死人是常见的事，但作为与外界几乎完全隔绝的烟虚盆地，一个死人无人认领却不同寻常。烟虚一带无儿无女的孤寡老人，都是造册在案的。他们绝大部分都在镇孤残院集中赡养。而执意自己生活的人，也都会有人定期探访，已经绝对排除了死者是他们其中之一的可能。但告示在镇上和附近村落张贴多日，依然没有人前来认领，最后只能作为无名尸在公墓之外找了块空地潦草下葬。这件事在刚刚恢复正常秩序的烟虚镇引发了一场不小的风波，因为从乔七殡葬行小伙计口中透露出来的消息，让不少人又将尸体与前段时间章无为的谣言联系了起来：男尸虽然高度腐败，但特征还是与当地人有着非常明显的差别。尸体古铜色的皮肤和一脸浓密而卷曲的络腮胡子，让人立即就想到了章无为所描述的那群怪人。尤其是后期那群人在灵龟河乘船的传闻，让人们更加相信在灵龟河边发现的死人，就是他们中的一员。一时在紫雾弥漫期间有不明外人潜入烟虚盆地的流言四起，让不明真相的人感到惶恐不安。

殷伯的疑惑和不安并不在此。发现这具无名尸时的一个细节，让

这个见多识广、思维缜密的老人陷入了沉思：当时他是循着浓烈的腐肉的恶臭，在芦苇丛中发现那具尸体的。按说在这样的季节、这样的场景之下，应该大老远就能听见苍蝇的嗡嗡声，但他居然没有看见一只苍蝇……因为殷伯当时沉浸在对死者身份的猜测之中，这个细节并没有引起他的注意。后来他在回想当时的情形时，才忽然意识到了这一点。殷伯在日常生活中开始留意，他果然发现这并非个例。今年苍蝇的数量的确出奇地少。季节已经明显有了燥热的感觉，往年早就开始成群结队出没的苍蝇大军，却不知何故销声匿迹了。即便在茅厕、臭水沟和乱哄哄的菜市场，也很少发现苍蝇的身影。殷伯把自己的这个发现告诉了头人会的几个老成员，不料大家都一脸疑惑之色："苍蝇没了，那不是好事吗，怎么您老反倒一脸愁容？"殷伯说："问题不是苍蝇没有了，而是为什么没有了。在紫雾发生之前，一切都很正常。为什么一场紫雾，就让苍蝇没有了踪影？据说许多人不小心吸入紫雾，都有晕眩的感觉，这会不会只是一个表象？紫雾会不会影响到水源、土壤甚至空气，都不是看眼前的表象就能轻易下结论的。"

但头人会诸位成员一致认为殷伯的忧虑有些小题大做，如果以这样的心态做出判断，必定会在烟虚地区造成人心惶惶的局面，是有百害而无一益的选择。殷伯不是个轻易言弃的人，他动之以情晓之以理地陈述利弊，说得口干舌燥，大有不达目的誓不罢休的架势。众成员只好网开一面，在关于紫雾的总结性陈述中加入了"吸入者个别有眩

晕感，目前尚无法证实是否会对健康有影响，后效待观”的描述。

无名尸体终于入土为安之后的第三天，殷伯再次去镇西荒滩看望阿吾的母亲。那是个苦命女人，从年轻时代开始守寡，受尽千辛万苦刚把儿子养大成人，眼看就要开始享清福了，谁料想一场莫名的发烧，却烧坏了阿吾的脑子，让一个原本聪明绝顶、前途不可限量的优秀后生，一夜间变成了彻头彻尾的疯子。

“唉，这都是命！是福不是祸，是祸躲不过啊。”想着阿吾疯话连篇的样子，殷伯忍不住叹息了一声。

这是一个风和日丽的午后。一朵朵白云低垂在头顶，似乎伸手可及。灵龟河缓缓地流向远方，水清见底的河面上，不时有成群的水鸟起起落落。群山苍翠，鲜花盛开，紫雾看上去的确没有在这片土地上留下任何残痕。殷伯从一座古老的木桥上过了河，穿过一片干涸的河滩，远处山坡上寡妇家的独窑就醒目地映入了眼帘。与紫雾发生前不同的是，窑前的坪坝上不知何时搭起了数道长长的绳索，上面挂满了许多花花绿绿的东西。殷伯走到跟前才看清，那上面晾晒的居然是一束束五颜六色的各类花草。

老寡妇正坐在窑洞前的木椅上，膝上放着一个装着粮食的竹编箩筐，她正用一把夹子在里面翻拣着什么。看见殷伯顺着小路走上坪坝，她赶紧站起声来招呼道：“殷伯来了！赶紧坐，我这就给您泡茶去。”殷伯说：“不麻烦了。我有好事告诉你，坐坐就走。”

殷伯顺手搬过一把木椅，一边在老寡妇对面坐下来，一边朝窑里喊道：“阿吾，阿吾你出来，我有事给你说。”

“他不在，上山去了。”老寡妇说，“最近这孩子忽然迷上了采花，你看这场院里晒了多少。”

“唉！这孩子也是命苦，好端端的，咋就一下子得了魔怔。”殷伯说，“不过你也别太焦心，说不定是一时痰迷心窍，过些日子就会慢慢好起来。我今天来是要和你商量，你孤儿寡母的生活不容易，要不要给阿吾申请二级病残补贴，一直到他彻底痊愈为止？我是看着他长大的，能帮一把是一把。当然啦，万一久治不愈，到时也可考虑把他送到孤残院去。”

“使不得，使不得！”老寡妇一听便连连摆手，“在您的照顾下，我一连吃了二十来年的孤寡补助，等于是您帮我养大了儿子。好不容易到该报恩的时候了，哪里还有脸再要一份补贴？再说了，家里的粮食根本就吃不完，您看，这是前年的陈谷，里面都尽是老鼠屎了。谢谢您老的好心，但这件事我绝对不能接受。”

殷伯笑道：“用不着谢我，我们都应该感谢烟虚这片土地，感谢年年风调雨顺带来的五谷丰登，让烟虚人一直生活在富足和平安之中。”

正说话间，阿吾身背一个装满各色花草的背篓沿山腰小路下到了坪坝。老寡妇见状说道：“你看谁来了？”殷伯看见阿吾的眼神中闪过一丝迷惑，随即礼貌地打招呼：“殷伯好！”殷伯惊讶地说：“嘿，你能

想起我是谁了？”他指了指老寡妇，“你不是说自己是个外乡的孤儿吗？那这个女人是谁呀？”阿吾笑了笑说：“我母亲啊。让您见笑，前阵子是我脑子出了问题。”然后走到窑洞门前放下背篓，将里面的花草小心地取出来，分门别类地摆放在地上。

老寡妇说：“我还没有来得及给您说，您看看，他这段时间病情明显好转，许多事情都能慢慢地想起来了。”殷伯嘴上虽然说着“那就好，那就好”，但心里却犯起了嘀咕：阿吾是自己再熟悉和喜爱不过的年轻人了，他虽然热情地和自己打着招呼，但眼神却躲躲闪闪，分明是在面对一个陌生人。在紫雾发生以前，走火入魔的他虽然六亲不认，满嘴都是让人丈二和尚摸不着头脑的话，但眼神和态度却真诚自然，而不像现在这样明显是在掩饰什么。更让殷伯感到不可思议的是，阿吾从小就是个左撇子，但此刻他分拣和摆弄花草的动作，却完全是一个正常人。

“阿吾，你采这么多花草干什么用啊？”殷伯一边起身一边随意地问。

阿吾说：“闲来没事，采着玩的。”

殷伯狐疑地又看了看阿吾，转过头对寡妇说：“那我回了。你让阿吾没事别到处乱跑，天热了，山上蛇开始多了起来，小心出事。”

04

紫雾散去，烟虚盆地经历了一场虚惊之后，生活渐渐恢复了平静和安详。镇上三天逢小、七天逢大的传统集市，也很快就重新达到了过去的规模。每到集日，烟虚镇的大街小巷到处人头攒动，热闹异常。尤其是到了农闲时节，即便在没有大小集市的日子，镇街上各种各样的店铺里也是顾客不断，生意兴隆。

这天一大早，章无为被母亲叫醒时，才发现不知何时下起了雨，此刻外面正雨声大作。母亲说："今天镇上逢大集，也是孤残院的探视日。我腿肿得老高，走不了道。你赶紧起来吃早饭，然后把这双新做的鞋子给你弟弟送去。"母亲长年病恹恹的，她有气无力地说话时，章无为从她呼出来的口气中，闻到了一股浓烈的酸腐的味道。

"让我爹捎过去不就行了，反正他是逢集必赶的。"章无为睡意蒙眬地说。

"你爹？咱们家什么事能指望上他？他天还没亮就出门了。"母亲

说完，将包好的鞋子放在桌上，慢吞吞地走出了屋子。

章无为起床后，胡乱地扒拉了几口饭便出了门。从北关的家到位于镇街东的孤残院，有十来里的路程。章无为戴着竹皮编成的帽伞走在雨天里，潮湿而新鲜的空气让他精神为之一爽。通往镇街的道路上，来来往往的行人络绎不绝。章无为看看远处延绵不断的群山，觉得自己就像一只精力充沛、渴望远方的鸟，却被关在了一个永远都无法逃脱的牢笼里。

虽然是雨天，但今天前来赶集的人却只多不少。无论是宽敞的主街还是狭窄的小巷，到处都人满为患。人们要么穿着笨拙的蓑衣，要么戴着宽大的帽伞，使得街上更显得拥挤不堪。大街上到处都是齐脚脖深的黄泥浆，行走起来格外困难。章无为穿街过巷，好不容易才到了位于镇东的孤残院。

烟虚镇孤残院建在镇东一块相对偏僻的地域，远离镇民住家，四周都是茂密的树林。由于今天是探视日，平日门可罗雀的大院门口聚了不少人。章无为找到负责照顾弟弟章有志的吴阿姨，把母亲新做的鞋子交给了她。吴阿姨说："还真多亏你妈妈纳的鞋底厚实，院里统一做的鞋子，还不够你弟弟穿半月的。要不要我带你去看看他？"章无为赶紧摆摆手："不用了，不用了，我只是来送东西，探视还是等下次我妈来吧。"说罢就逃离一般从孤残院里出来了。

章无为最怕看到弟弟章有志，因为他觉得弟弟就像是一面镜子，

一面让自己感到绝望的镜子。章无为和弟弟是双胞胎，长得几乎一模一样。但从一出生起，两人的命运却完全不同。因为喜欢哭闹，章无为从小就不受整天钻在古旧物件里考古证今的父亲的待见。父亲总是说："从小看大，老大注定一生浮躁，能继承我衣钵的，还得是老二。"这也是父亲分别给他们兄弟取名为"无为"和"有志"的初衷。但从出生起就不哭不闹、安安静静的章有志，到了三岁却依然不会说话，最终被确诊为先天性痴呆而送进了镇孤残院。即便如此，父亲对章无为的偏见依然没有丝毫减少，唯一的变化是父亲在责骂他这个哥哥时，不再拿弟弟做比较。

从章无为开始记事起，弟弟就是一直笼罩着自己的巨大阴影。当弟弟最终被确认为一个傻子时，章无为看着愁眉苦脸的父亲，内心曾涌起过报复般的快乐。但这快乐却是短暂的。弟弟进了孤残院，父亲并没有把对他的偏爱转移到自己头上，反而对他的厌恶更是变本加厉，仿佛弟弟的天生愚痴都是他这个哥哥的过错。母亲是一个善良而软弱的女人，她从来都没有主见，不可能成为孤独无助的章无为的后援。自从弟弟进了孤残院之后，每逢探视日，章无为都缠着母亲带自己一道前往。他要以胜利者的姿态，出现在这个仇人般的对手面前。但每次他都是欣然而去颓败而归。洋溢在傻弟弟脸上无忧无虑的快乐，让他更加惆怅和怨愤……稍大一些后，章无为就很少跟母亲去孤残院了。弟弟是一面镜子，一面用快乐照射着自己痛苦的镜子，让章无为对活

着的意义总是感到迷茫。

章无为上次见到弟弟，是去年秋天的事了，当时也是代替生病的母亲去给他送鞋。章有志从蹒跚学步开始，就对疾走表现出强烈的迷恋。除了睡觉，近二十年来他几乎无时无刻不处在运动之中。甚至在用餐时间，他都是端着碗一边疾走一边吃饭。去年秋天章无为给弟弟送鞋时，曾目睹过他在孤残院空场上一圈又一圈疾走的样子，那一幕让他迄今都感到不可思议：据说智力比不过三岁幼儿的章有志不知疲倦地在空场上疾走着，目光坚定，步伐有力，一点都不像是一个傻子毫无意义的行为，反倒像是充满宗教寓意的庄严仪式……

“傻子啊，不过是个傻子。”章无为嘀咕了一声，却不知道是在感叹弟弟还是自己。

时值正午，烟虚镇的集市正是最热闹的时候。街道两旁的饭馆和小食摊上，各种美食诱人的香味浓浓地飘过来，让章无为感到一阵饥肠辘辘。他走进西大街一家名为“万龙野味馆”的餐馆，刚刚在角落的一张桌子前坐下来，一抬头却看见有个熟人从门口走了进来。

“阿吾！”章无为高兴地招呼道，“巧了，快过来一起坐。”

阿吾的脸上闪过一丝慌乱的眼神，但随即满脸堆笑地走过去，在章无为身边坐了下来：“别见怪啊。我得了场病，以前的许多人和事都想不起来了。你是……”

章无为看着阿吾，俯身在他耳边说：“不少人传你得了怪病，咱们

俩什么交情，在我面前还要装啊？请我吃饭吧，我替你保密。”

阿吾说：“我请你没问题，但你别见怪，我脑子真的出了问题。”

章无为笑了起来：“这点咱俩一样，在烟虚镇，凡是聪明人，没有脑子是正常的。”

这顿饭让章无为如坠云里雾里，根本分不清什么是真什么是假。他自从听到阿吾的有关传言后，虽然无法确定其动机，但他认定是这小子的一出计谋。但阿吾今天的表现，却渐渐让章无为对自己的判断产生了怀疑：阿吾家境不好，从小就被守寡的母亲教育得节俭无比。今天他却一反常态，在价格昂贵的野味馆居然点了三凉三热六道大菜。就算他对自己有所求或者忽然发了横财，但过去喝半杯米酒就脸红耳赤的阿吾，不但主动点了酒，而且频繁举杯豪饮，直喝得章无为已经头晕眼花了，他自己仍没有半点醉意……

“不喝了，我让你彻底灌晕了。你还是我的铁哥们儿阿吾吗？他妈的简直是变了一个人啊。”阿吾招呼堂倌还要叫酒，被章无为伸手拦住了，“你给我说说心里话，这到底是怎么回事啊？”

“章无为，你叫章无为没错吧？既然过去是好朋友，那么从今天开始，咱们更应该是好朋友。”阿吾将杯中的酒一口喝尽，“我给你实话实说吧，不知是认知发生了什么问题，我确实觉得自己变了一个人，我脑子里的记忆跟眼下的现实，完全是两个毫无关联的世界。可我的话没有人相信，连所谓的我妈都包括在内。现在我在烟虚镇，就是一

个一无所知的外人，要想正常生活下去，就必须尽快地填充原来那个阿吾的所有记忆，所以我必须有一个能相信我、理解我的朋友。”

“阿吾，虽然我不知道你是穿越了，还是被什么鬼魂附体了，但我真的有几分信了。这个世界上，奇怪的事多的是。就像我紫雾天气里在山上碰到的那群怪人，全烟虚镇都说我在撒谎，但只有我知道那是真的。”章无为虽然酒喝得有些上头，但意识却非常清醒。

“这次变故，让烟虚镇在我眼里完全成了一个崭新而特别的地方，我们联起手来，或许可以大有作为。”阿吾说。

章无为一听，立即兴奋了起来：“哎呀呀，你怕是上天派来的使者，我就等着上天入地、成龙变蛇的这一天呢。烟虚这个鬼地方，千年不变，都快让我窒息了。阿吾，我一直就觉得你是咱们同龄人中最聪明和最有见识的人，从今天开始，我就是你的马前走卒，你指到哪里，我就打到哪里。”

阿吾笑了起来：“别忘了，我或许已经不是你熟悉的那个阿吾，而是一个完全陌生的人了。”

集市渐散，镇街上的人明显稀疏了起来。阿吾这才招呼店家结了账，和章无为一起出了野味馆。两人约好再次见面的时间后，各自散了。章无为望着阿吾的背影，一直看着他消失在前方的拐弯处，这才转头朝北关的方向走去。

“今年莫非真要出大事，怎么一切都跟在梦里似的。”章无为打了

个酒嗝，忍不住嘀咕了一声。

天色已经开始暗了起来。街道上稀稀落落行走着的，多是刚刚收了摊的游商小贩，他们推着车或扛着包，一副疲倦的样子。章无为走着走着，忽然在人流中看见了父亲章疑。只见他驼着背，左右肩上各挎着一大一小两个布袋，正步履艰难地向前走去。不用问，这个老古董在袋子里装着的，都是他今天在旧货市场上淘到的“宝贝”。

章无为稍一犹豫，还是侧身闪进了旁边一条僻静的小巷。

05

每年五月份，是烟虚盆地最为风景美丽、气候宜人的时节。这时庄稼基本都已经播种完毕，农闲无事，人们不是邀众饮酒，就是结伙赶集。烟虚镇无论逢集与否，见天都是人头攒动，热闹非凡。

但每年这个时候，却都是姜执贤最为闹心的时候。

五月份对普通烟虚人而言，是放松身心、享受清闲的时节；但对姜执贤来说，却是一年中压力最大、寝食难安的时候。作为烟虚头人会的一员，他是本地姜姓住民的权威和代表。在每年五月中旬例行的头人会年会上，将姜姓住民的愿景和发展规划诉诸众人并获得通过，既是姜氏族人的重托，也是他本人的夙愿。而近几年他最大的抱负，却不但在头人会年会上屡屡受挫，甚至连一点希望都看不到。

这个抱负就是在烟虚镇筹建姜氏祠堂。

烟虚盆地虽然人口算不上众多，但姓氏庞杂，产业构成复杂，农、牧、工、商、猎无所不包。在众多姓氏中，姜姓算不上最大，但却是

本地最富有的一族。姜姓之人几乎垄断了烟虚盆地的棉花种植及相关产业，本地的纺织厂、被服厂无不控制在姜姓人的手中。可以毫不夸张地说，烟虚人身上穿的、头上戴的、地上铺的、床上盖的，没有一样能离得开人家姓姜的。姜姓人富有且仁义，他们不但是烟虚地区多项公共福利最大的固定赞助者，而且经常不定期地为烟虚人救荒赈灾、扶贫济困，深得众人的尊敬和拥戴。

位于烟虚盆地东部的平缓地带的姜氏部落，是姜姓人生活的主要区域。这里除了大片的棉田，还有大大小小的棉纺厂、被服厂、鞋帽厂等相关企业。经过多年的发展，原来小小的姜氏部落早已今非昔比，变成了一个设施齐全、人口密集的聚集区，规模仅次于烟虚镇。姜氏部落原址上早就建有姜氏祠堂，经过逐年的增筑和修葺，也已经足够规模宏大和富丽堂皇。但随着姜姓之人在烟虚一带的迅速崛起和地位的日益显耀，他们渐渐有了一个共同的梦想，那就是要让姜氏祠堂“出门赴镇”，在烟虚镇的中心地带修建一座气魄宏大的、足以光宗耀祖的姜氏新祠堂。

尽管众人的要求十分强烈，理由也非常充分，尽管姜执贤本人对此也满心渴望，但他却只能对族人不断地泼冷水降温。因为烟虚盆地的一切决定，都是由头人会做出的，而由各姓人氏组成的头人会，不管是出于对共识的尊重，还是为了保持权益的平衡，都不可能同意姜姓之人的这一要求。

烟虚盆地不知从何时起，各姓住民之间就达成了共识：不同族群的住民分区而居，内部高度自治。诸姓之间关系的协调，由头人会全权负责。头人会由每个姓氏自选的代表组成，姓氏不论人口多少和地位轻重，都只能在头人会里占一个成员名额。为了公平起见，当年烟虚镇便是在一块无所属的荒地上修建而成的。建镇之初，头人会就明确了诸姓都必须遵守的原则：烟虚镇属于“官地”，只可设立有关大众事务、商业、福利等的公共机构，而不得设立为部分人服务的机构，更不可为某姓某族独自所有。由于烟虚盆地族群众多，习俗各异，甚至宗教信仰都完全不同，所以镇上连一个教堂或寺庙都没有，更何况某个姓氏的祠堂了。

在姜执贤成为姜姓新一任头人会成员之前，他一直就是在烟虚镇建设姜氏祠堂的积极倡导者。在他的呼吁和煽动下，前任曾连续数年在头人会年会上，以倡导社会良好风气、对姜姓之人特殊表彰等理由提出过这一特殊方案，但无一例外地遭到了其他成员的集体否决。姜执贤接任之后，深知像过去那样公事公办的方式根本难以奏效，要想实现这一看似几乎不可能的目标，只有两条路可走。一条路是通过改革修正原则，改变头人会成员百年不变的共识。而另一条路就是对成员本人进行各个击破，让他们在明知违背原则的情况下，心甘情愿地举手赞同姜姓代表所提的方案。但在凡事有板有眼、难以变通的烟虚镇，这两条路都是布满荆棘之途，总让姜执贤感到老虎吃天难以下爪。

五月中旬的一天，心情烦闷的姜执贤带着三个心腹随从，到东山上去打猎散心。他们一行四人从姜氏部落策马到东山脚下，将马儿寄放在一谭姓人家的农庄，然后徒步往山里走去。姜执贤本来就心情不好，偏偏今天运气又出奇地差：刚入山不久，他们就在一山涧边发现了一头肥壮的獐子。本来唾手可得的猎物，一阵乱枪过后，却毫发无伤地出现在左前方的一棵树后，一边悠闲地吃草，一边目光充满嘲笑意味地看着他们。心有不甘的他们便又悄悄地围了上去……整整一个下午，姜执贤一伙人被这头獐子牵着鼻子东奔西走，累得精疲力竭却仍然一无所获。

“老大，有些不对头。”看着再一次从枪口下逃脱，重新出现在远方的獐子，一名随从有些疑惑地对姜执贤说道，“它是在引诱着咱们走向断肠崖的方向。”

“是啊！今天这头獐子怕真的是成精了。”其余两人也都一副恍然大悟的样子。

“妈的！老子就是不信邪，越是难办的事就越要办成。给我追，今天哪怕到了断肠崖，也得猎到这个畜生。”姜执贤怒气冲冲地喊道。近期的各种压力变成了一股无名之火，一下子就涌上了他的心头。

但还没等众人给猎枪重新装好火药，姜执贤忽然觉得一缕异香飘进了鼻孔，令他顿时感到一阵恍惚。这是一种他从来没有闻过的香气，一瞬间内心的怒气被化解得烟消云散，整个人变得浑身轻快，舒畅愉

悦，双脚如同踩了祥云一般。他往四周看了看，似乎一切都如同泡在水中的颜料一样变得混沌模糊起来，只有那只獐子看上去清晰无比，它黑白分明的眼睛里依旧充满了嘲弄的意味……

当姜执贤再次清醒过来的时候，却发现天已经完全黑了。他浑身酸软无力，脑袋晕乎乎的，像刚从一场大醉中醒过来。他挣扎着坐起来，这才发现不远处的一堆篝火旁，一个陌生的老人盘腿坐在一块石头上，正一眼不眨地看着自己。老人长髯飘飘，须发皆白，身旁放着一个磨得黑光发亮的竹背篓，上面盖着一件黑色的布褂。

“我这是……在哪里啊，老人家？”姜执贤疑惑地问，“我那几个同行者呢？”

白胡子老人没作声，只是指了指旁边。姜执贤转过身去，发现自己的三个随从并排躺在地上，每个人脸上都盖着一块白布。他们裸露在外的皮肤都已经明显发黑，一看就知道已经死去多时。

姜执贤浑身一惊，木呆呆地看着老人，一时说不出话来。

“你能活下来，不得不说是个奇迹，”老人从篝火上烧着的陶壶里倒了杯发黑的汤汁，走过来递给姜执贤，“能捡一命，已属意外之得。活人且往远处看，不必太过悲伤。”姜执贤呷了一口，杯中滚烫的汤汁奇苦无比，并散发着一股浓浓的草药的气味。

“老人家，我猜必是您救了我一命，可这究竟是怎么回事啊？”

从老人家平静而舒缓的叙述中，姜执贤知道了事情的原委：老人

是常年深居大山的遁世之人，今日采摘草药时路过此处，偶遇中了瘴气而已经气若游丝的姜执贤一行四人，于是赶紧出手施救。他艾灸、针刺、放血等诸法齐下，但除了姜执贤，另外三人却无力回天，只能眼睁睁地看着一个接一个地气断身亡了。“你们都中毒太深了，我当时对你也没抱太大希望，”老人说，“看来是天不绝你啊。”

半夜三更的大山深处，各种各样的虫鸣声或近或远地响起。远处偶然传来一两声野兽的吼叫，在山谷间发出低沉的回声。除了篝火的一团红光，四周是一片无际的黑暗。姜执贤劫后余生，内心有着说不出的复杂情绪。他看着身旁的三具尸体，其实并没有多少悲伤，感触更深的是人生的无常。

在两人的闲聊过程中，姜执贤对老人的情况也有了大致的了解。他本名荀广印，是烟虚盆地西域太仆部落人。儿时一场瘟疫，让他失去所有亲人成了孤儿。在外人的白眼和欺负中长到十六岁，荀广印便远离人世，独自开始在山中生活，一晃就到了风烛残年。得知老人在漫长的隐居生活中练就了一手绝世医术后，姜执贤力邀他出山，并许以极为丰厚的报酬。但不管姜执贤怎么恳求，老人都毫无回旋余地地拒绝了。

“我想报答您的救命之恩不假，但我邀您出山，真的并不仅仅是这个目的。您年岁已高，几十年修成的医术一旦失传，岂不是暴殄天物？救人一命，胜造七级浮屠，烟虚地区历年疫情频发，若得您这样

的神医，便是上天对万民的恩典啊。”姜执贤仍心有不甘地劝说道。

“多说无益，你不必再劝。”荀广印老人淡然一笑，“我虽习得一手精湛医术，但只是自己在荒野中求生所得，并非为了行医救人。人命在天，祸福注定，该活自活，该死必死，老夫并不认可人为的改变。”

“如果没有遇见您，我必死无疑，而现在我却活了下来，您说我是该活还是该死？”

“遇见我的还有那三个人，他们却都死了，”老人依然脸色平静地说，“但你也不必为此感到万幸。人常说，大难不死必有后福，其实未必。今天你活了下来，或许只是命中有更大的苦在日后等待，可能还不如今天就死去的人。”

说话间，天色渐渐地亮了起来。荀广印老人从旁边舀来泉水浇灭篝火，从背篓中取出一个葫芦，将里面灰黑色的粉末在三具尸体的四周撒了一圈，对姜执贤说道：“在药粉的味道消失之前，不会有野兽来碰尸体。我要走了，你也下山找人来收尸吧。”姜执贤见再三挽留也留不住，只得含泪执其手道：“救命之恩不报，难以为人。我日后如何才能再会荀老仙人？”老人家呵呵一笑：“我虽云游不定，但有缘还会再见。”

两人别过，姜执贤看着老人的背影消失在茂密的林木之间，这才转身朝山下走去。在经过那个熟悉的山涧时，一只肥壮的獐子正在饮水。它抬头看了看姜执贤，黑白分明的眼睛里明显带着嘲讽的意味。

06

阿吾渐渐适应了自己的状态。尽管他依旧无法理解造成这一切的原因，但当初的惶恐已经不再那么强烈。他不但对烟虚盆地的历史地理、风俗习惯等有了大致的了解，对自己的现世身份也知道得越来越多：本名叶成吾，随的是母亲叶杏花的姓。通过对外人所描述的碎片的拼接，他也基本掌握了自己的家庭背景：当年母亲逃难来到此地时，是一个行动不便的孕妇。因为临产在即，她便在荒滩一孔不知何年废弃的窑洞里住了下来。附近居民见其可怜，便时常送米送面地予以接济。后来烟虚头人会将她列为孤寡救助对象，每月定期发放钱粮。这样一住便是二十来年，直到阿吾从呱呱坠地的婴儿长成了如今的大小伙子。由于靠人救济过活，母亲对阿吾慈爱而严格。他向来聪明懂事，勤劳简朴，是众人眼里公认的好孩子。四五年前他曾在烟虚镇一家印章铺学徒，北关的章无为就是那时同吃同睡的师弟……尤其是在与章无为那次喝酒之后，通过和他的亲密接触，他关于自己现世“阿吾”身

份和经历的空白记忆，日益地丰富和生动了起来。

但渐渐适应现状并不意味着困惑的消失，相反，对现世身份知道得越多，他心中关于自己的困惑就越多。比如得知自己在印章铺学徒并刻得一手好字后，阿吾专门去镇上买来刻刀、砂纸、印泥、印章垫等一套刻印设备，却发现自己对这些东西一窍不通。而在他现存的记忆中，自己名叫胡正坤，是个在孤儿院长大的孩子。他的养父母是做花卉生意的，有鲜花种植园、干花工艺厂和香水作坊等多家相关企业。自己被领养的第三年，一直无法生育的养父母却意外生了一对龙凤胎。从那以后，他们对胡正坤便视如眼中钉，非打即骂。他还不满十四岁，就被送到干花厂去学徒，成了一个免费的苦力。十八岁那年，他孤身从家里逃了出来，开始漫无目的地四处流浪……有关“胡正坤”的经历，在阿吾的记忆中真真切切，无论是很大的时间跨度，还是各种琐碎的细节，都连贯而完整，绝无幻想所致的那种不真实感。而且，阿吾记忆中“胡正坤”所处的时代与眼下的现实相比，不知超前了多少个世纪，根本不是靠幻想就能够构建的。

紫雾期结束的第一天，在窑洞里憋得几乎发疯的阿吾，就迫不及待地跑去了后山。这是一个完全陌生的地方，大多数植物都在阿吾的认知范围之外，但他还是采回了许许多多的野花草。看见他扛着一篮子花花草草回来，母亲欲言又止，大概以为这又是他脑子糊涂的古怪之举。阿吾倒是主动地说：“妈，我在烟虚镇学徒时，曾见过街上有人

卖干花。反正近期没事，我试试看，没准能成为一门贴补家用的小买卖。”母亲一脸疑惑说：“干花？我怎么听都没有听说过。”

尽管没有烘干炉、干燥剂、成型机等记忆中的现代设备和材料，但阿吾通过日晒、火烤等变通方式，靠着记忆中的制作技巧，还是成功地制作出了第一批干花。他手捧一束叫不上名字的紫色小瓣的干花，看着它们在自己的手中将美丽状态永久地固定了下来，不但没有任何喜悦，反而流下了一行眼泪。

“胡正坤！我到底还是胡正坤啊。”他喃喃自语道。

两种身份、两个时代完全不同的记忆，一度撕裂着阿吾的生活，让他无所适从、痛苦万分。但随着他对眼下生活的日益熟悉和对“阿吾”这一身份的了解日深，过去的痛苦和迷茫渐渐被一种猎奇心所代替。既然自己是这样一个不可思议的特殊存在，他倒要看看这样一种扭曲的身份，会在眼下这个现世里活成一副什么样子。“或许真的存在一种掌握着时空秩序的神灵，人不过是他可以随心所欲地安置在任何时空里的玩物。”阿吾有时忍不住这样想。但这个想法也让他感到撕裂，因为在作为“胡正坤”的时空身份里，他却是一个纯粹和固执无比的无神论者。

五月中旬的一天下午，章无为又到荒滩来找阿吾。他一面帮忙整理干花，一面和阿吾聊天。听完阿吾这番随意的感叹，他立即毫不犹豫地说：“我原来也是一个固执的无神论者，但你的状况改变了我。有

神，我现在相信绝对有神，因为你就是神！”

阿吾忍不住笑了：“你没有听懂我的话。我是说无论是我给你讲的胡正坤，还是现在的我阿吾，不过是一个人，是被神灵放在了不同时空里的一个人而已。”

“不，胡正坤就是神，他从神界下到凡尘，附体在了你的身上。”章无为面色肃然地说。

自从上次在烟虚镇和章无为喝过那场酒之后，阿吾和章无为见面的次数越来越频繁。开始时总是阿吾去找章无为，因为他是在自己现世身份的社会关系中，唯一一个不认为自己是因为脑子被烧坏而乱说疯话的人。他需要倾诉自己的苦恼和迷茫。而到了后来，却变成了章无为频繁来找阿吾，他不但对阿吾的话深信不疑，而且越来越迷恋他口中“胡正坤”所处的那个神奇无比的世界。在他看来，那么一个与当下完全不同的世界，那么多不可思议的细节，不可能靠一个人的想象就能够构建，更不可能是一个疯子脑子烧坏的呓语。那剩下的唯一的解释，就是那是一个真实的世界，而眼下的阿吾已经不再是过去的那个阿吾，他一定是被那个来自神奇世界的“胡正坤”附体之后的人。

“这真的是天意啊！神之所以选择附体于你，是因为要想让烟虚盆地这个让人窒息的地方改天换地，你就必须有我这样肝胆相照又野心勃勃的朋友。”章无为不止一次一边这样说，一边陶醉在对未来的一种想象里。

阿吾说：“即便你我都相信胡正坤是真实的，他也不可能是神。他不过是那个世界里的一个小人物，一个不知亲生父母是谁的孤儿，一个干花厂里的童工，一个可怜的流浪汉。”

“人的世界之上即为神界，神界之上更有神界。不管三六九等，来自神界者皆为神。”章无为却丝毫不为阿吾的话所动。

“烟虚盆地不但是风调雨顺的富饶之地，而且民风淳朴，社会安定，生活在这样的世界上，你为何会有那么多的不满和愤怒？”阿吾说，“而我所熟悉的那个世界，虽然人类因为科技的发展获得了极大的社会进步，但人心不古，贪婪成性，欲望横流，只有靠法律和各种各样的社会约束，才能勉强维持社会的正常秩序。”

“对，秩序，烟虚盆地缺乏的就是秩序。或者说现在的秩序早已经腐朽，已经到了必须重建的时候。烟虚镇的记忆对你来说，都还只是零星的和片面的感受，你现在还无法理解它的腐朽。”

每到这种时候，阿吾就无话可说。

这天下午，章无为将阿吾侧窑里摆得四处都是的干花分门别类地进行了整理，包装好并码放得整整齐齐。章无为刚想告别回家时，却忽然下起了大雨，外面一时雨声大作。

两人又坐聊一阵，阿吾有些为难地说：“这雨看样子一时半会儿停不了……要不你晚上就在我家住下算了？”

章无为说：“你是记不得了，你们家从来不留客过夜，这是你妈妈

多少年的规矩，铁打不动。把你的蓑衣借我，我这就走。阿吾，有个非常宏大的计划已经在我心中琢磨很久了，不过现在不告诉你，你看我怎么将它变成现实吧。”

阿吾也不再留，两人便从侧窑里走了出来。此时客厅里已经点起了油灯。在被一张大挂毯遮挡得严严实实的千须洞前，一直安静卧在那里的黄狗站起身来，眼神警觉而不友好地看着章无为。阿吾的母亲正在灶台边做饭，油灯光把她的影子投射在那张挂毯上，像一头巨大的怪兽。章无为披好阿吾的蓑衣，对她说：“伯母，我走了。”老寡妇抬头看看他，也不挽留，只是笑眯眯地说：“天快黑了，外面又下雨，过河时注意安全。”

看着章无为的背影消失在窑门外的蒙蒙水汽之中，阿吾心里非常过意不去。他知道自己刚才的挽留本身就是虚伪的客套。虽然记忆中并没有母亲从不在家留客的规矩，但这段时间以来母亲的表现，以及那个对自己而言充满神秘感的千须洞，都让他自然而然地明白这一点。

“晚上做了你最喜欢喝的汤。”母亲一边往桌子上摆着饭菜，一边笑眯眯地说。

阿吾在桌前坐下来。他哦了一声，却不知道说什么。在自己的记忆发生彻底颠覆的这段时间里，母亲经常会说诸如“今天有你最喜欢的菜”“今天做了你最喜欢的拌饭”之类的话，但阿吾对这些都毫无印象，所以只能含糊其词。晚饭是一菜一汤一主食。菜是山野菜炒肉，

主食是一种杂粮饼子，这两样阿吾最近都吃过。唯有今天的这道汤他是第一次见到：在类似勾过淡芡的白色汤汁中，浮动着许多不知名的虫子。那些虫子呈黑色，豌豆大小，像球一样团缩着身子。母亲盛了一小碗放在他面前："也不知道是不是紫雾的影响，大小虫子都比往年少了很多，别说肉豌豆，连苍蝇都难得一见。"

阿吾便知道汤中那黑色的虫子叫"肉豌豆"了。母亲说："趁热先喝汤，凉了就该有苦味了。"阿吾尽管看着就有些犯恶心，但理性告诉他，这个陌生的老寡妇虽然依旧是个陌生人，但其实她是生育自己并艰难地把自己养大成人的亲生母亲。这道看上去令人作呕的昆虫汤，饱含着她对自己的爱心。他端起碗来喝了一口，连声说："好喝，太好喝了。"

这不是阿吾言不由衷的客套话，而是发自肺腑的赞叹。他甚至想不起来在自己所有的人生记忆中，有什么能比得上这道汤风味的鲜美和特殊。他又喝了一大口，并贪婪地咀嚼着汤里的"肉豌豆"，觉得它奇特的味道顷刻间拉近了自己与陌生现世的距离。

天色已黑，外面的雨声变得更加喧嚣起来。

烟虚镇的集贸市场上，一年四季都有不同的水果出售，但西瓜摊开始零星出现的时候，是夏天到来的标志。在这个季节里，殷伯几乎每天都会去一趟集贸市场。

殷伯的家在烟虚盆地东部的广宗部落，距离烟虚镇大约有三十里的路程，坐马车来回需要近两个时辰。殷伯所坐的两轮马车每天都会从殷府大院早早出发，在通往烟虚镇的大路上扬起一片黄尘。广宗部落的住民见此情景，心里都充满了疑虑：虽然说快要召开烟虚镇头人会每年的例行年会了，但对在一般情况下都深居简出的殷伯而言，这样频繁的出行也太少见了。尽管人们的猜测和议论五花八门，但有一点却是大众的共识：烟虚镇一定是发生了或将要发生某个或某些重大事件。

但对头人会的许多成员而言，殷伯在这个初夏的表现，却是一种不务正业的走火入魔。已经入夏，眼看一年一度的头人会年会举行在

即，眼下正是对各成员新提案进行预先审阅和讨论的阶段。按照惯例，烟虚镇三日一小集、七日一大集，逢大集之日，就是诸位成员在公正堂商议公事之日。作为烟虚头人会德高望重且资历最深的重要一员，殷伯往年都是众成员的标杆。头人会他不仅逢聚必临，而且对每项提案都会认真审议，发表见解。所有重大提案他更会在不辞劳苦地亲身考察之后，给出最能说服众人的个人表态。但今年殷伯的表现却一反常态，逢大集而聚的提案审议会他多次无故缺席，即便偶然参会，也从来不向众人道歉或说明理由。更让诸成员迷惑不解的是，据许多目击者证实，殷伯不但逢集必到烟虚镇，而且这段时间几乎每天都来。但他既不来公正堂商议公事，也不去镇孤残院、老年院等公共福利机构考察调研，而是一到镇上，就一头扎进集贸市场，一待就是大半天。据目击者说，殷伯在集贸市场并不购物，而是喜欢坐在卖肉卖鱼卖各种家禽或牲口的摊位旁，长时间地发呆或在随身所带的一个本子上写写画画……

刚开始时，头人会的众成员每每听到这样的传闻，都觉得大概是殷伯的精神出了问题，不禁私下嘀咕："该不会是年岁太大，老而呆傻了吧？"但他偶尔来公正堂参加提案审议时，看上去却一如既往地条理清晰、观点犀利，丝毫没有老迈昏聩之相。如果非要说有所变化，大家只是觉得殷伯比以往多了一丝忧虑，这从他的表情和语气中都能有所感受。但没有人能猜测得到，一向主张水来土掩、兵来将挡的殷

伯，为何从一个雷厉风行的实干派变得如此忧心忡忡。

殷伯确实陷入了一种不可摆脱的担忧和焦虑之中。

上次殷伯在灵龟河边发现那具无名尸体时，已经高度腐烂的尸体上居然没有苍蝇附着，这个不经意间发现的现象，渐渐成了他的心病。他的注意力越来越集中在了对这一现象的观察、确认和判断上。观察之初，殷伯所选之地皆为污浊之所。人们看他总是围着臭水沟、动物腐尸等众人掩鼻的地方流连忘返，都既好奇又迷惑，甚至多次聚众围观。鉴于此，殷伯将观察地点最终固定在了烟虚镇的集贸市场。这里不但有各种各样可供蚊蝇等飞虫追腥逐臭之所，而且人头攒动，很少有人会在意自己的古怪举动……

经过一段时间的观察和记录，殷伯的忧虑变得越来越强烈。尽管他对于形成原因和将会引发什么样的后果并不清楚，但可以确定的是，自从紫雾发生之后，烟虚盆地各种飞虫的数量和往年相比，出现了断崖式的减少。原本一到夏天就到处苍蝇乱飞的集贸市场，今年变得格外干净，甚至卖熟食的、卖瓜果的摊贩们，连用来防蚊蝇的纱罩和蒲扇都弃之不用了。根据殷伯自己对一些诸如活鸡活鱼宰杀点、家畜交易点等处的连续观察记录，苍蝇的数量的确在日益减少……“诸事总有因，有因必有果。一场紫雾，究竟会给烟虚镇带来什么？”面对自己整理出来的这些不容争辩的数据，殷伯总是无法停止心头的忧虑。

这天既不逢大集，也不是小集，加上天气热得出奇，烟虚镇显得

有几分冷清。虽然大街上那些固定的店铺基本都在照常营业，但农贸市场上却有不少摊位处于歇业状态。在烈日的暴晒下，市场上到处散发着一股由各种气味混合而成的浓烈的臭味。已经临近中午，市场上的顾客更少了，显得稀稀落落的。殷伯在市场上待了近一个时辰，这种热烘烘的臭味让他也觉得头晕和恶心起来，于是便转身出了市场，打算今天早些回家。马车停放在市场外的一片树荫下，那匹枣红马看见殷伯出来，立即兴奋地嘶鸣了一声。正在车上打盹的车夫被惊醒，赶紧跳下车来，恭恭敬敬地站在车旁。殷伯刚要上车，却听得身后有人喊："嘿，是殷伯啊？昨天公正堂没见着，今天不年不节的，倒在这里巧遇了。"

殷伯转身看时，却是头人会成员之一、烟虚盆地姜姓住民的代表姜执贤。他手里握着一个水烟筒，笑吟吟地从一家茶馆的大门里走了出来。大门旁边的一棵大树上，拴着一匹毛色漆黑、闪亮如缎的高头大马。

"恐怕不是巧遇吧？姜大掌柜明显是在有意等我啊，"殷伯说，"还是为姜氏祠堂的事吧？"

"看看老兄说的，好像我就不能找你喝喝茶聊聊天？来来来，里面请。"姜执贤也不再说巧遇的话，热情地招呼道，"到该吃午饭的时候了，我原本想找个讲究点的饭店，但素知老兄从不与人共饭，只好一起喝杯清茶，说点闲话。"

“算你知我。”殷伯笑笑，也不推辞，随着他进了茶馆。

茶馆里没有别的客人，中间一张桌子上，一壶茶早已经泡好放在那里。两人坐定，跑堂的小伙子又送了几样看上去清爽可口的茶点上来。殷伯自顾自倒好一杯茶喝了一口：“好茶！我也正渴得慌。”

“请您喝个茶，还能点差的？这是今年的妙峰翠，刚上市的第一拨。”姜执贤说。

“姜大掌柜，我知道你为姜氏祠堂的提案，最近在和不少头人会的成员私下接触，也听说了不少你的许诺。我是个直来直去的人，先把话说在前面，免得你尊口一开，咱们俩都下不了台。此事想成，在我看来只有两个出路，一是有可以让众人信服的理由，二是通过改革而修正以前的规矩，否则你就是许给我一座金山，我也不会让这项提案得以通过。”

姜执贤给殷伯续了些茶，自己也倒了一杯，这才慢悠悠地开口道：“老兄是直肠子，我也不必弯弯绕。姜氏祠堂出门进镇，一直是几代姜姓人的梦想。自从成为头人会成员以来，我虽然也不敢放弃族人的重托，但对内我却一直给这种情绪降温。你说得对，要想在烟虚镇做成一件规矩之外的事，确实比登天还难，所以要想改革现存规矩，基本没有可能。实现这一梦想唯一的可能，就只剩下了第一种，即找到让众人都信服的理由，使提案得以顺利通过。”

“在我看来，这更加不可能。”殷伯说。

“譬如说，老兄先别信以为真，我只是打个比方，如果建设烟虚镇的所谓官地，并非真的无所属，而是姜姓人的土地，这算不算是令人信服的理由？”

“哈哈哈，”殷伯忍不住大笑起来，“如果能让众人相信那是姜家私土，当然是令人信服的理由。问题在于，这比说服众人相信一条狗是一头猪还要难。”

“我知道，我就是这么一说而已。”姜执贤说，“这都是闲话，来来来，老兄喝茶。”

姜执贤随即换了话题，谈起前段日子自己上山打猎时的奇遇，说是自己一伙人被一只成了精的獐子牵着鼻子，误入迷途，中了瘴气，被一路过的游仙神医发现救治，三名手下皆因中毒太深不治而死，唯有自己幸运，方才保住了一命。殷伯听罢道：“游仙姓甚名谁？如此高人，你应该在头人会发起倡议，以公众名义请他出山，在烟虚镇设堂行医，悬壶济世，造福一方百姓才对。”殷伯本想说自己对苍蝇锐减一事的忧虑，但话到嘴边又咽了回去，只是淡淡地说：“紫雾之后，不知还会有什么灾殃降临到这片土地上，现在奇缺的就是这类高人啊。”

两人正说着话，茶馆外面却传来一阵骚动。马的嘶鸣声、冲撞声和人的喊叫声夹杂在一起，听上去让人颇为心惊。殷伯和姜执贤赶紧起身到外面去看，却见那匹本来拴在树上的黑马不知何故挣脱了缰绳，正和殷伯驾车的枣红马踢打撕咬在一起。两匹马都口吐白沫，一边嘶

鸣，一边前蹄腾空地相互攻击着。车夫拉扯不住，急得都起了哭声。

姜执贤见状吃惊不小，他大声地吆喝一声，那匹黑色的高头大马立即萎了精神，乖乖地退到了一旁。姜执贤一边往树上重新拴马，一边抱歉地对殷伯说道："怪事！真是大水冲了龙王庙。殷伯兄，我给你赔不是了。走走，咱们进去泡壶新茶接着喝。"

殷伯笑道："说话时间太长，连牲口都烦了。不进去了，时候不早，我也该回去了。那个游仙的事，你多上点心。只要心诚，就是真神仙，也会被感动下山的。"说罢，他坐上马车，和姜执贤挥手告别。车夫一扬鞭子，那匹枣红马拉着两轮马车，在木轮"咯吱咯吱"的转动声中，快速地向东去了。

此时正值午时，悬在头顶的太阳正火辣辣地烘烤着大地。

08

阿吾自述的非凡经历，对和他偶然重逢的章无为而言，简直胜过自己人生的一次大反转。两人上次在野味店久别后偶遇，章无为开始以为传言中得了怪病的阿吾不过是在装疯卖傻，目的可能是为了骗取一份病残补贴。但在吃饭聊天的过程中，他发现阿吾的状态不像是能装出来的，便渐渐变得将信将疑起来。在随后的日子里，急于倾诉的阿吾总是来找他聊天，随着那个叫“胡正坤”的人物故事的日益丰满，章无为越来越坚定不移地相信，他并非出自阿吾的虚构，而是另外一个世界里的真实存在，是不知以什么方式附体在阿吾身上的神秘力量。这个“胡正坤”成了章无为黯淡无光和失败沮丧的人生的精神支撑。他开始频频去镇西荒滩，主动贴近阿吾，从他的嘴里挖掘他心目中这个“天外正神”的所有细节。他对生活在那个神奇无比、令他无法想象的世界里的胡正坤产生了从未有过的膜拜之心，而自己过去并不怎么看得起的印章铺的师兄阿吾，作为胡正坤这个神人的肉身或载体，自然

就在他的心目中同样变得尊贵无比起来。

“阿吾不该再待在荒滩那孔破烂不堪的窑洞里，他应该搬到镇上来，搬到烟虚盆地的最中心来。”章无为每去一趟偏远的荒滩，心里这个想法就会更强烈一分。

可要在烟虚镇租房而住，钱就成了摆在章无为眼前一道根本无法迈过去的坎儿。思来想去，章无为首先将目光瞄向了父亲章疑。

章疑在烟虚盆地有“考古第一人”之谓，既是自诩，也算是实至名归。老先生除了自己到处收购各类古董，也总有人慕名将年代和用途不明的旧物送上门来，让他鉴别和定性。章家父子天生就是一对冤家，虽然尚到不了水火难容的地步，但彼此不屑、相互厌恶却早已是章家生活的常态。在章疑眼里，双胞胎儿子就是自己命运多舛的明证：生下来眼神纯澈、人见人爱的老二，居然成了一个天生智障者。而心智健全的老大，从小叛逆，长大后更是游手好闲，成了一个毫无用处的废物。而在章无为心目中，父亲就是个迂腐不堪的老古董，那些让他扬扬得意的收藏，不过是一堆散发着阵阵臭气的垃圾。对于父亲的考古鉴宝能力，章无为给出了最为刻薄的评价：“对自己双胞胎儿子的判定，是他鉴别能力最生动的证明。一个天生智障，被他取名章有志，而一个注定要成为栋梁之材的人，却被他叫作章无为。”虽然章无为对父亲百般不屑和讨厌，但章家的一切收入，却都来自父亲为别人鉴宝和考古成果所得，他就算怀有满腔抱负，吃穿却都得向家里伸手，故

而英雄气短，对父亲的不屑和反抗也只敢有限地表现在背地里。

自从产生了将阿吾接到镇上来住的念头之后，烟虚镇历来居高不下的房租便让他一筹莫展。他思来想去，觉得目前唯一可行的办法，就是放下身段，连蒙带骗地从老古董父亲那里搞些钱来应急。

那天，章无为冒着大雨从荒滩回到北关的家里时，虽然穿着阿吾的蓑衣，却还是淋成了一个落汤鸡。这时天已经大黑了，客厅里的油灯已经点燃，父母正坐在饭桌前吃晚饭。见他进门，本来正兴奋地给母亲说着什么的父亲，立即打住刚才的话题，挖苦地说："记性不坏嘛，还知道到点了回家吃饭。"章无为忍住对父亲的冷嘲热讽的愤怒，故作委屈地说："我又不是逛世界去了，我最近一直在到处考察，琢磨着得干个什么正经营生。"章疑瞅了瞅他，一脸鄙夷地说："每次你态度一好，唯一的解释是你又在琢磨我的钱包了，知子莫若父！"说罢站起身来，又去地下室研究他的那堆古董了。一直在一旁紧张不安的母亲见状，这才对儿子说："你爸就是这么个老顽固，他的话你别往心里去。看你浑身湿的，赶紧去换了衣服吃饭。"章无为反倒笑了起来："嗨，您别说，我爸冷不丁还有点眼光啊。"母亲见儿子并没有要发火的意思，这个因腿疾而越来越行动不便的女人，长舒了一口气道："这就对了，你们父子俩别老对着干。你爸执拗，但确实也有他过人的地方。刚才他说，上次从镇上淘回来的旧物里，有什么东西可能是特别珍贵的古董呢。"章无为说："他这话说了一辈子，您也信了一辈子。"

明知道父亲对自己既不屑又充满防备，但随后的一段时间里，章无为还是竭力接近并讨好父亲，希望能在机会成熟的时候，从他手里搞到一笔钱。这个觉得自己从小就一直受到不公平待遇的青年，敏感而自负，他看似游手好闲，但内心却怀有空洞和不切实际的宏大抱负。阿吾的出现，让他看到了实现这种抱负的可能。充满希望会让一个傲慢的人变得谦恭，让一个锋芒毕露的人变得韬光养晦。但也许是章家父子之间的矛盾实在是太深了，章无为越是想靠近父亲，章疑的警惕性就越高。甚至面对儿子偶然对其藏品发自真心的赞美，他都会觉得是黄鼠狼给鸡拜年式的不安好心。

从抠门且脾气古怪的老父亲那里搞来一笔钱，看来基本上是无望了，起码在短时期内这已是定局。章无为也想过别的方法，比如去找朋友借或去钱庄贷款，但一来他没有有钱的朋友，二来自己在镇上名声不好，最终都未能如愿。他也想过靠自己在印章铺学过的手艺赚钱，但治印行业前年刚刚被收为官有，连自己学徒的印章铺都改了行。章无为甚至想过偷出几件父亲的古董，到典当行里去换成钱来当作自己宏大事业的启动资金……就在他感到焦头烂额、走投无路的时候，却真可谓柳暗花明又一村，让他头疼了很久的一桩难事，居然因为一念之故，轻松地就变成了现实。

六月初的一天上午，母亲又差章无为去镇孤残院给弟弟送鞋。母亲说：“我知道你对弟弟有怨气，但你们毕竟是从娘胎里爬出来的双胞

胎兄弟。妈的腿病越来越重了，你爸又指望不上，以后就得你多操心了。”章无为心里很烦，但看到母亲哀求的眼神和行动不便的病躯，默默地接过包好的鞋子，没有说一句抱怨的话。

这是一个风和日丽的日子，蓝天白云，万木葱茏，空气中飘荡着醉人的花香。章无为从北关的家里出来，一路南行，很快就到了烟虚镇。今天大概是个不逢集的日子，大街上人不是很多，显得有几分空旷。章无为心中有事，无意观景，一路穿街过巷，径直去了位于镇东的孤残院。没有料到今天这样一个冷清的日子，孤残院门口竟然围聚着不少人，老远就听见鞭炮齐鸣，喝彩声不断，原来是有人成婚。章无为走近一看，披红挂绿的新娘和同样穿得里外一新的新郎正被人搀扶着坐进一辆马车，前来迎亲的众人不断发出一片叫好声。

“又一盘好菜让狗啃了！烟虚镇啊烟虚镇，没有比这更邪恶的地方了。”看着貌美如花的新娘和那个嘴脸歪斜、目光涣散的新郎，章无为忍不住一阵感慨。“纵有家财上千万，不如嫁到孤残院”，这是烟虚盆地普遍认同的婚嫁标准。由于所有孤残人士都终身享受数额不菲的病残保障金，嫁给孤残人士就意味着一生旱涝保收、吃用不愁。所以在烟虚一带，口鼻歪斜、疯癫呆傻的病残人士，反倒远比那些长相周正、心智健全的普通人吃香。章无为走进大院，在后花园里找到了专职看护弟弟的吴阿姨。她正坐在一团树荫下，耐心地看着在旁边一圈又一圈疾走的章有志。吴阿姨接过章无为递过来的新鞋子，笑眯眯地说：

“不停地走路虽然费鞋子，但既锻炼身体，人又高兴，不是什么坏事。”章无为看了看弟弟，他的目光此时正好也投向自己。章无为觉得洋溢在他脸上的笑意并非单纯的快乐，而是充满了对自己的嘲讽。他一时有些恍惚，甚至怀疑章有志的智障不过是一种伪装而已。

“他确实应该高兴，因为你们这里的小伙子都能娶到漂亮姑娘。”章无为苦笑着说。

“那当然，你弟弟的条件比大多数人好，更会找到好老婆。”吴阿姨附和道。

从孤残院出来，穿过烟虚镇南大街的时候，章无为看见一辆马车停在一家花店的门口，一男一女两个年轻的店员正从车上卸花。有盆栽的，也有一束束扎好的，都是这个季节的时令鲜花。满腹心事的章无为从花车旁已经走了过去，但浓郁的花香忽然让他想起了阿吾制作的那些干花，便转身走进了店里。花店店主是个肥胖的中年男人，此刻正坐在一张圆桌前喝茶。章无为天花乱坠地说了一通关于干花的事，胖店主一脸狐疑地说：“这倒是桩新鲜事。花开一时而败，此乃常识。照你所言，如果真能做到保形保色，那岂不等于把冬雪存到了夏季？”章无见他虽不相信但却心有所动，心里隐隐高兴。他说：“口说无凭，眼见为实。我这两天先送样品过来，如果入您法眼，可尝试代卖一段时间，反正您也没有任何风险。”说得胖店主半信半疑，当下便与章无为约定，如果此事当真，花店可代卖一段时间看看销路。

正是这个临时之念，居然就解决了让章无为头疼已久的难题。从阿吾处送去代售的干花，很快就作为烟虚人从未见过的新商品而备受顾客青睐，更是因为货源奇缺而价格不断攀升。不出一个月，不满足代销分成的章无为，便在烟虚镇大十字的西北把角儿租了间门面，开起了一家以卖干花为主的杂货店。

对踌躇满志的章无为而言，这只是他为改变烟虚镇历史而迈出的第一步。

09

每年的头人会例行年会，按照烟虚地区多年延续下来的传统，都将在六月份的最后一天举行。取年中之意，总结过去，展望未来。头人会年会是烟虚地域最重大的议事活动，比任何年节都要隆重得多。烟虚地域的所有事关公共利益的重大决策，都会在这一天由头人会的成员经过表决通过、修改或废弃。

每年的这一天，处于烟虚盆地中心地带的烟虚镇，会迎来一年之中最热闹的时刻。镇街的大街小巷，会被从四面八方拥来的人挤得水泄不通。不同部落、不同姓氏的本地住民除了及时了解大会成果，也通过这个机会增进了解，加深感情。由于这一年度盛事强大的吸引力，六月中旬到七月初这段时间，也是烟虚镇商贸活动最为活跃的时期。各地商贩带来的新奇商品琳琅满目，让人眼花缭乱。所有的饭馆酒肆客人一拨接着一拨，到处酒肉飘香。旅店客栈在这段日子里一床难求，人们就会在镇街四周搭起许多帐篷，以自行解决住宿问题。

到了六月中旬，就在烟虚镇变得越来越热闹的时候，一则流言却开始在人群中传播：用来建立烟虚镇的土地，从建镇之初到现在，虽然一直被认为是无所属的官地，但其实属于现在姜姓氏族的祖先所有。姜姓的祖先们迁居到烟虚之初，就生活在盆地中心位置，以种植火麻为生。后由于本地水土并不适合火麻生长，于是改种棉花，并在逐渐取得盆地东部平缓地带的大片土地后，迁居到了现在的姜氏部落……这则流言传得有鼻子有眼：其实存于人家姜氏宗祠里的《姜氏族考》中，这些内容记得明明白白。但姜姓人素来忠厚良善，尽管明知真相，却从来都不主张。不仅如此，这么多年来，他们一直是烟虚盆地各项公益事业的最大赞助者。

烟虚镇所处之地属于姜氏先祖所有，并非本族人自行爆料，而是出自“考古第一人”章疑之口。传言说章疑不久前在古董市场上淘到一块年代久远、刻有残缺文字的石头，竟与以前收藏的石块拼接成了一块相对完整的界碑。而通过他对出土地点和相关信息的详细考证，基本上可以证实建镇的这片土地曾经确实为姜姓之人所有……这则流言传播甚广，大部分烟虚人本来就对姜姓人心怀感恩，闻之更是过意不去地大发感慨：“姜姓人为烟虚镇做了这么多善事，就算投桃报李，烟虚镇也该为姜氏部落做点什么啊。”

这话一传进殷伯的耳朵，他就忍不住冷笑了起来：“好你个姜执贤啊！私下收买有权者不算，居然还学会了煽动舆情。在烟虚镇成事，

没有不容置疑的真凭实据，就算你把天神请下凡来游说，也过不了头人会这一关。”听到传闻的第二天，正好烟虚镇逢大集。殷伯没有像往常那样去农贸市场，而是直接去了公正堂。不料当天姜执贤却是审议提案的唯一一名缺席者。殷伯当众对外面传闻的内容和目的表达了自己的质疑，不料众人都说：“正是因为流言四起，姜头人怕因此误导大家，所以今年并没有提交在烟虚镇建设本族祠堂的提案。”殷伯说：“那也是放长线钓大鱼之举，今年造势，明年再提不迟。我对他在底下的动作也有所耳闻，我想表达的是，头人会代表的是所有烟虚人，如果我们任何人夹带一丝私心，都是对公正堂这个名字的辜负和玷污。”众头人都面色不悦，但碍于殷伯是德高望重的数朝元老，并没有人驳他的面子，只是集体保持了沉默。

六月的最后一天终于到来了。这天，烟虚盆地头人会的上百名成员齐聚公正堂，在年度轮值头人会长的主持下，逐项对预审通过的所有提案和重大事件的定性进行表决。公正堂外面的空场上早早就搭好了高台，花团锦簇，彩旗猎猎。烟虚镇著名的民间鼓乐队的成员们穿起了鲜艳而夸张的演出服装，整装以待。整个公正堂四周，围满了从烟虚各地而来的广大民众，翘首以盼地等待着每年一次的关乎民生的重大发布。密密麻麻的人群交头接耳，议论纷纷，仿佛在等待着一场剧目不明的演出的开始。

正午时分，几声沉缓庄重的鼓声突然响了起来。在随后持续高

昂的鼓乐声中，公正堂整个上午都一直紧闭的巨大木门缓缓打开。头人们鱼贯而出，走上高台，在成排的椅子上依次落座。在四名身着紫色黑边长袍的祭司的主持下，按照惯例，全体人员分别对天地日月之神行了吉礼，然后由头人会轮值会长进行重大事项发布。本年度的轮值会长是来自太仆部落的鲍姓之人，他依次对烟虚头人会关于官银的收支状况、各公共机构的运作、年度重大事件定性等做了说明，然后分门别类地介绍了各成员的新提案及最后表决的结果……鲍会长是个四十来岁的壮年人，中气十足，声若洪钟。他的重大事项发布足足持续了两个时辰，广大与会者始终屏声静气，侧耳倾听，生怕漏掉任何一个重要细节。

在随后很长的一段时间里，头人会的重大决策便成了烟虚人饭后茶余热议的话题。人们其实对于诸如官银收支那些严谨却枯燥的数字没有兴趣，大家的关注点都集中在了那些五花八门的新提案上，包括获得通过的和被否决的。今年的新提案很多，但最受众人关注的，莫过于来自殷伯和姜执贤两位的。这两位在头人会是非常特殊的存在：殷伯来自广宗部落，代表的殷姓之人是烟虚地带最早、人数最多的住民；姜执贤来自姜氏部落，代表的姜姓之人则是最富有、最显赫的住民。殷伯是头人会数朝元老，德高望重，向来说一不二；姜执贤则上任不久，属于头人会的新生力量。在烟虚人的印象中，殷伯的提案几乎每年都属于重中之重，从来都没有被否决过。而姜家屯的前后几任

代表，因提出在烟虚镇建设姜氏祠堂，提案被否决已经不是一次两次了。但今年的结果却大大出乎人们的意料：殷伯的提案被否决，而姜执贤的则获得了头人会的全票通过。

姜执贤的提案并非宗祠建设问题，而是事关公众健康。据说提案的起因是他在山中打猎时遭遇瘴气，差点死于非命，幸遇一位医术高超的云游高人，才得以从死神手中逃过一劫。鉴于烟虚地区多有疫情发生，而求医治病靠的全是土医游巫，缺乏一家真正能救死扶伤的公共机构，姜执贤建议在烟虚镇中心地带建立一座大型医馆，广罗包括那位云游仙医在内的各类高手坐馆行医，为广大民众提供救死扶伤的可靠服务。建设和维持医馆的费用虽然由官银支出，但姜执贤表示，姜氏部落愿意为此不附带任何条件提供一笔数额可观的赞助。这样切实的利民之举，不但获得了头人会所有成员的全票通过，同时也获得了所有烟虚人由衷的赞美。大家在为此欢呼雀跃的同时，心里又涌上一丝对姜姓人的感恩和歉疚。

而与之形成鲜明对比的，正是殷伯的提案。殷伯提案的内容公开之后，民众不仅觉得被头人会集体否决理所当然，而且头脑里立即浮出一个疑问：殷伯年纪太大，莫非已经老年痴呆了？素来在烟虚人心目中德高望重的他，怎么会提出这样一份荒唐的提案？殷伯的提案源于自己的一份观察记录。这份记录用大量的数据证明，烟虚盆地在初春的紫雾现象发生过后，以苍蝇为主的飞虫数量明显比往年减少。殷

伯认为，紫雾事件对本地的危害在表面上并不明显，但后续的影响却依然是个未知数。蚊蝇数量的锐减或许只是一个征兆，这种情况会不会波及其他生物甚至人类，谁也不敢妄下结论。于是他建议成立一个由烟虚地区有识之士组成的研究小组，由这一现象入手，对紫雾对本地的危害进行全方位的观察和评估，以便防患于未然。

“苍蝇蚊子少了不是好事吗？殷伯真是老糊涂了。”

“这样的提案要是都能通过，头人会也该解散了。”

“殷伯这老头子，这是倚老卖老，以为他的话就是圣旨，这次提案被否决，也算是给他一个警告。”

“跟人家姜执贤的提案相比，真是一个在天上，一个在地下啊。”

……

本届头人会例行年会，可以说开创了一个新的局面。以殷伯为代表的元老派的势力被削弱，而以姜执贤为代表的新生代力量得到了明显的增长。这种变化也影响着民间舆情，在多少年来都一成不变的烟虚盆地上，似乎一种求变的意识渐渐开始萌生。

“一切才刚刚开始！”这段时间里，章无为说得最多的就是这句话。这个过去在大家眼里游手好闲的懒人，忽然变得不仅见多识广，而且朝气蓬勃。他在镇十字路口西北角新开的那家杂货店，不但出售诸如干花之类在烟虚镇绝无仅有的新鲜商品，而且越来越成为本地年轻人喜欢的一个聚会地点。人们看见他平日里被一帮人簇拥着，高谈阔论，

指点江山，觉得章家那个不成器的大儿子，一夜间脱胎换骨，完全像是变了一个人。

“今年尽是些稀奇古怪的事，看样子世道怕真的是要变了。”人们想不出别的原因，只能这样含糊地感叹一声。

10

七月上旬的一天黄昏，广宗部落的住民们趁着天阴凉爽，大部分在田间忙于农活。一匹毛色黑亮如缎的高头大马从远处飞驰而来，在土路上扬起一团黄尘。等马儿到了殷府大院门口停住，有人认出策马之人乃头人会成员姜执贤，不由得在心里嘀咕道：上月底头人会年会之后，向来贵客不断的殷府忽然间变得门前冷落车马稀，很少见有头人会的成员登门拜访了。在年会上出尽风头的姜执贤，这个时间亲临殷府，葫芦里卖的会是什么药？

当下人来报，说姜头人来访时，在家正对着一堆数字苦思冥想的殷伯，心头第一时间浮起的，也是这个疑问。他将风尘仆仆的姜执贤让到客厅坐下，吩咐下人煮茶以待，这才开口道："什么风把老弟吹到了寒舍？我这里粗茶浊水，慢待之处请多见谅。"姜执贤却淡然一笑道："我路过，顺便来看看老兄。"

姜执贤的到访本来殷伯就没有想到，其表现更是出乎他的意料。

殷伯刚听到下人的通报时就想，这必是一个胜者的炫耀之行：以专程前来探望安慰之名，行内心里讥讽嘲笑之实。殷伯甚至没见面就能想象到姜执贤那掩饰不住得意的神情。但姜执贤的表现却彻底颠覆了他的判断。两人在喝茶聊天的过程中，姜执贤目光平静，态度诚挚，口吻和表情中没有任何胜者的姿态。他告诉殷伯，自己是上山寻访游仙荀广印不遇，归途顺道来看望殷伯的。

“老兄啊，建设医馆、招揽名医的提案，我一直强调是您的主意，我不过是提出者而已。现在众人不明就里地归功于我，我实在是受之有愧。我几乎逢人就做出说明，效果如何不得而知，但起码让我内心稍微有了点安宁。”

“你特意过来，就是为了说这话？”殷伯不置可否地问。

“老兄可能会觉得我虚伪，但这话不说出来，我心里一直堵得慌。”

“既然你来了，我倒真有件事问你。”殷伯稍一犹豫，还是直截了当地开了口，“在年会之前，社会上忽然流言四飞，说烟虚镇的土地其实归姜氏所有，这空穴来风的事，你敢说不是你有意放出去的风声？”

“呵呵，还不等我开口，老兄倒先说了，”姜执贤说，“此乃我蒙冤最深之事。自打听到这个传闻，我就极力否认和阻止其传播，甚至为了避嫌，我费尽口舌，才说服族人将已经撰写好的宗祠修建提案压了下来。老兄也知道我的心思，作为姜氏部落出来的头人会成员，我自然不敢有负族人的重托，宗祠入镇，也是我在自己任期内最想达成

的目标。但我非常明白，除非能证明传闻是不争的事实，否则有您这样一批秉公办事的元老们在，提案就不可能通过。但您说土地之事是空穴来风，也未必属实，如果能证明其真实性，我自然会为之不遗余力。”

“我去见过章疑了，他说界碑一事纯属你们姜姓人的臆测，他的研究鉴别还在进行之中，根本不可能有任何结论。”

“这一点我绝对赞同，没有权威的结论，我们以何服众？”姜执贤笑眯眯地呷了口茶。

“好在章疑老夫子是个极有职业操守的人，从来都不可能见利忘义。”殷伯意味深长地说。

“老兄这么说，就好像我们姜姓人就知道用钱开道似的。”姜执贤哈哈一笑，“结论未出，一切都是虚数。时间不早，我也就不叨扰了。”说罢起身告辞。殷伯也不挽留，亲自送出门来，看他骑上那匹黑马，在暮色中朝远方去了。殷伯望着消失在土路尽头的那团烟尘，心里暗暗说道：“姜执贤啊姜执贤，你这是用友善遮掩更深的敌意，用坦率构建更大的虚伪！你们这代人实在是太精明了。但只要公正堂不倒，阳光就能照见烟虚镇每一处黑暗的地方。”

时间很快到了七月下旬，盛夏如期到来了。这是烟虚盆地一年之中最难熬的季节，天气溽热，蚊蝇乱飞，食物霉馊，人患肤疾……但人们很快惊讶地发现，他们对这个季节的忧惧在今年都变得多余了。

尽管气温依然居高不下，但湿度明显比往年偏低，空气中甚至带有一种令人身心愉悦的秋日的干爽。在夏天里最让烟虚人深感困扰的皮肤病，今年似乎很少见到。即便偶有发生，也绝少恶化成往年常见的那种全身溃烂、脓流不止的恶疾。但今年夏天与往年最大的不同，在于蚊蝇数量的明显减少。夏天刚刚来临时，人们并没有觉察到这一点，只是模模糊糊感觉到生活中似乎少了点什么。但因被废弃而广为人知的“殷伯提案”，让人们明确意识到了这一点。没有了蚊蝇，夜里睡觉安稳了，家里的剩饭熟食不用纱罩了，屙屎时不会有刚从粪便上起飞的苍蝇落在嘴唇上了……“殷伯简直是咸吃萝卜淡操心，没事干居然担心起苍蝇蚊子太少了。这种害虫，全部死光死绝了才好。”想起那个著名的提案，大众无不觉得它是烟虚议政史上的一个笑话。

这一天，又到了烟虚镇逢大集的日子。章疑吃过早饭后，早早就去了古董旧物市场。这是他多年来一直坚持的习惯。逢大集之日，不管手里的活儿有多忙，他都必去旧物市场转一圈。他手里自认为的许多宝贝，除了别人辗转卖到自己手上的，基本上都是从那里淘来的。烟虚镇古董旧物市场在农贸市场对面，不光有各种各样的老物件儿出售，而且有一部分是日用品交换区，除了像章疑这样的古玩爱好者，每天也会有不少普通的顾客被吸引到此。有烟虚“考古第一人”之号的章疑，是这里最受欢迎的顾客。他刚一进入市场，就有许多摊贩高声招呼他。章疑在古董旧物区转了一圈，搭眼一扫，他就知道今天没有

什么玩意儿值得细看，注定又会空手而归了。

出了市场，章疑正打算回家，老远却看见公正堂前的空场上围聚了不少人，不时还传来一阵阵喝彩声。烟虚镇今日虽然逢大集，但由于天热，夏集向来生意清淡游人稀少，所以这样的景象颇有些罕见。章疑闲来无事，便走过去打算一探究竟。不料等走近人群，眼前的情景却让他大吃一惊：被里三层外三层围在空场中间的，竟然是自己的大儿子章无为！只见他站在一张不知从何处搬来的烂桌子上，正慷慨激昂地说着什么。围观者大多数是年轻人，看上去群情振奋，不时发出一阵叫好声……

“还真是士别三日当刮目相待啊。”章疑心里不屑地感慨了一声。他没有转身走开，反而往人群里挤了挤。最近这段时间里，章无为不仅很少着家，而且也没有伸手向家里要过钱，这本身就让他有些疑惑。更让他感到不解的是，这样一个游手好闲的不肖之子，几日不见，如何会突然成了一个看上去叱咤风云的领袖人物？章疑仔细听时，章无为正在痛陈烟虚盆地的种种社会弊端和陈规陋俗，什么头人会成员一个个愚蠢守旧，毫无超前意识，应该改名叫“死人堆”，必须对其进行改革甚至彻底推翻；什么整个烟虚盆地看似百姓安居乐业，各族和平相处，但其实危机四伏。最大的原因是缺乏权威和规矩，没有真正的公正。谈到这个问题时，他用镇孤残院做了例子：“……烟虚镇居然把傻子和疯子敬若神明，终身供养，以至于女人放着正常人不嫁，而以

嫁给傻子、疯子为荣，这是何等丑陋扭曲的社会现象？我敢断言，正因为有这样乌烟瘴气的不正之风，正常人装疯卖傻混进孤残院的不在少数……”章无为滔滔不绝，他的演讲极具煽动性，围观的年轻人不时兴奋地为他鼓掌和叫好。

“放屁！”章疑忍不住高声怒斥道。

章无为和围观的听众都被这突如其来的声音吓了一跳。章无为转过身来，看见父亲站在人群中，气得手指哆嗦地指着自己：“你个混账东西，你说此狠话，就是眼红你弟弟，其实你连个傻子疯子都不如。”章无为正讲在兴头上，被父亲兜头泼了一盆冷水，一时没有反应过来，目瞪口呆地愣在了桌子上，不知道该说什么好。倒是围观者见状愤怒了起来，人群里起了一片叫骂声。还不等章疑解释，一个瘦高得像根麻秆一样的年轻人不知从哪里蹿了过来，竟一把卡住了他的脖子，嘴里骂骂咧咧地说：“找死啊老东西！等烟虚镇开始闹革命，就先拿你们这些顽固派祭刀。”

直到这时，章无为才反应过来。他冲年轻人摆摆手，脸色难堪地说：“瘦猴，放开他，让他走吧。他是我爹。”

章疑被掐得眼冒金星，他被那个外号叫“瘦猴”的年轻人半搀半架着出了人群后，仍然迷迷糊糊如在梦中。瘦猴又是作揖又是鞠躬地不断给他道歉，但就是不让他再靠近人群。章疑虽心有不甘，但又无可奈何，他狠狠地骂了句“兔崽子，老子回家再跟你算账”，之后悻悻

地顺着一条小巷往北而去了。

在小巷深处，有两只猫迎面走过来，纠缠在他脚下，又是叫唤又是蹭头，显得十分亲热。章疑看着它们饿得瘦骨嶙峋的样子，明知道猫对自己的亲近不过是为了讨一口吃的，但内心还是划过一丝温暖的感觉。

“我的命怎么这么苦。”老章疑不由得喃喃自语。

11

在五月中旬那个暴雨如注的午后，章无为身披蓑衣离开时所说的那句话，让阿吾猜想了很久。那个“非常宏大的计划”究竟是什么，阿吾在后来和章无为见面时忍不住问过多次，但他都答非所问地含混说道：“一个梦，一个不但将改变你我，而且将改变整个烟虚大地的梦。”在母亲和章无为本人的讲述中，这个和自己走得最近的昔日印章铺的师弟，是个眼高手低、不务正业的人，但这个描述和阿吾眼下所感受到的章无为却判若两人。这个陌生的“老熟人”在他看来，不是眼高手低，而是胸有大志而不屑小为。阿吾虽然不知道那个“宏大的计划”的具体内容，但在他模糊的预感中，这个对“胡正坤”及其所处的那个世界充满好奇和渴望的青年，正在烟虚镇甚至整个烟虚盆地酝酿一场翻天覆地的巨大变革。

五月中旬之后，章无为来阿吾家的次数渐渐少了。在此之前，他一有空就往荒滩跑，阿吾口中那个“胡正坤”和他所处的世界，让这个

小镇青年热血沸腾、目光灼灼。他像个求知若渴的学生，不厌其烦地询问着阿吾有关“胡正坤”记忆的所有细节，以至于后来阿吾都觉得有些疲倦了，他苦笑着对章无为说：“你已经完全有资格给胡正坤树碑立传了。”章无为若有所思地自语道：“我关注的不是胡正坤个人，而是那个神奇的时代。”

六月上旬的一天下午，阿吾正在窑洞里陪母亲说话。家里的两只猫有很长时间不见从千须洞里现身了，母亲为此忧心忡忡。无论猫、狗还是母亲，对阿吾而言都只是理论上的家庭成员，他表达出来诸如亲密、同情、安慰等情感，都不过是在艰难地扮演应该的角色。让阿吾稍感欣慰的是，经过自己的努力，最初“脑子被烧坏”后的那种身份错觉带来的荒谬感，已经开始弱化。他在渐渐适应新的身份和新的人际关系，其中最重要的当然莫过于与母亲的关系。

“您别担心，它们没事的。今天上午您出门时，挂毯从里面被拱来拱去的。我掀起看时，虽然没有看到阿黑和阿花的身影，但应该就是它们。”阿吾说。

“不是猫，已经有半个月没有听见猫的叫声了。”母亲说。

“天热了，口干舌燥，您看黄狗最近也很少发声了。再说了，不是猫拱挂毯，还会是什么？”

母亲没有说话。她永远都是那副笑眯眯的慈祥模样，但近日眼神中却明显带着一丝忧郁。阿吾正想着再说点什么，窑外却传来“哞”的

一声牛叫和“咯吱咯吱”的车轮声。阿吾和母亲走出窑洞看时，却是多日不见的章无为来了。他赶着一挂牛车，上面却空空荡荡不置一物。

“伯母好！阿吾好！”章无为热情地打着招呼，看上去兴致勃勃。

“家里的猫丢了。”老寡妇说。

“猫丢了？别放心上伯母，猫不如狗恋家，丢了也是没办法的事。如果真找不到，我下次给您带两只来。”章无为一边牵着牛让车子掉了头，一边安慰着阿吾的母亲。

阿吾不解地问：“你这是……”

章无为说：“你做的那些干花堆着占地方，丢了又可惜。我想了个主意，如果事情顺利，咱们这些无业游民，就真的有事做了。”

那天下午，两人将成堆的干花悉数搬上牛车后，阿吾一直送章无为到了灵龟河畔。阿吾说：“成大事者必先为小事，说你是眼高手低的人，根本不懂你。”章无为看着阿吾，几乎是热泪盈眶地说：“说这话最多的人，正是阿吾。你果然不是阿吾，你是胡正坤，是上天派到烟虚镇的神。”阿吾本来是真心夸赞章无为，见此反倒吓了一跳。

制作干花，原本只是阿吾为了验证自己另一个身世并非虚妄之举。看着那些越积越多的干花，他原本也动过用来作为营生的念头，但他的意识和思维完全来自“胡正坤”这个对烟虚镇及其所处时代所知甚少的陌生人，所以此念刚起便又自灭，根本就没有想过去真正尝试。章无为具有同样的眼光并立即付诸实施，这让阿吾对这个既新又老的

朋友，更有了一分佩服和敬重。他在章无为跨上牛车的时候，对他说："不用担心，干花会成为烟虚镇风靡一时的抢手货。"

果不其然，干花在胖店主的花店一经上架，很快就获得了很多顾客的青睐。它不光栩栩如生又可长久保存，更重要的是它是烟虚人从未见过的新鲜事物，自然会一枝独秀。没几天章无为就用卖干花的分成租下了一处上下楼的房子，单独开起了一家以干花为主打产品的杂货店。这处房子在镇大十字路口的西北角，是章无为早就看好了，当时只是苦于搞不到钱而一直拖到了现在。自从有了这个小店，章无为动不动就把阿吾接过去，一住就是三五天，日夜相处，随时请教，见识更是突飞猛进。阿吾主动要求照看生意，章无为笑而作揖道："繁杂琐事，岂能让神明屈尊？"阿吾以为玩笑，不想章无为真的待他若供奉大神，不让干任何世俗杂务。杂货店生意渐忙，他甚至花钱请了那个外号叫瘦猴的青年做帮手。阿吾从小店回到荒滩的时候，便加紧上山采花并加工成品种更多的干花草，并建议章无为在荒滩租一块地，雇三五个人，把规模渐渐搞大起来。不料章无为听后，却诡秘地一笑道："你以为我真把干花当营生啊？开店不过是个噱头，我们贩卖的不是商品，而是来自神秘领域的信息。"

阿吾看着章无为充满血丝、明亮得仿佛在燃烧一样的眼睛，隐约觉得这个看上去有些走火入魔的人，又一次拉近了他与眼下身处的现世、与烟虚镇的距离。

这是一个难得的舒爽的夏天，舒爽得让人们忽视了它的存在。当人们被午夜的凉意从熟睡中冻醒的时候，他们这才意识到，这个夏天就这么无声无息地过去了。

与别人相比，时间对章疑而言没有太大的意义，无论是白天和黑夜的变化，还是春夏秋冬四季的交替。对他而言，除了饿了吃饭、困了睡觉，在家里的其他时间，他几乎都是置身于地下室堆积如山的古董旧物中，不是在伏案记录，就是在把玩揣摩。所以当某一天夜里，当章疑同样被深夜的寒凉惊醒的时候，他从床上坐了起来，浮上心头的第一个念头不是夏天结束了，而是这个家很快就要散架了。他在一团黑暗中摸了摸睡在一旁的老伴儿，她像炕席一样冰凉的皮肤，让章疑恍惚间觉得她已经是一个死人。这种感觉让章疑更是打了一个寒战。

“半斤！半斤！”章疑摇着老妻，声音里都起了哭腔，“你说话呀，你好歹答应一声。”

老婆睡得正香，被他摇醒后，反倒“扑哧”一声笑了：“你做噩梦了吧？多大岁数了，还喊这个名字，不害臊啊。”

章疑这才松了一口气，讪讪地说：“是做噩梦了，梦见你死了。”

老婆子说：“我想死都死不了，有这么多心要操的人，死了倒是福气。咦，这天怎么说凉就凉了，今年这个夏天真是好过啊。”老婆起身点了灯，从炕头箱里取出一床厚被子，安顿两人又睡下后，噗的一声吹灭了灯。屋子顿时又重新回到巨大的黑暗中，可章疑却没有了半丝

睡意。他躺在黑暗中，听着老婆重新响起的轻微鼾声，内心涌上一阵无法驱除的哀伤。

“傻老婆子啊，你就好好睡吧，但愿你能睡过这个即将到来的季节。”他默默地在内心说。

老婆患腰腿疼的老毛病十几年了，对正常生活并没有什么影响。但从去年冬天开始，却变得越来越严重，甚至连走路都困难了。六月底因为头人会年会之故，烟虚镇人满为患，各路高人都汇集于此。章疑请一位江湖名为“独手侠”的游医到家里来看病，游医前后左右把老婆仔细看了一遍，然后才伸出那只传说中金贵无比的右手，在老婆的腕子上搭脉数秒后，便开始写起了药方。等章疑送他出来，游医才说了真话：“药方子是安慰病人的，吃不吃两可。此乃绝症，怕熬不过这个冬天了。”章疑一听，吓得腿都软了：“就没有别的办法了吗？”游医说：“我独手侠都看不了的病，就算真观音下凡，也只能摇头叹息。”

从那天起，章疑就陷入了巨大的哀伤之中。他虽然依旧不分昼夜地钻在地下室里，内心却失去了昔日的那份平静。除了这个从青春年少之时就陪伴在自己身边的女人，章疑想不起生活还给了他什么别的温暖。由于兄弟姐妹众多，他又处在不上不下的尴尬位置，从小就不受父母待见。好不容易没病没灾地长大成人了，却死活也说不上一房媳妇，直到遇上这个女人。章疑永远都忘不了第一次和她相见的情景：媒人领着姑娘来家里相亲，一起吃了一顿“缘分面”。客人前脚刚

走，母亲后脚就骂起他来：“你就死了这份心吧，人家那么水灵的女子，能看上你个倒霉鬼？就算看上了，你养得起吗？瘦麻麻一个女娃，一口气竟吃下五碗面，那可是半斤面粉啊。”章疑本来就不抱希望，母亲的抱怨更让他沮丧。不料没过几天，媒人却传过话来说，姑娘同意了！……结婚后，相亲的事便成了夫妻相互逗乐的笑话。章疑管老婆叫半斤，老婆则回嘴称章疑为“八两”。

“半斤八两，没有了半斤，独剩八两还有什么意思？”躺在一团黑暗中，章疑忍不住一行老泪流了下来。

12

六月底头人会年会上的表现，让姜执贤在烟虚地区赢得了广泛的声望，但在姜家屯却是毁誉参半。对他的不满和指责，主要来自屯里德高望重的老人们。他们都抱怨说，好不容易舆情对姜氏祠堂“出门入镇”如此有利，作为代表姜氏根本利益的头人会成员，姜执贤本该借着这股强劲东风，一鼓作气地解决这道让人头疼的难题，结果却恰恰相反，族人经过深思熟虑写好的提案，竟然被他执意撤了回来。面对姜执贤的解释，老人们捋着白花花的胡子，愤愤不平地说：“等时机成熟？我们等得到吗？时机成熟时，我们都已经入土了。”对于姜执贤被高票通过的关于在烟虚镇建设医馆的提案，屯里说风凉话的也不在少数。很多人认为姜姓人这么多年为烟虚地区出钱出力，却换不回一丝切实的回报，花钱再多也是打水漂的事。上次上山打猎时遇瘴气而死的三名亲信的家人们也乘机大发怨声，使得众人对姜执贤寻访游仙的建议普遍反应消极。

但来自族人的压力和误解，都不是姜执贤烦恼的根源。对这个执着于目标的人而言，所有的烦恼都只来自横亘在解决之道上的障碍，而族人们的抱怨和责怪，根本只是一些不顺耳的喧哗而已。这段时间里，最让他烦恼不堪的人是章疑，那个有着烟虚“考古第一人”之称的迂执之人。在和章疑打交道之前，如果有谁问姜执贤烟虚盆地最固执的人是谁，他会毫不犹豫地说出殷伯的名字，但现在不同了，这个答案变成了章疑！

之前姜执贤对章疑只知其名，并没有和他打过交道。两人之所以有了交集，起因正是在与姜氏部落老人们的一次争辩中。老人们对他撤案之事耿耿于怀，抱怨不断，并说据传姜姓人刚移居烟虚盆地时，就住在今天镇街所在的中心地区云云。姜执贤说：“据传？任何族姓都能说出这样的理由。在烟虚行事做人，得靠让人信服的真凭实据。”但姜执贤嘴上虽这样说，心里却也因此起了念头：前几日他偶然听人说起，章疑在旧物市场淘宝时，曾炫耀自己慧眼识货，上次买到的一块残石，与以前的存货居然拼接成了一块时间久远的界碑。“或许老人们所言非虚，姜姓祖先真有可能曾居住在镇街一带。”姜执贤不由得喃喃自语。章疑的界碑还在研究判定之中，如果它真的属于姜氏祖先所有，自然是再好不过的事。如果无法判定或属于他姓所有，也都是章疑一个人说了算的事。神仙尚可改口，何况一个凡人？这么想着，姜执贤便计上心来。他将屯里一些能见机行事并口才出众的年轻人组织起来，

让他们逢集必去烟虚镇，有意无意地讲述他精心编撰的那个有关姜氏部落的故事……很快，那个姜氏族谱上有记载、考古第一人章疑发现的界碑可佐证的关于镇街用地的流言，就在烟虚地区传播开来。

姜执贤明白，修改和补记姜氏族谱是一件易如反掌的事，要让这个传言成为确凿证据，关键还在于章疑。

就在流言刚开始广泛传播的时候，姜执贤第一次登门拜访了章疑。那是一个盛夏的黄昏。当姜执贤敲响位于北关的章疑家的院门时，出来开门的是章疑的老婆，一个一脸病容、行走艰难的老太婆。姜执贤报上姓名，老太婆说："让您白跑了，我们当家的外出了。"姜执贤问："何时回来？我可以入内坐等吗？"老太婆说："他一出门，时间就无法揣测，夜不归宿也是常有的事。我儿子也不在家，我怕是留您不便。"话说到这个份儿上，姜执贤只好说声"那我下次再来拜访"，便告辞了。在随后的一段时间里，姜执贤又去了章府两次，却都吃了同样的闭门羹。这不由得让他怀疑起来：据说老章疑是个书呆子，除了上旧物市场或去考察古迹，几乎所有时间都待在家里的地下室中。何以我三次寻访，偏偏都出游在外？肯定是这家伙已经听到了外面的有关传闻，有意在躲避着我。

这一日烟虚镇逢大集，姜执贤知道章疑有逢大集必去旧物市场的习惯，便一大早就从姜氏部落赶过来，等在了章疑家的门口。刚过早饭时分，门一开，果然是章疑背着一个很大的布袋走了出来。姜执贤

走上前去，笑吟吟地说：“不用自我介绍，你也知道我是谁了。我知道你是在躲着我，但我还是有话和你说。怎么？客人远道上门，你不打算让我到家里坐坐吗？”章疑也不辩解，叹息一声，无奈地把姜执贤让进了家里坐下。那个病恹恹的老太婆脸上掠过一丝狡黠的笑容，艰难地挪动着步子到厨房中煮茶去了。

“我确实是在躲你，”章疑说，“既然躲不过，那咱就打开天窗说亮话。最近外面关于界碑的风声，毋庸置疑是你们姜姓人放出来的。我知道你来此的目的，舆论既然已经生米做成了熟饭，我何不顺水推舟，成全你们想在烟虚镇兴建祠堂的多年梦想？但我做不到，求证真相是考古的生命，一切要靠结论说话。而现在结论未出，我不想和相关人有任何的接触。”

“老先生过虑了，”姜执贤说，“界碑的事我也听说了，既然您作为专家结论未出，那传言不过是市井上的猜测而已。当然，作为姜氏部落的代表，我自然也希望您的结论与传言一致。但我三番五次来找您，却并非为界碑的事，而是想征求一下您的意见。您作为烟虚考古第一人，为此倾注了大半生的心血，而考古论今是对历史的梳理和澄清，是以后编写烟虚地方志的基础。这本来就应是一种公共研究，不该由您个人一己之力承担。今年我有个新提案，就是在烟虚镇建设医馆。最近我忽然有了更多的想法，干脆提议建设一座大型的公共机构，招贤纳士，将社会上各行各业具有特殊才能的人都集中起来，奉以官

银，以便他们能潜心钻研，术业精进。”

“您是打算让烟虚镇收编我？”章疑一脸吃惊之色。

“怎么能叫收编嘛，”姜执贤哈哈一笑，“除了拥有条件更好的收藏室和研究室，收购古董旧物由官银出资，您的工作方式和状态完全自由，不会有任何附加的约束。”

“这依然是收编，是精神上的收编。”章疑不容置疑地说。

“老先生，我知道您还是在提防我，以为我这都是为了那块界碑的考古结论。身为头人会的成员，我没有那么狭隘。此提案的着眼点不是姜氏部落，而是整个烟虚盆地。”

“你也许真的心怀全局，但我并没有那么高尚。考古是我毕生的兴趣爱好，我不想也不会将它与任何利益或目标挂钩，而要做到这一点，就必须保持一颗纯粹的心。这么多年来，我谢绝了所有馈赠和资助，就是为了让自己能够心无旁骛，完全沉浸在纯学术的自由和快乐之中。”章疑给姜执贤的杯子里添了些茶，“恕我无法从命，就算是书生愚直、不知好歹吧。”

任凭姜执贤道理讲尽，好说歹劝，章疑始终不为所动，到最后竟然不耐烦起来。他站起身，重新把布袋背在身上，直接下了逐客令：“我要去旧物市场了，您也请回吧。”

两人在门口告别后，姜执贤一直看着章疑，直到他风尘仆仆的背影消失在远处。尽管碰了一鼻子灰，但姜执贤不但不恼怒，反倒对这

个耿直迂腐的老家伙充满了敬佩。“堵住所有人的嘴不容易办到，但堵住你一个人的嘴，只是时间迟早的事。”他嘀咕了一句，这才骑上拴在门前树上的黑骏马，若有所思地离开了。

在随后的时间里，姜执贤没有再去找章疑。他知道要拿下这样一个老古董，送钱送物送温暖的老套路，都不会有丝毫作用，他必须另辟蹊径。通过亲信们的调查，姜执贤很快对章疑的具体情况掌握得一清二楚：父母双亡，与兄弟姐妹们很少来往。家里除了妻子，还有一对双胞胎儿子。小儿子天生智障，一直生活在镇孤残院。大儿子不务正业，整天游手好闲，惹是生非。章疑脾性古怪，亲情淡漠，父子关系一直剑拔弩张。章疑大半生除了对古董旧物视若珍宝，唯一在乎的人似乎只有一个，那就是他的结发妻子。据说他对这个和他生活了半生的女人素来敬若生母，惜似爱女，百般呵护，这在自古就盛行大男子主义的烟虚地带甚为稀罕……姜执贤经常说，钓不来大鱼，不是选错了饵食，就是鱼线不够长。他知道要钓到章疑这样一条大鱼，必须选对方法，找对路径。可眼前这些信息却依然让他一筹莫展：一对双胞胎儿子，在孤残院的老二章有志指望不上，而老大章无为与父亲形同水火，讨好他基本就等同惹怒章疑。而唯一可作为突破口的章疑老婆，却又让人老虎吃天无法下爪。这个女人原本就一直在家相夫教子，很少出门，最近因为腿疾加重，更是足不出户，就连到孤残院去给智障儿子送鞋，也都让大儿子代劳了，根本就没有单独接触的机会。有

一次，趁着章疑去旧物市场，姜执贤派人将一匹姜氏布业出品的最上等的锦缎送上家门，却被这个病恹恹的女人不由分说地拒绝了。她说：“章家凡一切大事小情，都是当家的做主，请你们与他商量。”

“心急吃不了热豆腐。离明年头人会年会还有整整一年，时间有的是，我耐心更有的是。”虽然一时无计可施，可姜执贤依然对自己的计划充满信心。

13

从初春紫雾发生，到秋天来临，烟虚地区一直风调雨顺，再也没有发生任何自然怪象。尽管在紫雾发生期间，据说有人曾因吸入这种散发着腐烂水果味道的雾气而产生晕眩，头人会对紫雾的结论也认为利害不明，后果待察，但几乎所有烟虚人都判定这场首次发生的紫雾不仅不是灾害，而且是来自大自然的美好馈赠。因为它不但没有造成任何破坏，相反带来了一系列令人欣喜的益处：今年的瓜果普遍质量好且产量大，尤其是烟虚西瓜，不仅瓤沙味甜，而且个头几乎是往年的两倍，获得了罕见的大丰收。让人苦恼不堪的蚊蝇几乎灭绝了，这个夏天不仅清静卫生，人们夜夜得以安然入梦，而且每年夏天都会流行的皮肤病也基本绝迹了。一些胡子花白的无聊老人们，则随口卖弄他们的见多识广：“虽然过去没有见识过，但古人所说的紫气东来，大约指的就是这个。紫气东来必有吉兆嘛，害虫肃清，瓜果肥美，果然啊。”

就在人们为紫雾的神奇惊叹不已的时候，发生在这个季节的另一件事，很快就吸引了大众的注意力，成为轰动一时的热点新闻。

随着天气变凉，烟虚镇四周群山的颜色先是由翠绿变成了深绿，再由深绿变成苍黄，随着树叶飘落、草木枯槁，深褐色的山体渐渐裸露出来，呈现出一副苍凉肃杀之感。就在这个季节里，烟虚镇越来越多的人发现了一个奇怪的现象：每当夕阳西下的时候，镇北部妙见峰的山腰上，会有一个金红色的光点定时出现。起初光点很小，并没有引起人们的注意。随着山体的日益裸露，光点变得越来越明显，在黄昏的远山散发出一种神秘的光晕。“看位置应该是那座废弃的古钟楼，这成龙变蛇闹的又是哪一出啊？”人们想起紫雾时节里有关这个废墟的传闻，心里难免感到有些惊悚。深秋的一天，镇上几个大胆的年轻人难忍好奇，便结伙上山，决定去平日里人迹罕至的钟楼废墟一探究竟。黄昏时分，一行人刚从一道山梁上绕过来，眼前的一幕便让他们彻底惊呆了：荒草丛中那座残败破旧的钟楼不见了，在原来古钟楼的废墟上，一座崭新的三层塔楼拔地而起。塔楼描金涂彩，反射着夕阳金红色的余晖，金碧辉煌，让人恍入仙境……

这座仿佛一夜间冒出来的建筑，立即成了烟虚盆地近期最大的新闻事件。在无数代烟虚人的记忆中，这座年代不详、来历不明的古钟楼，从来都是以废墟的形象存在，代表着某种已经无法察知的远古的秘密。它就这样以荒草丛、残垣断壁、垮塌的阶梯、沉默的铜钟的姿

态存在了不知多少年，却仿佛在人们一眨眼的瞬间，变魔术般呈现出这样一副神奇的样貌，这着实让人无法不深感震惊。

从几个小伙子看到这一幕的第二天开始，这个神迹般的存在，很快就吸引了一拨又一拨前来“一开眼界”的游人。妙见峰过去几乎无人问津的山道上，挤满了蚂蚁搬家似的行人。人们几乎不约而同地称呼其为“新钟楼”，虽然这个建筑无论外形还是功用，都根本与钟楼无关。这座在平整一新的旧钟楼原址上修建起来的三层木塔，呈六角形楼阁式，飞檐翘角，雕梁画栋。塔身四周没有围墙，只在东南西北方位立有四尊石雕，足有两人多高，皆为手持兵刃的武士形象，背对木塔，面向四方。三层木塔内部皆设有楼梯，每层六面设有塔窗。木塔第一、第二两层除了内壁上的壁画和浮雕，并无其他陈设。第三层地板中央摆有一正方形石案，石案周边安装有结实的护栏，里面置有一架巨大的铜质器械，看上去精美而复杂……这座像个神秘的不速之客般忽然冒出来的建筑，对烟虚人而言，到处都是难解的谜团。开始时，大家好奇于究竟是什么人能在众人不知不觉间，在妙见峰半山腰的位置，清除古钟楼废墟并建起这样一个庞大的建筑。但这个谜团很快就被更多、更大的不解之谜取而代之了：无论塔门、壁画、浮雕还是第三层的石案上，都刻有烟虚人完全不认识的文字。人们为此甚至将章疑请到现场，老先生东摸摸，西看看，揣测了半天，最终一脸疑惑地说：“这是起源完全不同的文字，似曾相识，但一时想不起来究竟在哪

里见过。”立于塔身周围的四尊武士雕像，无论装扮、长相还是所持兵刃，都明显异于生活在烟虚地带的土人。他们都长着大而凸出的眼珠子，眉距宽阔，须发卷曲，一双大脚与身体呈现出一种极不协调的比例。

“哎呀，我们怕是冤枉章家的大小子了。”一看到这些雕像的模样，烟虚人立即就想起了紫雾期间章无为信誓旦旦所言遭遇怪人的事，便不由自主地发出这样的感叹。这四尊巨大的雕像以及塔室内壁上浮雕和壁画里的人物，完全就是当初章无为所描述的模样。再联想到殷伯在灵龟河发现的那具长相怪异、至今也没有接到失踪报告的无名尸体，人们几乎在一瞬间就在心里认定，确实有一群“天外来客”开始频频光临烟虚大地。尽管对他们的状况、来历和动机一无所知，但可以肯定的是，这座造型奇特、用意不明的建筑，一定是出自他们之手。这个想法让人们开始陷入了隐隐的担忧：这座不设围墙，而且塔门大开，任何人都可以随意出入的木塔，还有三层塔室那台机关复杂的铜质器械，会不会是一个随时可能取人性命的可怕陷阱？虽然忧虑依然无法阻挡人们的好奇心，但去妙见峰一开眼界的游人，明显变得谨小慎微起来。众人在登塔时胆战心惊，仿佛随时随处都有可能裂开一道口子，让他们掉入深不见底的黑洞之中。

这起突发事件，让在烟虚镇一直声名狼藉的章无为忽然变成了炙手可热的人物。他位于镇大十字西北角的杂货店里，从早到晚挤满了

各色人等。人们借着购物之名一趟趟地往这里跑，其实目的只有一个，那就是想从章无为嘴里了解更多的关于“天外来客”的具体细节。因为在烟虚地区，他是目前所知唯一与他们有过接触的人。令大家失望的是，这段时间里，章无为却很少露面。只有瘦猴一人照看着杂货店，众人问他店主的去向，他总是不耐烦地说：“别问我，我还不知道去哪里找他呢。”有人不甘心，跑到北关他的家里去打听，结果老章疑打开门后，一听来人是找章无为，立即就铁青了脸：“死了！妈妈病重成这个样子，他却整日不着家，不是死了还能是什么！”

关键人物在关键时刻的缺席，不但不会被大众遗忘，而且往往会引发更为深刻的怀念。在激发了烟虚人空前联想的有关“天外来客”的背景下，唯一与之有关联的章无为，居然选择躲避，这让公众的好奇和忧虑失去了排解和消除的通道，于是章无为的失联作为附加话题，成了众人谈论神秘事件时必不可少的内容。这个在烟虚人眼里从小就游手好闲、不务正业的二流子，忽然摇身一变，成了一个特立独行、注定不同凡响的天才，他曾经的斑斑劣迹，也都被赋予了特殊的意义。大众忽然对他充满了怀念，有关他失联的流言蜚语五花八门，无不让人为之揪心。甚至一度有不少人遗憾地认为，章无为作为唯一的见证者，已经被那些“天外来客”神不知鬼不觉地绑架了，早已凶多吉少，这个被烟虚人误解的青年，恐怕再也回不到他的故乡了。

在这个季节里，章无为其实并非有意与亲人及大众失联，而是沉

迷在一件激动人心的大事中，废寝忘食、心无旁骛。

章无为明白，阿吾凭借对“胡正坤”身份的记忆而制作出来的干花，之所以在烟虚镇成为话题商品，不仅是因为干花栩栩如生且能长久保存，更重要的原因是它带给了人们一个全新的理念。基于这样的认识，他对阿吾所描述的香水有了越来越迫切的渴望。他想象着那种散发着各种奇妙之香的神水，觉得它的出现不但会在烟虚地区引发一场生活观念的地震，而且将极大地提升自己的影响力。尽管在阿吾的记忆中，香水制作工艺复杂，而且需要各种各样在“胡正坤”那个时空里才具有的现代化设备，但在杂货店开张后不久，章无为还是奉劝阿吾，不必把时间和精力过多地花费在干花制作上，要千方百计地在现有条件下，制造出那种大大超出了烟虚人想象力的神奇之水。

阿吾记忆中的自己，虽然并没有真正参与过香水的制作，但曾身临其境的他，对原理还是粗通的。在章无为的极力怂恿下，他真的开始了香水的制作实验。他将自己设计的图纸拿给章无为，向他说明了大致的原理和需要的器具。

“开干吧！再不动手，今年的花儿都要谢了。”章无为激动无比地说。为方便起见，他从镇上找来施工队，在阿吾家窑洞前的坪坝上盖起了一个大棚，里面盘起炉子，架设案台，并按照阿吾的要求到处求购或定制所需器具，一个简易却宽敞的小作坊很快便投入了使用……从夏末秋初开始，随着花季临近结束，章无为待在荒滩的小作坊里的

时间越来越长，和阿吾吃住在一起，没黑没明地捣鼓着那些摆满案台的坛坛罐罐。

旧钟楼废墟惊现新木塔一事，早就传到了章无为的耳中，只是他的兴趣一时难以顾及而已。在一个落叶飘零、万木萧瑟的午后，就在人们还在喋喋不休地谈论关于他失踪的传闻时，终于稍微得闲的章无为和阿吾，走在了通往妙见峰旧钟楼废墟的山路上。

14

阿吾和章无为成为关系日益亲密的伙伴，从表面上来看，只不过是两人旧谊的巩固和加深，但对两人却都有着全新的意味。对阿吾而言，他的记忆中全然没有和现世相关的任何内容，有关眼下肉身所处环境的有限细节，都是从母亲、殷伯、章无为等人的口中得来的。对他记忆完整的“胡正坤”而言，章无为完全是一个新结识的朋友。而对章无为来说，阿吾虽然还是自己熟悉的那个老朋友，但却只限于肉身，他的本质已经不是从前的那个阿吾，而是一尊神，一尊附体在阿吾身上的外来之神。无论是阿吾还是章无为，两人的关系都是全新的，彼此都是对方实现一个曾经遥不可及的梦想的希望。

从夏末到深秋，阿吾大部分时间都是待在荒滩的小作坊里，进行香水制作的实验。章无为眼神中强烈的渴望，让他对这件几乎是赶鸭子上架的事也充满了信心和热情。四周的山上种类繁多的野花，很多都是在“胡正坤”的世界里所没有的；各式各样的容器、搅拌棒、过滤

棉，甚至用来盛装成品香水的瓶子，都被章无为到处采购和定制妥当；新建的作坊偏僻安静，宽敞通风，用起来分外顺手……阿吾首先需要做的，是制造出纯度足够高的酒精。令阿吾感到不可思议的是，烟虚地区居然只有一种本地人酿造的米酒，酒精度只有十来度，无色透明，味道有如记忆中的黄酒。对阿吾一个新手而言，制造出高纯度的酒精就让他颇费了一番功夫。在多次用当地米酒提取的方法失败后，阿吾干脆改用现代农家土法制酒的原理，用谷物发酵蒸馏的方法重新试验，在经过一次又一次的失败之后，他终于得到了浓度足够高的酒精。那天，高兴得手舞足蹈的章无为喝了一碗高度的蒸馏酒后，很快就醉得一塌糊涂，他舌头打结、口齿不清地说："意外收获啊，以后……以后烟虚人有烈酒喝了。"

得知旧钟楼废墟上惊现新塔的消息时，正是阿吾和章无为提取酒精屡屡失败的时候，两人没黑没明地待在小作坊中，熬得面容憔悴，双眼布满血丝。前来送新定制的蒸馏炉的工人们津津乐道地说起了这件让整个烟虚地区为之沸腾的新闻，章无为和阿吾却置若罔闻，甚至连多问一句的兴趣都没有。在酒精终于如愿制出、章无为大醉一场的第二天，他才想起这则传闻，于是叫阿吾暂停了手头的实验，两人一道去了趟妙见峰。

在这个季节里，草木枯黄，落叶遍地，群山已经显现出一派萧瑟肃杀的深秋景象。昔日人迹罕至的山道上，此时却依然行走着络绎不

绝的游人。两人随着人流塔上塔下仔细观看了一番，又在四尊雕像前驻足良久。章无为对阿吾说：“大概除了你，这件诡异的事没人能说得清楚。”阿吾却说：“我也未必说得清楚。但觉得诡异，只不过是因为众人以为天下之大，莫过烟虚，而不知天外有天，人外有人。”

确认武士雕像和塔内壁画、浮雕上的人物与章无为在紫雾期间偶遇的那群怪人的相貌确实一致之后，阿吾做出了这样的推测：这个仿佛一夜间拔地而起的木塔和石雕，是一个与烟虚人人种、文字和文明程度完全不同的民族建起的。他们也许生活在山外的大千世界，或许就生活在将烟虚地区与外界隔绝的群山之中。阿吾虽然也根本不认识那些文字，但他猜测这个建筑有些类似于此民族的精神圣地，壁画和浮雕上的内容都与古老的传说和宗教故事有关。至于为何选址于此，他也说不上来，只觉得可能与那个烟虚镇无人清楚的废墟的历史有关。

“烟虚地区的历史上，从来没有关于这些异族的记载，今年他们频频现身此地，究竟有何用意？”章无为一脸疑惑。

“据我身为一个外来人的观察，烟虚盆地很可能是由于地震之类的原因，偶然形成的与世隔绝地域，所以烟虚的历史完全是断代史，本地之前与外部世界的关系，基本上都是空白。这些人忽然现身烟虚地区，当然有其理由，对烟虚人是福是祸，现在谁也难下结论。”

“一定是福！”章无为斩钉截铁地说，“任何变化，对死水一潭的烟虚地区而言，都只能带来福祉。”

当失联多日的章无为重新出现在他那间杂货店的时候，人们立即注意到了发生在他身上的明显变化：一是多日不见，这个男人身上忽然散发出一阵阵浓烈的香气。这种仿佛混杂着百花芬芳的气味，在他人还在百米开外的时候，就鲜明地飘进了人们的鼻孔，立即带来一种迷幻般的眩晕感。另一个变化是，原本最爱凑热闹、传八卦的章无为，忽然变得沉静专注、不为道听途说所动起来。人们把这个香气四溢的年轻人围在小店中，东一嘴、西一嘴，没完没了地向他请教着近期出现的一系列难解之谜。章无为话不多，却让听者有顿开茅塞之感："异族人既不是天外来客，妙见峰上新建的木塔也并非什么神迹，他们是真实的存在。铁板一块的烟虚大地，只是被异族人打开了一个缺口而已。那些身强力壮、手持利刃的异族人，将会越来越频繁地现身，越来越深入地介入烟虚人的生活。"

章无为的神秘变化及他对异族人独到的见解，让他在秋末冬初成为了烟虚地区一个传奇式的人物。那个位于镇十字路口的杂货店，成了人们开阔眼界、接受新思想的启蒙之所。只要章无为在，不大的店里总是人满为患。通过章无为的讲述，烟虚人尤其是烟虚的年轻人眼前都浮现出了这样一番可怕的情景：虽然异族人来烟虚地区的动机尚不明确，但无事不登三宝殿，烟虚一带自古风调雨顺土地肥沃，是难得的富庶之地，异族人不可能不起觊觎之心。如果真的私心一起，对身强力壮且持有利矛坚盾的异族人而言，手无寸铁的烟虚住民就是猫

儿爪下的秏子、恶狼嘴边的羔羊，只有束手就擒沦为口中之食的份儿。到那时，烟虚大地上将会横尸遍野，血流成河……一种强烈的忧患意识在烟虚地区开始蔓延，年轻人自发地聚集到公正堂前，要求头人会就日后可能面临的巨大危机给出应对的措施。

鉴于大众的呼声日渐高涨，头人会于冬初召开了一次为期三天的临时特别会议。虽然在会前对议题进行了说明，但由于这是烟虚镇从来没有遭遇过的诡异事件，众头人在会议上并无建设性的提案，而是陷入了无休无止的质疑之中。大家既质疑章无为对事件的判断和定性，也质疑他煽动民意的动机，最终达成了高度一致的意见：妙见峰旧钟楼废墟上出现新建木塔一事，究竟系何人出于何种目的所为，需要在认真调查的基础上方能得出结论。章无为惑众之言，毫无根据。烟虚地区自古乃吉祥平安之地，自有天佑，万民尽可安居乐业，不必因无妄之事而自扰……头人会的决议，让习惯于活在权威声音之下的绝大多数烟虚人，终于吃下了一颗定心丸。但头人会对章无为的否定和贬低，却在不少年轻人之间产生了相反的效果。“这完全是赤裸裸的偏见！上次章无为与异族人相遇，他们就斥之为谎言，现在又老调重弹，简直是睁着眼睛说瞎话！章无为说得没错，死水一潭的烟虚地区，容不得一点新思想，确实应该对其开刀了。”年轻人情绪激动，纷纷打抱不平，这使得章无为的声望不降反升，身边聚集的追随者越来越多，章无为渐渐竟在烟虚地区年轻人中成了领袖式的人物。

章无为影响力的快速提升，虽然有头人会压制的功劳，但更多的是源自他身上日益彰显的魅力和才华。这个过去在烟虚镇不仅毫不出众甚至有些声名狼藉的青年，居然在不长的时间里，出息成了一个见多识广、高瞻远瞩的人。他独家所卖、引领烟虚镇消费潮流的干花，他身上那仿佛发自肉体本身的浓烈的迷香，他对大千世界的描述以及对烟虚镇的展望，都让他像个伟大而神秘的引领者，将烟虚地区的普通大众远远地甩在了身后。人们对他的一切充满了好奇，而无解的好奇又会成为崇拜的动力，让这个昔日游手好闲的浪荡青年越来越成为大众偶像。

入冬了。随着天气变得越来越冷，群山沉默，大地萧瑟，自然万物都失去了原有的活力。在这个季节里，人类的生活热情似乎也被寒风带向了远方。烟虚人开始把越来越多的时间耗在了家里的火炉旁，饮一壶茶或两杯酒，漫想往事或与家人闲话家常。外界的一切都变得无人关心。妙见峰旧钟楼废墟上神秘出现的新塔和雕像，旋风般在烟虚地区带来漫天飞舞的流言蜚语之后，也渐渐归于沉寂。偶然还有三三两两的游人光顾此处，但曾经的惊奇早已不再，仿佛它已经在那里存在了很多年。

15

在这个大多数人都在家里围炉而饮的季节里，姜执贤却把大部分时间花在了莽莽东山的深沟险壑之中。

姜执贤关于在烟虚镇建设大型医馆的提案全票通过，给他本人和姜氏部落带来了空前的好名声。从七月中旬开始，他有事没事就会上一趟东山，一边打猎，一边四处探访，希望能有机会再次与游仙荀广印相遇。自从三名心腹遭遇瘴气而死于非命之后，姜执贤每次上山都只身匹马，独来独往。在沟壑纵横、歧路无数的东山上，姜执贤从初秋的万山红遍寻访到初冬的满目萧瑟，也没能再见到荀广印的身影。每每偶遇猎户或山民，姜执贤都会打听荀广印的消息。令他感到惊讶的是，其中有多人曾经与游仙相遇，有的甚至刚刚与他擦肩而过。但姜执贤根据他们提供的线索急急忙忙地找过去，却从来都是一无所获。这些五花八门的信息总让他感到迷惑，仿佛荀游仙就躲在某个不远的地方，故意和自己玩着捉迷藏的游戏。

起初，寻访荀广印是出于建设医馆的需要，尽管多次上山不遇，但姜执贤并不气馁。但当秋天来临、天气开始变冷的时候，一个意外得知的消息，让寻访荀广印变成了他生活中最重要和最急迫的头等大事，一日不解决，他的焦虑就一日无法排除。

这个消息是关于章疑和他结发之妻的。

当天气开始渐渐转凉的时候，烟虚镇旧货市场的摊主们发现了一个奇怪的现象，那就是老顾客章疑很久没有光顾这里了。逢大集之日必来市场淘宝，是章疑数十年来一直坚持的习惯。在人们的记忆中，除了有一年夏天，他因去镇东考察一个古墓时不慎跌断了左腿而卧床两个月，其余时间无论刮风下雨，只要市场营业，他都会在固定的时间如期而至。开始时，众人都觉得大概是老先生生病了，否则雷打不动的事，怎么说停就停了呢？但随后传来的各种消息，却否定了众人的猜测：章疑不但没病没灾，而且活得越来越滋润！人们之所以做出这样的判断，是因为许多人发现这个昔日总是埋头于古董堆中的书呆子，不知什么原因忽然开了窍，变成了一个纵情享受生活的人。他不来旧货市场了，却频频出现在镇街上的各大饭庄酒肆内，换着样地点各种美味佳肴打包带走。他也不时购买活鸡鲜鱼、山珍海味，原本灶火冷清的家里常常飘出馋人的肉香……就在大家百思不得其解的时候，一个令人唏嘘的真相传遍了烟虚镇：章疑的结发妻子患了绝症，已经被大名鼎鼎的江湖游医独手侠断言熬不过这个冬天。与老伴感情笃深

的章疑便放下了手中的一切，悉心照顾和陪伴她人生的最后一程。为了不让病妻留有遗憾，章疑倾其所有搜寻各种各样的美味以满足她的口福……这是一个令人伤感的爱情故事，尤其是章疑这个老男人因绝望而夜夜坐在门前抽泣的细节，在大男子主义盛行的烟虚地区，立即感动了无数的男人和女人。

偶然得知这个消息后，浮上姜执贤脑海中的第一个念头就是：机会来了，钓到章疑这条大鱼的机会终于来了。

为了啃下章疑这块硬骨头，姜执贤真是费尽了脑汁。对于这个软硬不吃的老顽固，正面进攻肯定是白费力气，唯一的可能性便是通过迂回战术，从侧面找到其可以突破的缺口。章无为与父亲形同水火，根本无法成为突破口，所以章疑一直敬爱有加的结发妻子，便成了姜执贤钓到章疑这条大鱼的唯一诱饵。可让姜执贤头疼的是，那个看上去病恹恹的老太婆，性格的固执却比章疑有过之而无不及。她同样油盐不进，无论送礼还是约饭，一概坚辞不受，让人无计可施……所以当姜执贤听到她身患绝症、将熬不过这个冬天的消息时，马上就想到了自己一直在苦苦寻访的荀广印。如果找到荀广印，让他以神奇高超的医术让这个病入膏肓的老太婆起死回生，那就等于拯救绝望的章疑于水火，纵使他有着铁石一般的心肠，也会感激涕零，对自己的要求言听计从。何况，如果真的将被独手侠宣判了死刑的病人从鬼门关拉了回来，也是对即将建设的烟虚镇医馆的一个绝好的宣传，绝对属于

一箭双雕的妙招。

从得到消息的那天开始，上山寻访荀广印便成了姜执贤最迫切和重要的事。时间不等人，眼看着天气越来越冷，他不知道那个病婆子到底能撑到何时。自己唯一能做的，就是一边抓紧寻找，一边暗自祈祷她能活得久一些。这段时间里，姜执贤频频只身匹马地独上东山，很多时候甚至带着露营的帐篷，在山野里一待就是数天。姜氏部落的众人看着他因焦虑和疲倦而憔悴不堪的脸，颇有些不解地嘀咕道："咱们这头人，真到了天下为公的境界了，放着姜氏部落的事不管，为官事快连命都搭上了。"

十一月中旬的一天，姜执贤又吩咐家仆收拾行装，准备再度上山。八十多岁的姜母却在一个贴身丫鬟的搀扶下，颤巍巍地走出房门，叫住了儿子："儿啊，你回来还不到三天，怎么又要上山？这两天天阴得很重，看样子今年的头场雪就要下了。下雪天进山，你是不想要命了吗？"

姜执贤本来就是因为看到天阴得很重，怕一场大雪和伴随而来的寒流，随时会带章疑病重的老婆赴了黄泉，心里着急，这才不惜冒险进山。但他是个出了名的大孝子，老母亲既然出来说话了，他就不能这样横下心一走了之。姜执贤赶紧让家仆将马儿牵回马厩，唯唯诺诺地对母亲说："为儿不孝，让娘操心了。天冷，娘您回屋吧，我不出门就是了。"然后示意丫鬟赶紧扶着老母亲进了屋子。

姜执贤站在院子里，抬头望着漫天低沉的乌云，一时进退两难。母亲很少干涉自己的事，他在这个季节里屡屡只身上山，母亲虽然满心忧虑，但除了叮嘱他注意安全，从来都没有张口阻拦过。今天她老人家把话说得如此明确，说明心中的忍耐已经到了极限，自己万万没有忤逆的理由。但想着即将到来的大雪和寒流，姜执贤心头的焦虑陡然又增加了几分。长期的劳累和紧张，让他感到一阵阵晕眩。

“罢了，我这个样子进山，除了送死，也于事无补。命中注定的事，强求不得。”姜执贤这样想着，决定放弃进山的计划，好好在家里休整几日再说。他刚欲转身，家仆却过来禀报道：“门口来了一要饭花子，给了吃的却不走开，说是要见老爷。”姜执贤正心烦意乱，便嗔怒道：“这事也来烦我，撵走了事。”

话音刚落，外面却有人隔门笑道：“注定见面的人，恐怕撵也是撵不走的。”那声音听上去饱满洪亮，中气十足。

“荀游仙？”姜执贤闻声一惊。但这个念头刚一浮现，立即又被自己否定了：不可能！绝对不可能！我不过是太想找到荀广印而走火入魔了，历经万难寻不见，怎么可能就忽然相逢在一瞬间？可那声音却如此熟悉，让他一下子仿佛回到了深山中那个难忘的夜晚。他恍惚地站在那里，一时分辨不清是梦是真。直到大门口传来家仆恶声恶语的吆喝声，姜执贤这才赶紧跑到大门口去一看究竟。

正在被家仆吆喝驱赶的，居然正是让他费尽千辛万苦寻找的游仙

荀广印！

“我这不是做梦吧！”姜执贤抢上前一步，紧紧地拉住了荀广印的手，仿佛一松手，他就会消失得无影无踪。家仆见状，立刻既惶恐又不解地住了口，一时手足无措。

荀广印朗声笑道：“人总是对不该惊讶的事表示惊讶，你要是能在山里与我相遇，那才真算奇事。”

姜执贤握着荀广印远比常人温热的手，看着他在阴晦的冬日里如同两盏明灯般炯炯有神的眼睛，确信这不是梦，不是自己的幻觉，站在眼前的这个薄衣单衫的老人正是荀广印！他赶紧请老人进到客厅里坐下，兴奋得有些失态，大呼小叫着备茶备饭。荀广印却说：“茶就免了。下雪了，烫几壶酒来吃。”姜执贤透过窗户往外看时，果然有雪花开始纷纷扬扬地落了下来。

姜执贤本来就怕荀广印稍坐即辞，见他主动要求喝酒，非常高兴，便在吃饭过程中一再劝酒。荀广印也是来者不拒，杯杯见底，大呼痛快。反倒是酒量平平的姜执贤很快便有了微醺之感，他絮絮叨叨地诉说着自己这段时间踏遍东山的千壑万谷，只是为了与荀游仙再度相遇，话到动情处，泪水甚至湿润了这个大男人的眼眶。荀广印话不多，他一边喝酒，一边听着姜执贤讲述他在东山寻访自己时历经的艰辛及拟建中的烟虚镇医馆的辉煌前景……这顿饭从下午一直吃到晚上掌灯。酒足饭饱的荀广印终于开口道：“你上山寻我一事，我都心知肚明。上

次山中初遇，我就明言给你，老夫乃一介遁世的闲人，早已无意人间生死，怎么可能出山为医，所以避而不见。但后来见你进山如此频繁而执着，想来必定另有所求，犹豫再三，这才决定前来见你。直说吧，究竟是何事让你如此寝食难安？”带着几分醉意的姜执贤说：“老仙人，我要求你的，正关乎人间生死，你万万不可推辞啊。”于是将章疑老婆病入膏肓，被游医独手侠断定熬不过此冬的事，详细地说了一番。

荀广印起身走到门口，他撩起棉帘，望着已经落了厚厚一层的初雪，仿佛自言自语地说：“我向来从一己之意行事，却不知是在救人还是害人。”

16

这年冬天的第一场雪，纷纷扬扬地下了三天三夜。烟虚大地被厚厚的一层雪褥盖得严严实实，河川隐身，群山失形，到处天地难辨，只剩下白茫茫一片。大雪同样将烟虚人的社会生活也掩埋了起来，就连平日里繁华热闹的烟虚镇，也变得行人稀少，冷清异常。

阿吾的香水制造计划，在经过上百次的实验之后，还是以失败而告终了。香水虽然没有制造成功，阿吾和章无为却有了两项意外之得。一是他们通过反复试验而娴熟地掌握了蒸馏技术，可以轻松地得到烟虚镇从未有过的烈性酒和酒精。二是因为一个偶然的机会，阿吾发现虽然百花的芳香无法在液体中持久保存，但却可以被一种用来烧蒸馏炉的木料吸收，使这种从山上砍回来的木料在燃烧时散发出浓烈的香味。受此启发，阿吾试着将这种木料磨成极细的木屑，将没有成功的半成品香水倒进去充分搅拌，压制成型并阴干后，居然成功地造出了一种气味独特的线香。第一支线香点燃后，烟雾袅袅，散发出来的淡

淡的香味让人神清气爽。章无为陶醉地说：“一闻到这味道，对你所描述的寺庙，我一下子就有了直观的感受。这个好，比香水还要好。我们以后也要在烟虚镇建庙。”阿吾说：“烟虚人心中无神，建庙无可供奉。”章无为却说：“你就是神！”

大雪封门的日子里，阿吾和母亲待在窑洞里，除了一日三餐，其余时间不知道该如何排遣。尽管他已经渐渐习惯了自己现世身份的处境，但却感觉这个老寡妇依然完全是一个陌生人。自从六月份家里的两只猫丢了之后，这个和善寡言的老寡妇表情中多了一丝忧郁。在无所事事的时候，她总是看着那个被挂毯遮掩起来的侧窑发呆，嘴里自言自语地说一些关于两只猫的往事。阿吾除了吃饭时间陪母亲说说话，大部分时间都躲在坪坝上的小作坊里。自香水实验彻底失败后，这里几乎成了阿吾冥想的道场。他的思维在阿吾和胡正坤两个身份和两个身份所处的时空间来回切换，就如同一只在黑夜和白天之间来回穿梭的飞蛾，黑夜和白天的感觉变得越来越混淆起来。阿吾有时候甚至觉得，所谓的两种身份和两个时空，也有可能是自己在第三状态下的一种错觉。他长久地静坐在小作坊的案台旁，一遍一遍地梳理着纠缠在一起的两种记忆，试图为未来人生规划出一个清晰的目标。作坊四处漏风，冷风从外面吹进来，一阵阵的寒战似乎在提醒阿吾存在的真实感。制作香水和线香残留的气味，又让他恍惚置身于某个虚幻的深山大寺，一切杂念像线香的烟雾一般渐渐散开，肉身和灵魂都正在化为虚无。

这天中午吃过午饭后，阿吾给炉子里添好木炭，不忍母亲一个人孤零零地留在窑里，便烧了一壶茶，打算陪她坐坐再去作坊。他知道丢失的两只猫是母亲最近的心病，便安慰她说，章无为答应在烟虚镇找两只猫仔，很快就会送过来。但母亲没有说话，只是表情忧郁地望着侧窑的洞口发呆。

“我告诉他了，让他一定找两只和丢失的猫长得一模一样的。”阿吾见状又说。

“不用让他费心，”母亲说，“什么样的猫也代替不了阿黑和阿花，它们不是猫，是陪了咱们整整二十一年的家人啊。”

阿吾笑了起来：“猫最长也就能活十来年，二十一年，那还不成精了？”

母亲却说：“你脑子烧坏了，不记得旧事。我怀着你搬进这窑洞时，它们就是这里的主人，到今年整整二十一年了。”

这是明显违背常识的事，阿吾自然无法相信。可这里的很多事物的确又都在他的常识之外，所以也无法轻易否定。

“就算是亲人，也终有离别的时候。您别太往心里去啊。”阿吾只好说些含糊的话安慰母亲。

“比起伤心，我更多的是发愁。没有猫，我都有点不知道该怎么活着了。”母亲刚说完，忽然想起什么似的正色道，“对了，你脑子不记事，我得提醒你。以后千万不要再进这个侧窑了，切记，它非常危险，一

不小心会丢了性命的。”

平日里常用一张巨大的挂毯挡住洞口、被自己私下命名为“千须洞”的侧窑，是阿吾心中关于这个家最大的谜团。因为没有之前的记忆，阿吾不知道这个窑洞的秘密，也不知道它在这个家庭中到底起着什么样的作用。在一黑一花两只猫没有丢失以前，这个侧窑是母亲隐身时间最长的地方。在家务之余，母亲大部分时间都待在窑中的某个地方，出来时总是目光慈祥、神色平和。但自从一直生活在千须洞中、只是偶尔现身的两只猫无端失踪之后，母亲似乎越来越惧怕这个她曾经最喜欢的地方。她常常望着黑洞洞的窑口发呆，看上去精神恍惚、六神无主。过去经常和两只猫打闹戏耍的黄狗，现在总是长时间默不作声地卧在窑口，神态萎靡，兴味索然。

十一月底的一天，因大雪久未露面的章无为来到荒滩。和他同行的还有瘦猴和另外一个阿吾不认识的青年。三人牵着一头毛驴，驴背上驮着一只装满东西的口袋。章无为吩咐两个手下将口袋搬进窑洞，对阿吾母亲说：“伯母，我接阿吾去镇上住几天，有重要的事商量。下雪路滑，给您带了些吃食，省得出门。”阿吾说：“既然你来荒滩了，有事这里说不行吗，非得去镇上？”章无为说：“对，非得去镇上。”

这是一个天气阴沉的冬日的午后。烟虚大地上的初雪尚未完全融化，瓦屋、坡地的背阴处，还残留着一片片的积雪。从灵龟河的木桥上走过的时候，阿吾看见一行人的影子倒映在缓缓流动的河面上，随

波晃动，模糊而不真实。那头毛驴不知什么原因忽然高亢地叫了一声，惊飞了河边树上几只正在闷头想着心事的鸟儿。

一路上，阿吾几次询问章无为年关将近，何事非得去镇上商量，章无为都故作神秘地岔开了话题。及至晚饭过后，杂货店里只剩下了他们二人，章无为这才说："明天给你过生日，都已经安排停当，你一切只需听我的就是。"阿吾惊讶地说："我没有记错的话，阿吾的生日是三月二十六日，而胡正坤是孤儿院长大的孩子，生日根本就无法考据，明天过的哪门子生日？"章无为说："明天是十一月二十八日，这一天将成为烟虚镇第一个神的诞日。"看着阿吾一脸错愕的样子，他又说："没有神，烟虚镇永远都无法揭开历史新的一页。"

第二天清晨，从下雪前几日就一直阴云密布的天空，不知何时居然放晴了。长空碧蓝无云，金红色的晨曦将烟虚镇映照得一派辉煌。在公正堂的广场上，数百名闻讯而来的看客，按照一帮身穿紫衣人员的引导，已经在一个用黄布围起的帐子前排起了长长的队列。帐内设有一高台，上面铺着金光闪闪的锦缎。两旁的案板上，油灯长明，线香袅袅。阿吾按照章无为的安排，头戴高帽，身披紫袍，在高台上低眉顺目，正襟危坐。卯时一到，随着几声低沉而威严的长号声，队伍开始移动起来。人们逐一从帐篷的左侧进入，从入口处两个同样穿着紫衣的小童手中接过一朵不知其名的黄色干花，按照指示放入高台前的竹篮内，向端坐高台的阿吾行过磕头礼后从右侧走出帐子，出去时每人会从章无

为的手里领到一块特制寿饼和一束线香……这不伦不类的仪式，明显是章无为对胡正坤所处时空宗教活动照猫画虎的模仿，端坐高台的阿吾觉得太荒唐了。但一脸肃穆的章无为和虔诚跪拜的众人，让他内心的忐忑渐渐消散了。他变得轻松起来，肚子一声咕噜，不小心便放了一个屁。屁的恶臭夹杂在线香的气味中，让阿吾忍不住咧嘴苦笑了一声。

这场只持续了短短半个时辰的仪式，当天并没有产生太大的轰动。但随着人们添油加醋的传播，却发酵似的产生了越来越大的影响。很多过去困扰烟虚人的问题，都因为这件事得到了合理的解释：章无为一个声名狼藉的不良青年，忽然变得心灵性慧、洞察万物和高瞻远瞩，原来一切根源都在阿吾。而荒滩老寡妇那个善良勤奋、助人为乐的儿子忽然变得诸事皆忘、胡言乱语，其实并非因高热烧坏了脑子，而是被一个叫“正坤大神”的神灵附体了……凡参加了十一月二十八日那场仪式的人，无不为正坤大神的奇迹崇拜得五体投地：阴霾多日的天气，因为神诞日而霞光万道；目睹阿吾尊容，虽然貌似那个荒滩寡妇的儿子，但神情庄严，判若两人；帐子里异香缭绕，如入仙境。更有不少人到处宣讲，由于吃了祝寿仪式上领来的寿饼，困扰自己多年的顽疾一夜间被治愈，身体神奇地得以彻底康复……

这个消息传到章疑的耳中后，老夫子往地上啐了一口唾沫，斩钉截铁地说道：“放屁！这不过是不肖之子表演给大众的一场骗局。如果烟虚地区真的有神灵，那也非荀广印莫属。”

17

这个冬天里，殷伯那个关于呼吁调查蚊蝇锐减现象的提案，在被遗忘了数月之后，却又一次成了烟虚人议论的对象。唯一不同的是，这份曾经被大众拿来取笑甚至侮辱殷伯的提案，这一次却同样成了他们心头挥之不去的阴影。

蚊蝇数量的锐减，确实给烟虚地区带来了一个美好的夏季。不仅环境空前干净，人们夜夜能睡得踏实安稳，就连一直在夏天里困扰烟虚地区的皮肤病，也几乎绝迹了。当秋天的凉风开始吹起的时候，人们都长舒了一口气："感谢紫雾，这个夏天总算是善终了。"一直独自对这一现象进行观察和记录的殷伯闻言，却忧郁地说："不要高兴得太早，锐减的不光是蚊子和苍蝇，蚂蚁、蜘蛛、蟑螂、蜈蚣等许多常见的虫豸，也都很难见到了。就连烟虚人最喜欢的肉豌豆，今年也几乎绝迹了。"

对于这个头脑顽固的老家伙的话，开始大家都不屑一顾。众人觉

得殷伯实在是杞人忧天，别说这些害虫，就算所有的昆虫都死绝了，能对人有多大的影响？所以当人们渐渐发现这个秋天里的老鼠似乎也明显比往年少时，心里依然觉得那场紫雾是大自然净化环境、肃清百害的自动复原，是对人类的一场恩典。烟虚地区一直鼠患不绝，那些繁殖力超强的家伙成群结队地出没在任何地方。它们糟蹋粮食、咬坏家具、撕烂衣被、传播疾病，几乎无恶不作，让烟虚人头疼不已。今年老鼠数量减少，开始人们并没有注意到。到了秋天新粮入仓的时候，人们上到土楼，发现谷仓里陈粮不但没有减少，而且干干净净，不像过去那样总是夹杂着大量的老鼠屎，这才意识到，今年的鼠患与往年相比大为减轻。

但人们还没有来得及为此庆幸，老鼠数量锐减引发的另一个现象，却成了人们心头越来越挥之不去的忧虑。

大概从七月份开始，烟虚人发现，无论是在热闹的市镇还是冷清的乡村，街道上的猫儿开始多了起来。它们或三五成群或单枪匹马地四处游荡，一遇到行人，便立即围拢上去，一边又是抵头又是贴身，一边喵喵地叫着，极尽下贱之能事。它们肉麻的亲热姿态，刚开始确实迷惑了不少爱心人士，为它们带来了口腹之欲的一时满足。但随着这种谄媚的普遍化和一再反复，人们开始对这些游街的猫儿反感起来，同时一个疑问开始浮上心头：今年这是怎么了？猫儿们不去逮老鼠，居然心甘情愿地做起了上街行乞的叫花子。

直到意识到今年鼠患不再的时候，人们才恍然明白，之所以到处是饿得瘦骨嶙峋的猫群，不是它们不去捕猎，而是作为猎物的老鼠太少了。开始时，贱模贱样缠着人们乞食的只是家猫，渐渐那种目光凶狠、尾巴长得像蛇一样的野猫也多了起来。猫们得不到人们施舍的食物，饥饿让它们的野性越来越明显地暴露出来。本来性情温顺的家猫，也开始像野猫一样，公然变成了人类的敌人。它们不但偷吃一切可吃之食，而且开始猎杀鸡鸭、兔子等人类饲养的小型家畜家禽。据传太仆部落一家养鸡场，在短短两个月的时间内，就有六百多只鸡被聚集在鸡场四周大量的猫们捕而食之，这个数量高达总养殖量的一半。鼠患没了，却引发了危害更大的猫患。烟虚人刚刚泛上心头的喜悦，很快就变成了更深刻的忧虑。看着那些猎杀成性、越来越猖狂肆虐的猫群，人们虽痛恨无比却无计可施。猫一直是与人类为伴的动物，是人类亲密的朋友，即便现在因食物短缺变得兽性大发，人类也不忍对其痛下杀手……

就在人们一筹莫展的时候，一支由章无为牵头组建的打猫队诞生了。这支由二十多名小伙子组成的打猫队，不仅游弋于烟虚镇的大街小巷，而且走村串户，四处平息猫患。他们手持木棍、弹弓、狼牙锤等器械，开始时只选择猎杀那些尾巴如蛇、凶狠机敏的野猫，到后来一看局面无法控制，便不问青红皂白，一律格杀勿论。刚开始时，烟虚人虽然觉得打猫队此举必要而及时，但却从理性上持否定和排斥态

度。烟虚人向来心性温良，善待生命，对与人类亲密相处的动物从来不会起杀戮之心，更何况朝夕相伴的猫们。但打猫行动的倡导者、打猫队队长章无为的理由和信念，很快就平息了人们内心的不安：猎猫行动并不是我章无为个人的一时冲动，而是得到了正坤大神的认可和赞许。大神认为，对恶的容忍便是对善的不敬，公正是万物和谐存在的最高准则，惩恶扬善正是追求公正的善行。章无为的说法很快让那些内心怀有不忍的人变得安心和坦然。“既然神谕如此，那还有什么可犹豫的。”很多年轻人立即轻装上阵，自愿加入了打猫队的行列，使得队伍很快就壮大了起来。

这段时间里，杀猫活动让章无为感到了空前的充实和满足。他带领打猫队的成员转战各地，捕杀泛滥成灾的野猫和家猫。所到之处，当地人夹道欢迎，并捧出好酒好肉以上宾相待。但章无为的成就感并非来自这些赞誉和日益响亮的口碑，而是实施杀戮的过程。作为打猫队这支队伍的总司令，他不但负责全局部署，而且亲力亲为，从始至终参与每一场围剿之战。章无为沉浸在对猫群猎杀的快乐中。他看着这些曾以乖巧温顺、亲密友善而骗取了人类恩宠的骗子鲜血四溅地倒毙于自己的棍棒之下，心中就会涌上一种从未体验过的快感，让他浑身一阵阵酥麻。猫们一阵阵凄惨的叫声，在他的耳中仿佛是一道道天籁之音，动听无比。章无为发现，越是看上去柔弱胆怯的猎物，就越会激发起他杀戮的快感。他无法也无暇解释这种快乐的根源，只是沉

迷其中，难以自拔。

章无为带领着他的队伍，不断受邀前往许多村屯和鸡鸭养殖场去捕杀猫儿，忙得不亦乐乎。偶有闲暇，他也极少回家，都是在镇街上自己所开的那家杂货店里过夜。他不愿意回家，一是不想和关系形同水火的父亲发生无端的争执，另一个更重要的原因，是他不想直面被独手侠断言熬不过这个冬天的母亲。对这个自小就心硬如铁的叛逆者而言，世界上唯一能让他心生歉疚和不安的，便是母亲投向自己的眼神。那眼神里永远都满含关切、期待和深深的忧虑，即便因父亲无端责骂或诋毁而情绪失控，章无为的怒火也会被这道眼神浇灭，以一声无奈的叹息结束一场即将爆发的战争。在得知母亲可能即将死于这个冬天的消息后，每一次面对母亲，章无为都会陷入一种复杂的情绪：不知母亲对自己的死期是并不知情还是知而不信，她脸上从来都没有一丝临终的忧伤。她投向章无为的眼神，依旧是对他未来的期待和忧虑。每当这个时候，章无为内心既充满负罪感，又隐隐夹杂着一丝难以道明的冤屈，总让他感到无力承受，满心只有逃避的念头。十一月底的时候，母亲又让他去给弟弟送过一次新鞋。智障弟弟似乎预感到了家里即将发生的变故，他忽然从一圈又一圈的疾走中停了下来，表情痴呆地看着正在和吴阿姨说话的章无为，懵懵懂懂地说：“傻子……傻子……回家……”

这个声音总是在章无为的耳边回响。他琢磨不透是弟弟本人想回

家，还是他在催促自己回家。但不论是哪种意思，都说明连一个智障者也有了不祥的预感，看来母亲即将死于这个冬天已经成了命中注定的事。尽管理性告诉章无为，在母亲不久于人世的眼下，自己应该尽可能地多陪在她的身旁，可他就是不想回家，想起那道让人沉重不堪的目光，他有时甚至会冒出一个恶毒的念头：母亲既然难免一死，那还不如早点去死，那样自己就可以和这个家庭彻底告别，从此也就了无牵挂了。

时间已经进入了腊月，在冬天里一直萧条冷清的烟虚镇，因为年关的到来，又渐渐地热闹了起来。这天上午，当章无为从瘦猴手中接过他上缴的杂货店近期的营业款时，他忽然意识到自己已经有很多天没有回过家了。他将钱款装进口袋，吩咐了瘦猴几句，便起身往北关的家里走去。一路上章无为不断地想着母亲病入膏肓、气若游丝的样子，想着她那让自己既心疼又沉重不堪的眼神，最近因打猫队战绩辉煌而志得意满的情绪，一下子就烟消云散了。

章疑正在客厅的火炉上熬着中药，屋子里散发着一股浓浓的特殊药香。章无为看着父亲的表情，心里暗暗吃了一惊。这个因妻子绝症而陷入绝望的男人，居然愁容一扫而尽，看上去一脸喜色。章无为正在纳闷，母亲闻声从侧房里走了出来，高兴地说："你可算着家了，腊月都快中旬了，年货一点还没置办呢。"她走路依然慢吞吞的，但气色却明显好转了许多。

“妈，您的病……”章无为既高兴又惊诧地说。

“这多亏她养了个有通神本事的好儿子啊，”母亲还没说话，一旁的章疑就阴阳怪气地开了口，“你不知道你妈是怎么好的？除了吃你们正坤大神的寿饼，还能有别的办法吗？你可以出去现身说法了……”

“你们爷俩能不能好好说话，怎么一见面就跟仇人似的。”母亲见状，立即打断了父亲，“我病好了，手脚利落了，一家人消消停停地过个安稳年不好吗？”

章无为愣愣地站在那里，他对父亲的挖苦并不在意，心里只是在纳闷：世上果然有起死回生的灵丹妙药吗？

18

那场下了三天三夜的初雪，本来应该是章疑的一场噩梦，但谁也不曾想到，命运之神居然意外地向他开启了另一扇充满希望的大门。

自从老婆被断言熬不过这个冬天之后，章疑就陷入了即将天塌地陷般的绝望。他无法想象没有了半斤之后的生活，甚至无法找到这个女人死后自己还活在世上的意义。悲伤像一潭冰冷的水淹没了这个可怜的老男人，让他整日神情恍惚，寝食难安。既然无法同生，何不慨然同死？他甚至一度产生过干脆与老婆一同自杀的想法。倒是老婆的态度给了他不少的安慰。起初，章疑并没有把这个可怕的消息告诉老婆，但看到他一副半死不活的样子，老婆渐渐起了疑心。在她的一再追问下，章疑只好说了实情。没想到半斤听后居然笑了起来："烟虚之大，再找不到一个像你这样疼女人的了。我知道死不了，就算是死神站在面前，我也死不了。"老婆的乐观豁达虽然给了章疑些许的安慰，但却无法消除他内心真切的悲哀和绝望。"既然余时无多，那还不

如让她过点好日子。”想着这个可怜的女人跟自己受了大半生的苦，章疑暗暗地打定了主意。他开始变着花样搜罗美食，或者去镇上的特色餐馆点菜打包，或者从菜市场买来罕见食材亲自下厨，餐餐珍馐，日日美味。老婆心疼花钱，却怎么劝也劝阻不住，反倒愁得添了一个心病。看着老婆日益憔悴的脸色，章疑知道那个可怕的日子正离自己越来越近。

冬天终于降临到了烟虚大地。进入十一月份以后，天空阴云密布，很少有晴朗的时候。这段时间里，章疑几乎寸步不离地守着妻子，仿佛她随时都会驾鹤西去，将自己独自留在这个冰冷的季节里。但老婆惦记的却并非自己的病情，而是两个儿子的处境。她在闲坐时常常会叹息一声，自言自语地说："我病着，也没办法给老二做新鞋。老大有很长一段时间没有着家了，他冒失轻狂，别在外面惹下什么事来。"章疑一听这话，就气不打一处来地说："那个不肖之子，也值得你操心？死在外面才好。"

十一月中旬的一个下午，在阴沉了多日之后，今年冬天的第一场雪终于下了起来。望着外面纷纷扬扬的雪花，章疑一边给炉子里加着木炭，一边强作欢颜地说："哎呀，下雪了，瑞雪兆丰年啊。"但心里却开始滴血："完了，大限到了。"吃过晚饭，他伺候病妻睡下后，一直在她身边坐了一夜。他听着外面沙沙的落雪声，一遍又一遍地想起独手侠的话，不知不觉间流下了两行老泪。

天色刚刚放亮的时候，一夜未眠的章疑忽然看见房门被无声地推了开来，从外面走进两个陌生人来。他们径直走到床前，也不说话，只是站在那里，笑眯眯地看着章疑。章疑怀疑他们是阎王爷派来索命的小鬼，立即惊慌失措地大喊起来："滚开，滚开！老子才不信什么鬼神。"可不知为什么，他的嗓子像是被什么东西塞住了一样，一点声音都发不出来。他眼睁睁地看着来人从背后取出了枷锁，一边哗哗地抖动着一边向自己投来睥睨的目光……章疑一下子惊醒了，才发现是自己打盹时的恍然一梦。这时睡在身边的老婆也醒了，她对章疑说："有人敲门！"章疑听时，果然有人在"咚咚咚"地敲着院门。

雪下了一夜，此刻依然纷纷扬扬。院子里已经落了厚厚一层雪褥，在淡淡的晨光中反射着一片寒白。章疑以为是儿子回家来了，心里没好气地打开门，刚要数落时，却发现站在院门口的并非章无为，而是姜执贤和一个陌生的老者。两人头戴斗笠，身披蓑衣，上面落了一层白白的雪花。

"姜头人，大清早的，您这是……"章疑不知其来意，一时不知道说什么好。

"快请贵客进屋再说，这可是我给你请来的神医。"姜执贤说。

章疑看了看那位同行的老者，见他一脸高古之态，对姜执贤的溢美之词也没有任何客套，只是漫不经心地上下打量着自己。章疑正在为刚才的噩梦急火攻心，此刻如同忽然抓住了一根救命稻草，想都没

想便请神一般赶紧把两人请进了屋子。在炉火边坐定，姜执贤刚给章疑说了句“神医不见人，我在山中寻访多日……”，就被老者打断了：“本事不是吹出来的。请病人过来，是否果真如人所言病入膏肓，看过方敢说话。”章疑便连忙进卧室将病恹恹的老婆喊了出来。

应该说，如果不是病急乱投医的心态在作祟，一直对姜执贤怀有排斥心理的章疑，不可能这么随随便便地接受这样一种送医上门的方式。但事后章疑却感到庆幸万分，如果当时按照以往的脾性将姜执贤拒之门外，老婆就会死于这个冬天，自己的整个人生也势必随之毁灭。那个被姜执贤一直尊为“游仙”的荀广印不但对病人望、闻、问、切四诊一环不落，而且环环仔细而繁复。其后，他将一白色丸药溶于碗中热水，再针扎病人腿关节处，取血三滴滴入药水，只见碗内顿时起了一片白雾。荀广印见状，一直紧锁的眉头总算舒展了开来：“风寒湿邪气相侵，经络闭阻，已及五脏，确实病性危笃。好在患者气血尚以药可逆，实属万幸。”游仙让章疑取来笔纸，开了处方并留下十六颗白色丸药，说道：“所开中药都可在药房抓到，三日一剂，每剂加此丸药一粒，四十八天后应可痊愈。”随后他又嘱咐了一些日常起居饮食的禁忌，一边说一边起身，拿了斗笠和蓑衣就要告辞。

在整个过程中，章疑一直处于恍惚状态。荀广印仙风道骨的样子，让他不断怀疑这如同凌晨出现的那两个索命小鬼一样，都是梦中的场景。直到看见游仙和姜执贤戴上了斗笠，这才如梦初醒地拦住了他们，

感激涕零地说："救命恩人，您不能走啊，请稍微留步。"他飞快地跑进卧室，从炕头的木箱里取来一个布袋，双手捧在了荀广印眼前："这是我所有的积蓄，我知道这根本不足以报答您的恩德，但请务必收下，否则我良心不安啊。"荀广印笑道："我一个云游山野之人，钱财百无一用。再说了，我与你无缘无故，今日得以相见，是你和姜头人的交情，要谢你也该谢他才是。"一旁的姜执贤立即说："章老兄不但是烟虚地区难得的栋梁之材，而且对结发之妻情深意长，实属道德楷模，让我心中既佩服又敬重，这也是我不惜一切代价求游仙屈尊的原因。待嫂夫人病情痊愈时，我上门来讨口酒喝便知足了。"

章疑见再三恳求也挽留不住，只好将二人送到北关巷口，说了一堆千恩万谢的话，才依依难舍地挥手道别，看着他们走向了远处。此时鹅毛大雪依然在纷纷扬扬地落着，天地浑然，一片洁白。

"天不绝我，难道要降大任？"章疑仰面向天、喃喃自语，任冰凉的雪花肆意地落在自己的脸上、身上。

荀游仙的药方刚吃了两剂，章疑老婆身上便发生了明显的变化。困扰她多少年的腿疼、手指僵硬弯曲、心慌气喘等诸多症状都有不同程度的减轻。她对章疑抱怨道："我说什么来着，我死不了，这段时间胡吃海喝的，花了多少冤枉钱？"章疑忍不住笑了："你真是操心受罪的命啊。天上掉下个活神仙，让你一文不花地拣了条命，你倒有心抱怨那点吃喝钱。"老婆说道："天下没有白吃的宴席，别忘了，神仙不是自己下凡的，

而是姜执贤请来的，这份人情的用意你心里应该比我清楚。”

章疑当然清楚姜执贤的用意。如果没有那块界碑的事，至今他们两人也不可能有任何交集。但老婆能起死回生，他一点都不后悔欠下姜执贤如此大的一个人情。“就算让我拿命去还，也是值得的。”章疑对姜执贤满怀感激，对荀广印更是充满无限的敬意。他逢人就想传颂荀广印妙手回春的神奇医术和他仙风道骨的不凡风姿，但他却只能把这种强烈的欲望深藏在心底，无法向任何人提及。荀游仙在离开的路上再三叮嘱，不得向任何人透露这件事，更不得透露他的名字。

进入腊月，章疑老婆的病症已经大为减轻，她甚至又可以亲自到孤残院去为智障的儿子送鞋子了。人们看着从鬼门关走了一遭的这个老女人，心里感到十分纳闷：一个被独手侠宣判了死刑的人，居然成功摆脱了死神的纠缠，这究竟是因为什么神奇的力量？章疑面对人们的好奇，总是支支吾吾说不清楚，于是各种猜测便又在烟虚地区到处流传。流传最广的说法有两种，一种是说章疑这个好男人对老婆的一腔深情，感动了上苍，于是被命运之神免除了病痛。而另一种说法则更为大众所信服，那就是作为章无为的母亲，近水楼台先得月，她吃了儿子奉上的“正坤大神”的寿饼，就像许多人一样，久治不愈的顽疾终于神奇地痊愈了。

正坤大神在烟虚地区的存在感，在大众神采飞扬的传播中，变得越来越强了。

19

进入腊月以后，在冬天里相对冷清的烟虚镇，随着置办年货的人增多，渐渐又热闹了起来。尤其是一到中旬，天天都是年集。镇街上到处人头攒动，喧声四起。公正堂前的广场上搭起了戏台，各地戏班、秧歌队、杂耍团轮番登台献艺，到处一派喜庆热闹的节日气氛。

旧钟楼废墟上惊现木塔和雕像的怪异之事，曾在烟虚地区掀起轩然大波，各种各样的猜测和传闻一时漫天飞舞，让素来生活平静、思想单纯的烟虚人陷入了莫名的担忧和恐惧之中。但任何喧嚣都会在时间中复归沉静，随着天气变冷和人们出门次数的减少，这个话题的热度也逐渐降温。那座造型独特的木塔和四尊巨大的雕像，已经成为一个被烟虚人公认的事实。大众普遍接受了异族存在的说法，他们生活在烟虚周边的群山或山外的未知世界，拥有烟虚人尚不可知的智慧和能力。他们在旧钟楼废墟上建设木塔和雕像，虽然动机不明，但毋庸置疑的是，固若金汤的烟虚盆地被异族人打开了一条看不见的口子，

烟虚人自古平静安宁、与世无争的生活，随时都有可能被打破。

在整个冬天里，有关神秘木塔和异族人的新传闻只出现过一次。新传闻不但没有引发任何惶恐，反倒让烟虚人变得安心起来。十一月中旬那场大雪过后不久，从几个到烟虚镇出卖猎物的猎户口中传出一个消息，说是他们在北山上狩猎时，看见新木塔四周的雪地上，布满了凌乱而密集的脚印。猎户们觉得奇怪，在这大雪封山的季节，怎么还会有人来山上游玩？但很快他们就发现了事情的蹊跷：那些脚印扁平而巨大，一看就不是普通人所留。进入塔内，一层塔室的中央有一圈蜡烛的残迹和大量纸灰，三层那架精密的仪器上也新扎了许多红色的绸带……猎户们的见闻让人们立即相信，这些痕迹必为异族人所留。他们在某个雪天里来到木塔，举行了某种不为烟虚人所知的仪式。这则有关异族人的传闻，让烟虚人心里不但没有惊慌，反而多了几分坦然：那些身形高大、握有坚矛利刃的异族，其实对烟虚人并无恶意，他们已经多次出入妙见峰，却都选择了隐身不现，一点都没有惊扰烟虚人的正常生活。

但当年关将近、烟虚人正沉浸在越来越浓的喜庆气氛中时，一个突如其来的意外事件，却让人们对异族人所怀有的那点坦然，瞬间变成了无法抹去的恐惧。

到了腊月中下旬，烟虚镇便进入了一年之中最热闹的时候。大街小巷到处是置办年货或逛热闹的人，熙熙攘攘，人声鼎沸。十八日下

午，原本秩序井然的镇街上忽然一阵骚动，听到消息的人纷纷向公正堂前的广场跑去，一时间人如潮涌，广场上很快就挤得水泄不通。人们被眼前的一幕惊呆了：公正堂前停放着一辆马车，马车上并排放着三具尸体，覆盖尸体的白布上血迹斑斑，看上去触目惊心。马车旁席地坐着一个四十出头的猎户。他胡子拉碴，表情呆滞，眼睛中布满血丝……跑到公正堂前叫屈喊冤的事，在烟虚镇偶有发生，但以如此惨烈的方式却前所未见。待人们明白了事情的原委后，震惊之余浮上心头的第一个念头就是：异族人，这绝对是异族人干的！

这桩可怕的事系当事人亲口所述，而且三具血淋淋的尸体就摆在马车上，所以真实性毋庸置疑。据那位姓马的猎户讲，他就住在妙见峰的一处山坳里，独家独户，以狩猎为生。腊月十六日，他外出打猎回来，却发现妻子和一双儿女都死在了家中。开始猎户以为家人是遭受了猛兽的袭击，但查看过后却发现三人身上的伤口皆为利刃所致。最为蹊跷的是，三个人不但遇害，而且都被开膛破肚，挖去了心脏。在寸断肝肠的中年猎户的描述中，有一个细节让人们感到十分诡异：在十一月中旬那场大雪过后，他曾在通往自家的山路上，无意间发现过一些奇怪的脚印。这让人们立即联想到了前不久关于异族人的那则传闻，几乎一致认定这一烟虚历史上罕见的凶案系神秘的异族人所为。

惨案的事实不存在异议，凶手为异族人也基本上是大众形成的共识，不同的猜测和解释都集中在了他们行凶的动机上。对无冤无仇、

手无寸铁的妇孺下手，显然有着特殊的动机。一部分烟虚人认为，残杀妇幼，是异族人向烟虚人的示仇和宣战行为。而另一部分人则基于受害人心脏被挖去的细节，认为有可能被吃掉或用于祭祖。不管到底出于何种动机，都表明迄今烟虚人对之几无所知的异族人凶残且怀有敌意，这让烟虚人陷入了巨大的恐惧之中。

烟虚地区民风淳朴，人性良善，社会一直保持着高度的安宁和和谐。人与人、家与家之间偶然所起的争端和纠纷，一般都由本地德高望重者组成的“仲裁团”裁决和提出解决方案。地方解决不了或当事者对裁决不服者，多会选择到公正堂去喊冤叫屈，以求头人会出面。马猎户在广场上摆尸喊冤、要求为其做主的做法，在烟虚地区产生了极大的影响，以至于民愤沸腾，呼声四起。虽然已经接近年关，头人会还是于腊月二十日召开了临时紧急会议。但这是一个极为特殊的案例，推定为凶手的异族人迄今除了章无为谁也没有见过，像鬼影一样来无影去无踪，连居于何处都不得而知，更遑论对其实施惩罚？头人们愁眉苦脸地连开了两天会，挖空心思也想不出该如何给马猎户和大众一个说得过去的交代。年底了，头人们不光自己家里忙得要命，本村本屯本部落也有一大堆事等着自己。眼看商量不出个什么结果，一脸倦色的殷伯提议道：“尻子里没屎，硬憋也屙不出来。咱们的主意有限，莫不如贴出公告，征集社会意见后再做决定。这样既尊重了社会的呼声，也免了我们自己的难题。”头人会众成员正急得像一群热锅上的蚂

蚁，闻此建议，立即借坡下驴，一边鼓掌一边全票通过了殷伯的提议。

这种还政于民的新颖举措，激起了烟虚人极大的议政热情。人们暂时放下了手头准备过年的各类事情，三五成群地聚在一起谈论此事。在众人的反复辩论中，一个思路渐渐变得清晰起来：因为异族人来去无踪，目前探讨为马猎户伸张正义根本就是毫无意义的过嘴瘾而已。但这件事暴露出了烟虚社会一个可怕的问题，那就是敌人出现了，自己却没有一丝抵御之力。所以，组建一支保安团以防止类似事件的发生，在日后极有可能发生的冲突中保卫烟虚地方的安全，已经成为眼下的当务之急……这个共识一经产生，人们几乎不约而同地想起了章无为和他那支战功卓著的打猫队。

这段日子里，章无为备感失落和无聊。因为临近年关，他于腊月中旬解散了打猫队。被断言熬不过冬天的母亲，不知何故竟然意外地起死回生了。这于他本来是一个令人高兴的好消息，但父亲章疑却对自己变本加厉地厌恶起来。只要章无为一回家，等待他的便是父亲的冷嘲热讽和随意呵斥。病情刚刚好转的母亲为他们父子俩的失和整日愁眉不展，章无为于心不忍，回家的次数便越来越少了。打猫队解散了，曾让他快意无限的杀戮结束了，这本来就令他感到沮丧。由于干花和线香极度畅销，靠阿吾零敲碎打根本就是供不应求，杂货店也临时歇业了。这段日子里，章无为大部分时间又和阿吾泡在了一起。他们不是长时间地待在荒滩的作坊里，就是干脆住在杂货铺的二楼，一

待就是好几天。对于日后事业发展的规划，章无为和阿吾产生了一些分歧。阿吾提议建厂生产干花，扩大经营规模。但章无为认为，干花一时引领消费潮流，只是因为它在烟虚地方属于新鲜事物，加上商品自身的耐用性，无法形成持续的消费动力，市场很快就会饱和。他觉得值得量产的商品是线香和高度酒，因为它们不仅具有和干花一般新鲜且独一无二的特性，而且属于常销品，具有极大的市场潜力。在两人的反复辩论中，阿吾最终不得不佩服章无为的眼光，接受了他的建议。

“可是，”阿吾说，“我们不过是纸上谈兵，启动这两个项目需要一大笔钱，我们到哪里去搞钱？”

“车到山前必有路。正坤大神啊，你要对我这个超级信徒有信心。”章无为拍了拍阿吾的肩膀，看上去自信满满地说。

腊月二十五日上午，阿吾向章无为告别，离开烟虚镇回荒滩去陪母亲过年了。章无为一个人待在冷冷清清的杂货店里，看着外面大街上摩肩接踵的赶集的人流，虽然明白自己也应该置办年货回家了，但一想起父亲满脸对自己的鄙视和不屑，内心就充满了抗拒的感觉。

“妈的！真是一分钱难倒英雄汉啊。”想起办厂子所需的那一大笔钱，其实章无为同样也有些六神无主。

20

如果放在往年，正月是烟虚人一年中最喜欢的时光。从腊月下旬到正月将尽，整个烟虚大地都沉浸在一派欢快喜庆、悠闲自在的节日氛围中。人们饥则食，困则眠，餐餐珍馐，顿顿美酒，聚谈说笑，摸牌下棋，仿佛一整年的劳作辛苦，都要用这段奢靡的日子作为补偿。许多村屯和部落，都有诸如土戏、皮影、斗鸡、耍猴等不同的民间娱乐活动，也总是场场爆满，聚满了喜气洋洋的观众。

但今年正月，往年这种让人备感愉悦和轻松的气氛却悄然发生了变化。腊月里马猎户一家三口被残杀并剜心的可怕事件，再度让有关异族人的传言甚嚣尘上。血淋淋的事实告诉烟虚人，那些据传须发卷曲、身形高大的异族人，是茹毛饮血、凶残无比的野兽，过去与他们和平相处的愿望都是幼稚的幻想。年底紧急召开的头人特别会议，足智多谋的头人们在一起商讨了两天，都没能想出有效的对策，而是罕见地张贴了公告，向全民征求应对方案。“连头人们的见识都不足以想

出对策，平头百姓除了坐以待毙，还能有什么办法？”想象着或许在不久的将来，平和安宁的烟虚大地就会被野蛮的异族人入侵占领，生灵涂炭，哀鸿遍野，人们哪里还有过年的心思？除了无知小儿们依然欢天喜地，大人们在这个正月里无不各怀心事、忧心忡忡。

这个新年对殷伯而言，过得尤其糟心。

从正月中旬开始，各家各户该串的亲戚刚刚串完，殷府就开始每天几乎都有人来访。起初是广宗本部落的人，后来邻近村屯、烟虚镇上的人也开始多了起来。他们有时三三两两，有时则成群结队，弄得殷府整天人来人往，闹哄哄如同走马灯一般。来访者普遍认为，殷伯作为头人会资深元老，作为烟虚地区德高望重的智慧老人，对这样百年不遇的重大危机不仅会有独特之见，而且在头人会上常常一言九鼎，让民间声音得到上层的足够重视。所以他们有的来讨教目前局势，有的来反映重大信息，有的则来转达民意，献计献策。殷伯开始还耐着性子接待上门者，但过于频繁的到访一来让他实在疲于应付，二来所有的对话基本上都是老调重弹，不是缺乏新意，就是完全离谱，于是殷伯到后来只好能躲则躲，大部分时间都在野外或山中继续调查紫雾的后续影响。

正月底的一天，殷伯吃过早饭，收拾好背囊，刚打算出门躲客，不料家仆来报：“老爷，有人上门求见。”殷伯道：“说过多少遍了，一律不见，就说我不在家。”家仆却说：“是一对母子，老太太怎么劝也

不走，说横竖要见到你。”殷伯说：“一对母子？这么早，该不会是荒滩的叶老太太和她的儿子阿吾吧？”家仆闻言道：“正是从荒滩过来的。”殷伯出门看时，果然是叶寡妇和阿吾站在门口。阿吾挎着一个沉甸甸的包袱，正四下打量着殷府高大气派的门楼。殷伯说：“对不住啊，家仆是新人，不认得你们。快请进。”

殷伯热情地将母子二人让到客厅里坐下，吩咐家仆烧茶并重新置办早饭。不用问他也知道，母子俩一清早能到达广宗部落，一定是赶了大半天的夜路。他看见东瞅瞅西看看、像第一次来殷府的阿吾，就知道这个年轻人的脑子依然没有恢复正常。事实上，自从挺着大肚子的叶杏花逃难到荒滩，殷伯念其可怜，一直对她照顾有加。叶杏花不知是已经没有了亲人，还是不愿与亲人相认，这么多年每逢正月，她都像别人串亲戚一样来看望殷伯。阿吾从出生到长大成人，每年都来殷府，早就对这里的一草一木都烂熟于心。一场莫名的高热，居然让这里变成了他记忆中的陌生之地，这让殷伯心中着实有几分感慨。

家仆整治好早饭，殷伯将母子二人让上桌，一边关照着他们吃喝，一边说着闲话。想起年前社会上有关阿吾的传闻，殷伯疑惑地问道：“这段时间诸事缠身，很久没有去荒滩看你们了。阿吾啊，十一月二十八日的事我听说了，我一直想见面问你，正坤大神是怎么回事？”阿吾知道说也说不清楚，就支支吾吾道：“我记忆中的内容完全不是阿吾，而是另外一个人。章无为认定我是被附身了……”殷伯正色道：

“你和章无为在烟虚是一正一邪、一善一恶的两个典型，要不是你被一场高热烧坏了脑子，我无论如何也想不到你们俩会搅和在一起。他说你是大神附体，就算没有脑子，你自己相信吗？”阿吾说：“神祇本身都无物质躯体，不过是一种信仰的形象。烟虚人不是心中无神，而是没有信仰。在这个意义上，我觉得章无为的做法对社会有益无害。”殷伯没有料到阿吾会反驳自己，脸色有些不悦起来：“谁说烟虚人没有信仰？自然法则、勤劳简朴、与人为善，这一切都是烟虚人的信仰。章姓混账小子的那一套，不过是装神弄鬼而已。”

阿吾母亲见状，赶紧岔开了话题：“乡下没什么好东西，我还是给您蒸了些枣糕。去年是个丰年啊，庄稼高产，果物丰收，红枣长得竟有鸡蛋大小。人们都传是开春那场紫雾的功劳，也不知道是真是假。”殷伯叹了口气道：“不能光看表象啊，枣子大得像鸡蛋，这正常吗？”但想到老寡妇除了种她那一亩三分地，对外界几乎一无所知，殷伯关于紫雾的见解话到嘴边便又咽了回去，他将头又转向阿吾，继续着刚才的话题，“你是脑子出了问题，记不得章无为过去的恶行和劣迹了。我过去只觉得他是个不务正业的混混，没想到他居然有很大的野心。阿吾啊，你千万离他远点。你想想，一个心术不正的人，如果野心得以实现，那会给这个社会带来好处吗？你是我看着长大的，从小就聪明伶俐，只要别和章无为混在一起，有我帮衬，你在烟虚什么事做不成？你妈为你守寡一辈子，你也该乌鸦反哺，让她享享清福了。”

阿吾今天在母亲的要求下来殷府，其实是怀揣着自己的小算盘的。殷伯是母亲挂在嘴边最多的一个人。虽然在他关于现世的记忆中，他只见过殷伯有限的几面，但这个头人会元老、烟虚地区德高望重的智者的一切，他几乎都耳熟能详。整个正月里，阿吾和章无为都为筹措资金开办工厂的事而焦虑。鉴于殷伯对母亲和自己多年的特殊照顾，他原本想借今天串亲的机会，开口向老人家求助，以解决开春后资金的燃眉之急。但他没有想到，殷伯居然对章无为抱有如此深的偏见和反感。面对殷伯的喋喋不休，阿吾没有再开口。

早饭刚吃完，家仆又来禀报，说是天台部落头人靳福耿求见。殷伯面有难色地自语道："家里今天有客人啊……"阿吾见状，立即站起身来说："头人来见，必有要事与您相商，我们就是来看看您，这就告辞了。"殷伯思忖片刻，只好说："真不巧啊，那就等我有空时再去荒滩吧。"也不再挽留，一边吩咐家仆去请靳头人，一边在送他们母子出来时又叮嘱了阿吾几句。

靳福耿是天台部落继任不久的新头人，在头人会是属于青壮派的新生力量。他与殷伯这样的老派人物素无深交，但今天忽然登门拜访，殷伯不用问便知其来意。他原本可以闭门不见，好好招待赶了半天夜路的叶寡妇母子，之所以改变了主意，是因为他要借靳头人的嘴，向头人会的青壮派成员们传递一个鲜明的态度。

家仆捧上茶来，宾主寒暄过后，殷伯话入正题："靳头人今天登

门，如果我没有猜错的话，是为组建烟虚保安团的事而来？”

靳福耿并不吃惊，他客气地说道：“正是。民间现在呼声四起，强烈要求将章无为的打猫队就地整编，形成烟虚地区首支保安力量。我登门拜访，就是想听听老前辈的意见。”

殷伯说：“这样的言论最近我已经听了很多。组建保安团我没有意见，但必须在充分论证的基础上，对规模、经费、职责等，都做出明确的规定之后，按程序招兵买马，岂能是收编一支散兵游勇这么简单的事？尤其是章无为这样一个劣迹斑斑的不良青年，我旗帜鲜明地反对他进入公职序列。”

这注定是一场不愉快的会面。殷伯和靳福耿代表各自的立场，针锋相对，据理力争，自然是谁也说服不了对方。就在两位头人见面后不久，烟虚地区有损殷伯声望的各种流言蜚语就多了起来：有人埋怨这个老家伙太虚伪了，征求民意的建议是他提出来的，否定民意的事也是他干的，这不等于是自己屙屎自己吃吗？更多的人则认为这是老派人物对年轻一代赤裸裸的偏见和排挤，章无为过去吊儿郎当不假，可这段时间他干了不少普通人想都想不出来的大事，怎么就看不见人家的出息呢？按部就班地招兵买马，可能还没有听到马叫，烟虚人就被随时可能侵入的异族杀得血流成河了……

这样的流言蜚语，让强烈要求章无为的打猫队就地整编为烟虚保安团的呼声，更是空前地高涨了起来。

21

早春二月，冬天的寒意尚未消去，烟虚大地仍然一派萧瑟。四周的群山，冷峻沉默，像沉迷于遥远往事的老人。落光了树叶的枯枝上，鸟儿一动不动地呆立着，一副忧心忡忡的样子。

这段时间里，章疑觉得自己就如同那些呆鸟，一点儿飞翔的心思都没有。

一场初雪，意外地带走了几乎压垮章疑的忧伤和绝望，但这份来自上苍的礼物，也渐渐让他感到了越来越沉重的压力。起初，对于姜执贤带荀游仙上门，神奇地治愈了命悬一线的老婆的顽疾，章疑内心涌起的只有庆幸和感激。他当然知道世上没有免费的午餐，姜执贤费尽周折寻访神医，并主动带到自己的寒舍，当然是对界碑一事努力的继续。“欠你的人情，总会有还上的时候。”看着老婆的病情一天天好转，章疑觉得姜执贤送给自己的，不单是爱妻的康复，而且是这个家庭的新生。

腊月二十八日，章疑特意去了一趟姜府，对姜执贤的救命大恩表达谢意。姜执贤摆设盛宴，以上宾之礼招待章疑。席间，章疑从斜挎在背上的褡裢中掏出一个锦囊放在桌上，感激涕零地说："如果没有您出手相救，我章某人便无年可过。对于您的菩萨善心，我会铭记在心，刻骨难忘。在下一介愚朽书生，不知该怎么回报这份大恩大德，思来想去，唯有此物能略表心意，望不嫌屑小，一定收下。"章疑从锦囊里取出一个一尺见方的漆盒，打开看时，只见丝绒内衬之中，置有一个鼎状玉器，质地细润，雕工精微，鼎壁上九条飞龙的浮雕栩栩如生。

"九龙宝鼎？！"姜执贤忍不住惊叫了起来。其实不用问，他都知道摆在眼前的，必是传说中章疑收藏的压箱之宝"九龙宝鼎"。这是一件被传得神乎其神，但没有几个人亲眼见过的宝物。它不但是年代极为久远的古董，而且具有占卜吉凶存亡的神奇功能。

"是的，确为在下所藏的九龙宝鼎。"看见姜执贤一脸惊诧，章疑开口道，"大众的传言有些夸张，不足为信。不过这确实是件罕见的古董珍品，除此之外，无任何一物足以表达我对您的感恩之心，请万勿推辞。"

姜执贤小心翼翼地将漆盒捧在手心，一边仔细查看，一边啧啧赞叹。临了却将盒子盖好放回了锦囊，多有不舍地说道："宝物，果真是稀世珍宝啊。但我万万不能收。一是君子不夺人之爱，我若收下此物，无疑就将自己置于了小人之列。二是古董的价值因人而异，九龙宝鼎

在您手上，其值无价，但如果为我等俗人所持，则会沦为普通玩物。今天我有幸开眼，已经心满意足了。”

任凭章疑如何恳求，姜执贤都执意不受。这次上门感恩的结果，是章疑不但没有任何付出，反倒赚了一顿丰盛的酒宴和临走时姜执贤让家仆送上的一大袋年货。在回家的路上，章疑第一次感到了来自内心的压力。姜执贤的话说得再明白不过了，这价值连城的宝鼎不是他的所需，而章疑也对他的所需再清楚不过。

“君子不夺人之美？而我之所以为美者，是美德，是为人做事的准则啊。”章疑这样想着，妻子病愈所带来的狂喜，便因内心滋生的一种无形的压力而有所冲淡。

年前年后让章疑感到烦心的另一件事，来自大儿子章无为。自其出生之日起，章疑就不待见这个儿子。当他给一对双胞胎分别取名为章无为和章有志的时候，两兄弟尚在襁褓中，几乎无法分辨。老婆对他的偏心迷惑不解，问其原因时，章疑说：“太容易分辨了，看眼神！一个散而不聚，随性游移；一个专注聚神，不为所动。外形虽然相同，本质别如云泥。”等取名为章有志的老二那“专注聚神”的目光渐渐被大家觉察有异并最终确诊为先天智障时，章疑对健康的大儿子歧视的态度不但没有好转，反而变本加厉起来。他甚至偏执地认为，两个儿子最终所呈现出来的让人遗憾的局面，是善与恶较量的结果，弱小的善输给了强大的恶。看着父子始终不和的样子，章疑的老婆常常痛苦

而无奈地说："他们不是父子，是前世冤家的再度相会。"

儿子的成长过程，果真验证了老子的预言。章无为自幼就不是一盏省油的灯，不是游手好闲，就是惹是生非。八岁那年，弟弟章有志的残障资格被认定，父母决定送他去烟虚孤残院生活。本来就不爱去学堂的章无为不但对父母哭闹一场，而且居然在一天夜里偷偷跑去放火，差点烧了学堂……从那时起，章疑就彻底对这个儿子不抱任何希望了。可一个被自己早就断言将一事无成的人，在这个发生了诸多不同寻常事件的年头里，居然摇身一变，成了烟虚地界上一个呼风唤雨的人物。七月份在镇中心广场上，章疑目睹了章无为聚众讲演的情景。尽管他对儿子痛陈时弊、煽动革命的歪理并不认可，但心中却多了一分疑惑：这个胸无点墨的小混子，何时居然有了如此的眼界和见识？章疑过去最大的愿望，就是这个从小就不让人省心的儿子能早点从家里搬出去，自食其力，自生自灭，让自己眼不见心不烦。可随着儿子在家的时间越来越少，他竟发现自己对他的关注却越来越多。尽管章无为在家的时候，章疑的态度更加冷淡，言语更加刻薄，但他明白那只是自己一种失落的表现。多少年来，章疑早已经习惯了游手好闲的儿子被自己呵斥的生活，章无为越来越频繁的缺席，让他像一个猎人忽然跟丢了目标般感到失落。儿子一系列引人注目的举动，让他在烟虚地区声名日隆。这让章疑既有些许兴奋，又有几分担忧。兴奋的是，自己一向蔑视的猎物忽然间变得强大起来，这无疑更激发了他这个老

猎人昂扬的斗志。而担忧的是，章家因自己清白为人、诚实本分创下的好口碑，怕要淹没在众人的口水之中了。老婆见状，好心劝道：“你怎么总是和自己的亲儿子斗气，儿子出息了，不就是你这个当老子的脸上有光吗？”章疑说：“狗改不了吃屎，猫忘不掉偷腥，你真相信他能出息？”

过年期间，按照烟虚孤残院的惯例，如果有亲友且出于自愿，入院者可以被接回家去，与他们共享一段团聚时光。腊月二十八日，章疑去姜头人家致谢了。腿病大为好转的半斤兴冲冲地去孤残院将智障儿接回家里。她本打算一家人热热闹闹过个年，不料当天晚上发生在冤家父子之间的一场冲突，提前给章家的新年团聚画上了句号。

这天父子俩一大早就前后脚出门了。下午半斤从孤残院将智障的儿子接回家时，章无为不知何时已经早早回来了。他不知从什么地方弄来一些稀罕的鬼头芋和腊兔肉，正在厨房里归置着年货。自从母亲意外起死回生之后，章无为回家来的次数，比前段时间相对多了一些。虽然父亲对他的态度更加冰冷粗暴，但他不知是因为有什么心事，还是长大懂事了，反倒不再像过去那样对父亲的挖苦回以唇枪舌剑，这让母亲欣慰了许多。

智障儿子有疾走的毛病，怕他走丢，母亲半斤在接他回来的路上，一直用一根绳子将他和自己的手腕拴在一起。回家后一解开绳子，章有志就在客厅里像驴拉磨般地转起圈来，没完没了。章无为对这个被

父母宠爱有加的双胞胎弟弟素有芥蒂，他上前将章有志按坐在椅子上，厌恶地说：“我就不信这个邪，消停会儿你能死啊？”弟弟痴愣愣地看着他，一脸不明其意的傻笑。可等章无为刚一松手，他立即就从椅子上站起来，又开始了一圈又一圈的疾走。母亲见状对章无为说：“你别管他，就当是锻炼身体了，你要心烦，就回自己屋里待着去。”

章无为刚要走开，父亲却从外面推门进来了。他将背上的一大袋东西放在地上，站在一旁看着吭哧吭哧地转着圈儿的章有志，进门时满脸的乌云渐渐散开了：“我的儿，半年不见，居然长得这么壮实了。”章有志依然视若无人地疾走着，额头上渗出了一层细汗。母亲闻声从厨房走出来，问道：“事情办得顺利吗？”章疑指了指地上的袋子，苦笑着说：“旧债没还上，又加了新债。”

章无为站在那里，虽然他早就习惯了父亲对自己的无视，但有了对智障弟弟过于明显的比较，他内心的愤怒还是被瞬间点燃了。这个家庭，他妈的就完全是邪恶的烟虚镇的缩影啊！健康美好的事物总被排挤，而病态丑陋的东西却被视为香饽饽，再在这样的环境中生活下去，正常人不发疯才怪呢。愤怒让他内心萌生了彻底和父亲大干一架的冲动。他怒目圆睁，觉得紧握的拳头都发出了嘎巴嘎巴的响声。但母亲投向自己的充满忧郁和哀求的目光，却渐渐浇灭了章无为的怒火，让他的心越来越柔软。

“哈哈哈，哈哈哈……”章无为冷不防地发出一阵笑声，把章疑吓

了一跳。他转身看着章无为，莫名其妙地呵斥道：“你神经病啊？”

章无为没有接茬，他一边夸张地大笑着一边出了屋子。顷刻间，外面就传来重重的一声摔门声。半斤看看八两，再看看仍然不知疲倦地疾走着的傻儿子，心里一阵悲凉，她知道计划中美好的家庭团聚彻底泡汤了。

22

开春了，随着气温日渐回升，大地开始解冻，到处散发着泥土的腥香。冬天里一直压在人们头顶的铅灰色的云团，逐渐变得轻淡而高远。空荡荡的天空中开始有了飞鸟的身影。天地万物从沉睡中苏醒，一个蠢蠢欲动的季节又如期而至了。

面对众人“开春了，又得忙碌起来了”的愁怨，姜执贤总会感慨地说：“知足吧，我一年四季就没有闲着的时候。”在这个刚刚到来的初春里，姜执贤更是比以往任何一年都忙碌。抛开姜氏部落的各种大事小情，头人会青壮派成员三天两头的集聚，压在他心头的还有两件紧迫的大事：一个是建立烟虚医馆，另一个是攻克老顽固章疑。在六月底每年一度的头人会年会前，这两件大事都必须拿出明确可行的方案。但尽管姜执贤忙得四脚朝天，这两件事的进展却都不顺利。建设医馆之事，在他组建的筹备组的安排下，选址、设计等硬件项目都在有条不紊地进行之中，但解决招贤纳士的软件问题却一波三折，让他

着实犯起了头疼。他多次独上东山寻访荀广印不遇，不意游仙却在初雪落下的当日主动找上姜府，并于第二天随他去章疑家中为其病妻诊疗，让自己一桩莫大的心事终得了断。但不管姜执贤怎么诱劝，荀游仙不但死活不答应下山坐馆，而且正告姜执贤不得透露自己的任何消息，包括这次秘密下山行医之事。姜执贤知道悬壶济世功在千秋之类的道理对他根本不起作用，只好激将地说："就当帮我不行吗？大忙都帮了，求您再帮一次小忙。"不料荀游仙依然不为所动，他说："我做事不计后果，只遵从自己的心境。这次受你感召出山，看似解你燃眉之急，但其实后果难料。我不是个听劝的人，多说无益。还是上次分手那句话，如有缘就会再见。"任姜执贤如何苦苦挽留也不为所动，第二天就告辞归山了。姜执贤无奈，只得在民间另访高人。但令他沮丧的是，原本想得非常简单的事，实现起来却如此艰难。甚至连他过去根本看不上眼的江湖游医独手侠，都以坐馆不自由为由，不容分说地拒绝了他的邀约。

攻克老顽固章疑之事，在送医上门并成功让他视为生命的病妻起死回生后，姜执贤变得胸有成竹。他是个有耐心的人，熟知把握节奏的重要性。他私下对章妻病情好转的情况了解得一清二楚，但却一次也没有再去北关章家回访。他需要让章疑的内心产生压力，而明显的表功之举只会让他产生反感。事实证明姜执贤的节奏掌握得非常好，腊月二十八日章疑主动来到姜府，以拜年的名义呈上了自己的压箱宝

物“九龙宝鼎”，显然就是他内心产生了巨大压力的标志。姜执贤盛情招待上门的章疑，却不但没有接受他的宝贝，反而在临走时送了一大袋珍贵的年货。姜执贤暗示的话已经点得很透：物件的价值因人而异，这显然不是我需要的宝贝！他觉得章疑在更大压力的煎熬下，很快就会主动向社会公布自己的研究成果，用平头百姓听不懂的术语，证明那块发现于烟虚镇的界碑就来自姜姓人的祖先……但事情的进展并不符合姜执贤的设想，章疑再没有来表达感激之情，也没有任何关于界碑的风声。甚至有一次姜执贤在烟虚镇公正堂门前与他相遇，他也只是热情客气地打了声招呼后，就径直走开了，似乎两人之间只有单纯的友谊，而不存在任何的人情亏欠。虽然姜执贤有点不耐烦起来，但他深知面对这样迂腐执拗、臭脾气不小的学问人，急躁只能坏了大事，于是只好说服自己耐着性子继续等待一段时间再看。

开春后，烟虚头人会发生了一场巨大的危机。这是自设会以来不曾有过的，而且大有愈演愈烈之势。

起因就是马猎户妻儿离奇遇害，他于腊月十八日在公正堂前陈尸喊冤这件事，鉴于此事造成了极大恐慌，虽然已经临近年关，头人会还是临时召开了紧急会议。但会议持续两天却一无所获，只好在殷伯的提议下，通过张贴公告的形式征求民众意见。这种还政于民的破例举动，极大地激发了烟虚人的议政热情，经过反复讨论协商，很快全社会基本达成了一个共识，那就是烟虚地区必须组建安保力量，以防

范有史以来首次出现的遭遇外族入侵的巨大风险。而要建立保安团，人们自然立即想到了章无为前段时间组建的打猫队。那都是本地区体格健壮、无所畏惧的青年人，在收编的基础上再视情况进行扩大，不就是一支现成的队伍吗？

“姜还是老的辣啊！”曾让头人会众成员一筹莫展的难题就此有了解决方案，这让大家对殷伯的提议赞赏有加。大家觉得既然民意如此，年后只需借坡下驴，在头人会上走个形式表决通过即可。但谁也没有料到好好的一件事会横生变故，而且出来作梗的不是别人，正是此事的倡导者、头人会资深元老殷伯本人。

正月里，兴致勃勃的民众一拨接一拨地前往广宗部落，去殷府拜见殷伯。大家向老头人请教局势，表达看法，更多的则是响应公告要求提出自己的建议。起初殷伯还能笑脸相迎上门之客，对于他们关于招安打猫队的建议说出否定的理由。后来来的人越来越多，他开始烦躁起来，常常一大早就躲出门去，让上门者一次次地扑空。殷伯否决的态度传到头人会成员的耳朵中，大家都觉得匪夷所思。本来是给自己脸上贴金的一件事，他为何会执意对抗？尤其是青壮派成员们，觉得这个老家伙简直就是为了彰显自己的与众不同而故意找碴。为了彻底弄清殷伯的真实用意，他们委派天台部落头人靳福耿于正月底专程去了一趟殷府。与殷伯不欢而散的靳头人带回了准确无误的结论：组建烟虚安保力量的提议本身，殷伯并不反对，但收编现成的打猫队，

他是一百个不同意。理由有二,一是这样重大的决定不容草率，二是章无为是一个劣迹斑斑的不良青年，这样的人别说委以重任，就是普通的公共事务，也必须排除在外。

殷伯这一不容置疑的表态，在头人会里引发了元老派与青壮派意见的对立。元老派认为尽管殷伯有倚老卖老、居高临下之嫌，但他严谨认真的行事态度，还是值得肯定的。而青壮派则情绪激动地反驳说，这不叫严谨认真，而是墨守成规、固执已见，头人会就是因为有殷伯这样保守且一言九鼎的老家伙们把持着，所以才永远死气沉沉，任何新鲜事物都会被压制下去，无法在烟虚大地得以实现。青壮派的过激言论，将对殷伯个人的不满扩大到了所有元老派身上，于是原本就存在的新老两派的矛盾，终于变成了公开的对立。

很快，头人会的分歧就在社会上掀起了轩然大波。对于异族人入侵的恐惧，让民众几乎是一边倒地支持尽快成立保安团的建议。殷伯在正月里对到访者避而不见的冷漠态度，本来就已经引发众怨，现在有了头人会青壮派成员们的支持，他们的怒火终于找到了发泄的出口。人们聚集在公正堂前，公开表达对殷伯的不满和谴责。群情激愤的抗议者罗列出了殷伯的三大罪状：一是固执已见，罔顾民意；二是挟老自重，打压青年；三是保守短见，鼠目寸光。人们要求整编打猫队的呼声更加高涨，甚至喊出了“让殷伯这些老家伙滚出头人会”的口号。借着这波澎湃的舆情，青壮派成员提议立即召开关于头人会自身

改革的会议，对这个自从设置之日起就一成不变的机构进行一次彻底的改良。这个提议自然遭到了元老派头人们的一致抵制，就连那些曾对殷伯表示不满的元老派成员，也因为派阀关系而重新表态，坚定地站在了青壮派的对立面。头人会两派对峙的局面，造成了一时性的政治真空。聚集在公正堂前的民众的呼声无人回应，愤怒的人群便开始了游行。他们高呼口号，穿行在烟虚镇的大街小巷上。开始时人群数量不多，游行也以和平示威的方式进行。但随着越来越多的人加入了游行队伍，局势开始变得有些失控。有一天，浩浩荡荡的游行队伍经过西大街时，万龙野味馆几个小伙计站在门前看热闹，其中一个抱怨道："谁他妈的发明的游行？馆子的生意都给搅黄了。"就因为这么一句话，游行队伍中一伙人和饭馆伙计们先是发生了争执，后来冲突升级，游行的人仗着人多势众，不但将几个伙计打得头破血流，居然还冲进饭馆，将桌椅板凳等一应陈设砸了个稀烂……

对于民众推举自己的呼声，章无为从始至终都保持了沉默。但当游行示威活动变得渐渐失控的时候，他适时地站了出来。他在公正堂前的广场上做了一次演讲，对游行中的扰民行为和暴力倾向公开进行了抨击。他那句"烟虚人不能祸害烟虚人"的呼吁，几乎赢得了所有人的赞许。年前被解散的打猫队的成员，更是自发地组织起来，充当了游行秩序的维护者。声势浩大的示威游行，重新恢复了

和平和理性。

“章无为简直就是天生的将才，这样的人物被打压排挤，殷伯之流纯属嫉贤妒能啊。”章无为在公正堂前的演讲，再一次极大地为自己赢得了烟虚人的口碑。

对阿吾而言，他目前所处的现世，是占据了自己所有记忆的“胡正坤”对时空的穿越。他已经不再为两个身份虚虚实实的纠缠而苦恼，而是越来越坦然地面对这个曾让他困惑不已的状态。有时他甚至为此感到庆幸和喜悦，因为无论作为“阿吾”的这个人还是作为“烟虚盆地”的这个社会，对“胡正坤”而言，都是完全处于原生状态的毛坯，可以让他按自己的意愿随意雕刻成自己理想中的样子。而章无为这个对烟虚社会现实严重不满、胆大勇为的年轻人，正是自己需要的一把锋利无比且功能齐全的雕刀。尤其难能可贵的是，章无为不仅是一把让阿吾得心应手的雕刀，他的奇思妙想和主动意识，甚至让阿吾觉得他更像一个默契的合作者。如果没有章无为，自己一个意识完全与现世脱节的人，永远都只能是一个被动的看客。

在原始社会形态的烟虚盆地建设一个想象中的理想国，并非阿吾一开始就有的想法。当他从一场高热中清醒过来，发现记忆令自己完

全处在一个陌生状态下之后，两种身份的纠缠曾让他经历了很长一段时间的迷茫、痛苦甚至绝望。随着对眼下现世生活的逐步了解和适应，阿吾对这种无解的状态有了新的认识和理解。“胡正坤身处的那个世界，是一个高度发达但道德沦丧、公正缺失的社会，既然我莫名拥有了他的记忆和见识，或许可以引为前车之鉴，将处于原生状态的烟虚社会塑造成一个更为美好的理想之地。”初有这个想法时，连阿吾自己都觉得这是不自量力的痴人说梦。但与章无为“重逢”并关系日益密切后，他的一系列作为却渐渐让阿吾看到了梦想成真的希望。尤其章无为那次造神之举的效果，更让阿吾对此信心倍增。

但是无论按照胡正坤还是阿吾的性格，都不太可能接受这样公然的欺世盗名之举。所以当章无为将阿吾接到杂货店的当晚，说出自己的计划时，阿吾当即拒绝了：“胡闹！烟虚处在崇尚自然的原始状态，没有神灵信仰，你想造神就能造得出来啊？”

章无为说：“胡正坤所处的那个远比烟虚超前的时空，一定也曾经是眼下的自然状态，一定也经历过从无神到有神的过程，明天神将如期诞生，烟虚大地将开启一个新的时代。”

两人争论了半天。阿吾之所以最终被章无为说服，一是因为章无为所有的这些见识，其实都是从作为“胡正坤”的自己口里学来的，他确实曾亲口说过烟虚人需要一个信仰的载体，二是基于章无为对造神之举必将成功的自信。章无为说他通过前段时间开店卖干花聚集的

人气，已经一遍又一遍地在众人中传递了这样一个信息：自己一个从小猫嫌狗厌的人，之所以忽然变得判若两人，就是因为受了神的点拨。而这个神不是别人，就是被名为“正坤大神”附体的阿吾！

“大神附体的说法，完美地解释了你忽然失忆的怪事，许多人闻之恍然大悟，深信不疑，该是把你这个大神推出去的时候了。”章无为见阿吾终于默许，一脸狡黠地说。

“你为什么不直接说自己判若两人，就是大神附体的结果？”阿吾没好气地说。

章无为哈哈大笑起来：“神要被供着，不能轻举妄动，而我是要冲锋在第一线的。再说了，我在烟虚名声不好，神也不宜附体有污点的肉身。”

十一月二十八日，阿吾按照章无为的吩咐，身穿紫袍正襟危坐在中心广场的帐篷内，接受人们的参拜。开始时他极度忐忑不安，但看到入帐者脸上的表情并无质疑或嘲弄之色，人们更多的是对新事物的好奇，甚至有不少人看上去神色虔诚，他的紧张感便渐渐地消失了，代之而来的居然是一种真实的庄严感……章无为照猫画虎设计的这个宗教仪式，事后证明不但达到而且远超了预期的效果。在众人添油加醋的口口相传之中，“正坤大神”很快就成了烟虚人口中即便不信奉也不可随便亵渎的词汇。

当腊月十八日马猎户在广场上陈尸喊冤的事件发生、呼吁整编打

猫队的民意初现之时，章无为闻讯跑去找阿吾，激动得手舞足蹈地说："扭转乾坤的机会到来了！时势造英雄，我们要大干一场。"章无为的意思是适时亮出正坤大神的神谕，顺应民意重新拉起队伍，顺我者昌，逆我者亡，在烟虚大地摧枯拉朽，重新建立一个全新的秩序。阿吾好不容易才让他平静下来，劝他学会欲擒故纵，在时机没有完全成熟的时候，最大程度地保持沉默。章无为听从了阿吾的劝告，没有对许多找上门来怂恿他振臂一呼的人做出回应。他不置可否的态度果然使得民意更加汹涌澎湃，最后直闹到头人会成员之间产生分歧，愤怒的民众开始了规模越来越大的上街游行。

就在示威游行刚有失控苗头的时候，阿吾终于对一直跃跃欲试的章无为松了口："你可以出面了。但不是煽动暴力，而是要呼吁和平，呼吁烟虚人不要祸害烟虚人，让越来越分裂的民众因为你而空前地团结。"

章无为是个一点就通的人，他说："烟虚人不祸害烟虚人，太好了。但民众空前团结不是因为我，而是因为正坤大神！"

章无为在中央广场上的演说，对烟虚人而言有如醍醐灌顶，顿时神清志明。"正坤大神不愧是烟虚人的领航者，我们要谨遵神谕，不可手足相残，必须团结合作，一致对外。"人们很快就形成了这样的共识，加上打猫队的成员自发地组织起来维护秩序，示威游行重新恢复了和平进行的方式。

章无为的演说，再一次让正坤大神神威大增。不仅广大普通民众崇拜有加，而且对一直视章无为造神之举为闹剧的头人们而言，不管内心相信与否，都第一次感受到了正坤大神存在的必要。头人会无论是元老派还是青壮派，虽然因主张不同而对民众的示威游行持完全相反的态度，但对局势失控的担心却是一致的。所以当游行队伍中开始出现打砸抢等暴力行为的时候，两派成员都陷入了深深的忧虑。对元老派而言，民众的示威游行本来就是青壮派怂恿的结果，他们当然希望事态尽早收束。而对青壮派而言，民众上街可以让那些顽固不化的元老们感受到汹涌舆情的压力，从而做出让步。但如果局势失控，头人会面临的就不再是两派之争和体制改良，而会被彻底推翻，使整个烟虚地区陷入空前的大混乱……就在头人们惶惶不可终日的时候，章无为出面发表的演讲，让愤怒的民众重新恢复了理性，也终于让他们悬在心上的一块石头落了下来。

在章无为公开演讲后的第三天，姜执贤、靳福耿等几位头人会青壮派成员亲临章无为的杂货店。当日和平游行示威依然在烟虚镇举行。姜执贤一行数人在正坤大神画像前焚香跪拜的举动，立即传遍了整个游行队伍。这被视为官方对正坤大神存在的认可，青壮派这一顺应民心之举，让他们赢得了更为广泛的支持。从这天开始，位于烟虚镇十字路口西北角的这个小杂货铺，不断有民众前来烧香膜拜。那张由章无为找人制作的正坤大神的画像，也被从狭小的二楼搬到了一楼。热

心的信众在神像前摆设了香案和蒲团，从此小小的杂货店里蜡烛长明，香火不断。甚至有人特意制作了一个功德箱，以满足人们培植福报的需求。瘦猴每天清点功德箱里的香火钱时，都会私下惊讶不已地说：“我的妈呀，这比开杂货店的收入高多了，简直就是无本万利啊。”

青壮派公然拜神的举动，让元老派成员深深后悔错失了先机。其实在章无为发表演说后不久，元老派成员之中就有过类似的提议。但在征询殷伯的意见时，他鼻孔里哼了一声，不屑地说：“烟虚之地这几年真是怪事频出，元老会不去引领大众，而是被章无为这个下三烂的鬼把戏牵着鼻子走！”殷伯的断然否定，很快让元老派陷入了孤立和被动。看到民众对青壮派的一片呼声，他们沮丧地说：“不是人家批评我们愚执守旧，我们就算手上有一把好牌，也都打得稀烂。”

“你们拜神像，我们直接拜真神！”为了亡羊补牢，几个元老派成员另辟蹊径，直接去了荒滩的阿吾家。他们杀猪宰羊，带着丰厚的供品上门拜见阿吾的举动，也造成了一时的轰动。但鉴于荒滩地处偏远，来回一趟非常不便，加之阿吾苦劝信奉者不要轻易上门，去荒滩的信众始终稀稀落落。但毋庸置疑的是，元老派的这一举动，是对正坤大神的又一次官方肯定。章无为亲手种下的神灵种子，终于在烟虚大地上生根发芽，越来越茁壮地成长起来了。

在这个乍暖还寒的季节里，烟虚镇上接二连三的游行示威，促成了远比往年频繁的议政会。在青壮派的强烈要求下，众头人隔三岔五

地聚集在公正堂内，就成立保安团一事进行协商和辩论。但无论双方的提案如何修正，都无法达到获得通过的八成以上的赞同，所以陷入了长久的胶着状态。

而就在人们失去耐心的时候，去年春天里首次降临烟虚大地的紫雾，却又一次不期而至了。

24

紫雾起于初春的一个黄昏。随着如同发自大地深处的沉闷的轰鸣声由弱到强地响起来，浓厚的紫色雾气从烟虚盆地四周弥漫开来，很快群山隐形，蓝天消失，残留在人们视线中的只剩下了滚滚而来的紫色云海。这种轰隆声对烟虚人而言太熟悉了，它如同刺耳的警报声，人们听见后的第一个反应就是飞快地跑回家中，关门闭窗，密封透风之处，备好出门时必需的防护服，然后待在家中，等待着雾气的散去。有色雾气多发是烟虚盆地的自然现象。而雾气发生的季节、雾气的颜色和性状、持续的时间等都无规律可循。人们之所以养成如此的警觉，是因为许多有色雾气会不同程度地危害人的健康，甚至多年前发生的一起只持续了短短半天的青色雾气，就夺去了数百条烟虚人的生命。人们无从预判，唯一能做的就是防患于未然。

据有心人讲，本次紫雾的发生，与去年首次发生紫雾不但是同一天，而且第一声地鸣传来的时间也同在酉时。刚刚起雾的前几天，闭

门不出的人们望着被紫色笼罩的窗外，心里难免有几分沮丧：又是一年中最忙碌的时候，不知这场讨厌的雾灾何时才能结束。但没有几天，偶然飘进鼻孔的紫雾那淡淡的甜味，让人们不经意间想起了去年头人会对那场紫雾的定性：雾气紫色，味腥甘，吸入者个别有眩晕感，目前尚无法证实是否会对健康有影响……当年的结论和眼前这熟悉的场景、熟悉的味道，渐渐让众人变得释然起来：这不过是去年那场紫雾的重复，它不但无害，而且具有杀灭蚊蝇老鼠等害虫、促进粮食果物大丰收的神奇之效，我们竟如临大敌地躲在家里，这岂不太可笑了？于是有大胆者开始试探着不着任何防护用品走出室外，第一个吃螃蟹的人不但证明了螃蟹的无害，而且绘声绘色地描述了它的美味：吸入紫雾并不会产生任何晕眩，只是某些人会有一种类似于微醺的愉悦感。于是越来越多的人走出家门，紫色浓雾中随时可以影影绰绰地看到行人，到处可以听到或近或远的说话声。

但并非所有烟虚人都有如此的勇气。殷伯关于紫雾危害的质疑，虽然曾引发大众的嘲笑，但蚊蝇之类害虫的消失不足为奇，老鼠的锐减也可视为好事，而入秋后所引发的猫灾，却让不少人不免担心起来。那些皮包骨头的野猫和家猫因饥饿而流露出来的凶狠而绝望的目光，让人们至今记忆犹新。“殷伯的担心不无道理，世间万物环环相扣，谁知道哪天波及人时，会是怎样恐怖的场景。”这些一向信奉“人无远虑，必有近忧”的人，面对这场紫雾依然表现出了谨慎的态度。他们像过

去身处雾期一样不分昼夜地宅在家里，即便有事必须外出，也是防护衣必穿、面罩必戴，一副全副武装的架势。紫雾弥漫的日子里，如果在大街上遇到一个人，仅从穿戴打扮上就可以鲜明地分辨出其处世态度。

紫雾让烟虚人条件反射地想到了异族人，想到了去年章无为目睹他们在妙见峰成群结伙穿行的传闻。现在紫雾复来，旧景重现，那些已经成为烟虚人心中恶魔的家伙会不会在浓雾的掩护下，趁机大举进犯，使烟虚大地沦陷在他们的铁蹄之下，几乎成了每一个烟虚人心头巨大的阴影。就在众人惶惶不可终日的时候，一个令人振奋的消息开始到处疯传：章无为危难之时终显身手，他和昔日打猫队的队员们再一次组织起来，在没有半文官银的情况下，自筹经费定做制服、购置刀枪，开始以“烟虚保安团”的名义四处巡逻，以防异族人随时可能发动的偷袭。保安团列队行进时整齐的脚步声和响亮的口号声，在这个视线被严重遮蔽的雾期里，给焦虑不堪、度日如年的烟虚人带去了极大的心理安慰。

事实证明，烟虚人对异族人的担心并非杞人忧天，有关他们在浓雾掩护下在烟虚地区现身的传闻，果然频频传出，而且一个比一个惊悚。最早有关异族人现身的传闻，出现在紫雾发生的第三天。据说那天黄昏时分，一个家住北山脚下、灵龟河畔的农人，到自家的菜田里去拔萝卜，不经意间发现不远处的河面上，有两个巨大的黑色物体影

影绰绰地从浓雾中逆流驶来。待渐渐近了，才发现是两艘大船。农夫吓坏了，赶忙钻进柴堆中躲了起来。他透过柴火缝隙看到，两艘大船缓缓靠岸后，下来了两百多名身形明显比烟虚人高大的异族人。他们并没有带什么利刃尖矛，而是从船上卸下来许多大小不一、形状各异的包裹，三人一组、五人一队地抬着往山上去了。这个传闻说得有鼻子有眼，不光是异族人的长相、服饰，就连他们的表情、说话的语气都描述得非常真切。这个传闻让烟虚人颇费猜测：异族人不带兵刃，搬运包裹来烟虚干什么？那些包裹里到底装着什么？鉴于去年冬天里他们对马猎户妻儿杀人剜心的兽行，猜测的最终结果必然是一场蓄谋已久的侵略即将发生，包裹是异族人先期运达的战备物资。以章无为为首的保安团几乎搜遍了整个妙见峰，但却一无所获，这无形中进一步增加了这种猜测的可靠性。民众对章无为的保安团不仅给予了财物上的大力支持，甚至有不少人自愿加入搜寻队伍，希望能找到并摧毁那些被异族人隐藏起来的战备物资。

这是紫雾期间有关异族人现身的各种传闻中影响较大的一则，但由于都是道听途说，缺乏真正的实物作为证据，所以难以让持谨慎态度的人消除心中的怀疑。有的亲元老派民众甚至公开质疑说：“所有有关异族人的消息都是保安团传出来的。灵龟河边那个所谓的农户，很多人前去印证却连人都没有找到。谁敢断定这一切不是保安团为了日后的合法化，而随意编造出来的谎言？”质疑者与传播者之间发生了

激烈的辩论，但却谁也说服不了谁。这样的状况持续了没有几天，一则影响更为深远的新闻开始到处流传，它不但充满传奇，而且有确凿的实物佐证，如一针强心剂，让保安团的拥趸们顿时为之振奋不已。

事情发生在三月十二日中午时分，地点是妙见峰那座神秘的木塔和巨型雕像之间的空场上。保安团一经组建，章无为就将防控的重点放在了这个与异族人息息相关的地方。他除了在四周布设了多道陷阱，而且每天都安排两名队员在木塔上瞭望。木塔上架起了长长的牛角号，一旦有情况出现，便可在第一时间发出警示。三月十二日，恰巧是章无为和瘦猴两人在木塔上值班。整个上午，两人都在紫雾缭绕之中大睁眼睛，随时观察着四周的每一次风吹草动。正所谓春困秋乏，中午简单吃过所带的干粮后，章无为感到睡意来袭，不由自主地坐在塔窗前打起盹来。不知过了多久，就在章无为迷迷糊糊之间，瘦猴惊慌失措的大喊大叫和随即响起的沉闷的牛角号声，立即将他的睡意驱赶得无影无踪。章无为几乎惊得跳了起来。他从塔窗望出去，竟然看到了令人震惊到无法相信的一幕：十数匹长着翅膀的飞马刚刚降落到塔前的空地上，却被骤然响起的牛角号声惊得纷纷马失前蹄，栽倒在地，然后在各自异族人骑手的鞭挞下，奋力扇动着巨大的翅膀，开始重新升空。其中有一匹白马双蹄被陷阱里的套索紧紧套住，任那个长着卷曲络腮胡子的骑手怎样用马鞭使劲抽打，都无法挣扎起身。见状，已经开始升空的另一匹飞马俯冲下来，马背上的骑手将络腮胡子一把提

上自己的马背，扔下那匹白色飞马，和众飞马很快就消失在浓厚的紫雾中……

这个消息最初当然是从章无为和瘦猴两人嘴里传出来的，那些喜欢抬杠的谨慎派一听，就鄙视地笑了：“怎么离奇惊悚就怎么编！那匹被套住的飞马呢？总不会一不留神又让它飞走了吧？如果不是谎言，就把飞马拉出来示众。”面对质疑，保安团于当天就发布了消息：三月十三日上午，在镇中心广场公开展示被捕获的飞马，以正视听！这个消息立即引起巨大轰动，争论双方都迫不及待地等待着这个时刻的到来。

三月十三日上午，在笼罩着浓厚紫雾的镇中心广场上，早早就聚满了密密麻麻的人。身着普通服装的青壮派的追随者和身着防护服的元老派的支持者，自觉地分成了两个阵营，各自占据了广场的东西两侧。人们交头接耳，情绪兴奋异常。巳时一到，先是保安团的近百名团员身着统一制服，排成整齐队伍从广场南侧齐步入场，在广场中央分列两队，分别站在两个阵营的前方。随后章无为在两名队员的陪同下，牵着一匹雪白的马儿走进了广场。在紫色的雾气中，那匹马不停地昂头嘶鸣，叫声洪亮得令人心惊。令大家都大跌眼镜的是，白马并没有传说中巨大的翅膀，只不过是一头普通的高头大马而已。就在观众们面面相觑的时候，章无为面露笑容地高声说道：“我知道大家的疑问，觉得这不是飞马。如果不是飞马，我敢如此兴师动众地展示吗？”

说罢他给两个跟随的队员摆摆手，他们立即上前来，一圈又一圈地从马的前半个身子上解下了包裹着的白布，最终露出了两侧巨大的、血淋淋的伤口。听完章无为的讲述，大家这才知道，当时因为只有他和瘦猴两人，怕飞马挣脱，情急之下便用刀砍下了飞马巨大的翅膀，这才得以将其擒获。看着元老派的支持者们依然半信半疑，章无为甚至喊来手下，将一双砍下来的翅膀抬到广场上展示了一周……

从三月十三日这天起，章无为胯下就多了一匹扬鬃奋蹄的白色坐骑。人们看着它在四处弥漫的紫雾中迅如闪电的身影，谁也不再怀疑它曾经是一匹长着巨大翅膀、翱翔在蓝天的飞马。

25

在紫雾弥漫期间，阿吾发现母亲几乎无时无刻不处于一种魂不守舍的恍惚状态。

对现世身份的记忆只有一年多时间的阿吾而言，叶寡妇从记忆之初的和善平静、沉默寡言变得忧郁多疑、自言自语，都是从那两只猫的失踪开始的。那一黑一花的两只猫，原先绝大多数时间都在千须洞里隐身不现，它们偶然从洞里走出来，总会叼着一些诸如蜥蜴、老鼠、盲蛇之类的猎物尸体。它们将这些战利品摆在老女人的面前，并不时用爪子摆弄着。而每逢此时，母亲总是慈眉善目地看着两只猫，耐心地听着它们发出类似婴儿哭泣般长短高低不同的叫声，就像在倾听老朋友喋喋不休的抱怨或倾诉。母亲经常会随两只猫走进千须洞，在里面一待就是大半天。尤其在去年紫雾发生期间，母亲除了出来做饭和晚上睡觉，其余时间基本上都是在千须洞里度过的。阿吾发现，每次母亲从洞里出来时，表情都如沐春风，像是刚刚经历了一场身心

愉悦的旅行。阿吾曾在夜间偷偷进入过几次千须洞，里面大洞套小洞的迷宫一般的神秘布局，让他没走多远就会意乱神迷，唯有顺原路赶紧退出。无论是两只猫从洞内带出的鸟头或鱼骨，还是母亲出来时喜悦的表情，都让阿吾怀疑洞内某处连通着什么世外桃源，给大半生寡居的这个女人提供了足以弥补单调和沉闷的另一种生活。

两只猫是去年初秋失踪的。比起经常安静地卧在千须洞洞口那只长相奇特的黄狗来，阿吾对两只猫都比较讨厌。无论它们像婴儿哭泣一般的叫声，还是投向自己的明显怀有敌意的眼神，都让他觉得不舒服。去年初秋，阿吾见母亲总是长时间枯坐在饭桌前，看着被挂毯遮起来的洞口发呆，便不解地问出了什么事。母亲说："猫丢了。"他这才意识到确实很有些日子没有看到两只猫的身影了。猫的失踪，彻底改变了母亲的状态。这个一直安详平和、脸上总是带着善良的微笑的老寡妇，表情变得一天比一天忧郁。她除了偶然取些食材，几乎很少再进千须洞。她经常呆呆地坐饭桌旁，长时间地望着洞口，仿佛在等待着猫儿们的再次现身。起初，阿吾以为只因猫儿是母亲的情感寄托而已，但母亲越来越怪异的表现，却让阿吾无论是对那两只忽然失踪的猫还是迄今不得而知的千须洞的秘密，都产生了更多的好奇。

本次紫雾发生以后，尽管阿吾劝告母亲说，很多烟虚人都确认紫雾对人畜并无危害，照常生活的人不在少数，但固执的母亲依然严严实实地封闭了门窗，不但自己足不出户，而且明令阿吾如果外出，就

必须严严实实地穿好防护服。无法出门，又不能像过去那样把漫长的时间消磨在千须洞里，阿吾发现母亲原本一成不变的作息规律发生了严重的混乱。她可能整个白天都在自己的侧窑里睡觉，而半夜却爬起来做好饭菜，将迷迷糊糊的阿吾从床上叫醒；也可能喃喃自语地坐在千须洞洞口，一直从白日坐到深夜。母亲自言自语的内容，都是阿吾完全没有记忆的往事，让他真假难辨。有一次母亲在深夜叫醒阿吾吃过饭后，忽然长叹一声："唉，这么长时间见不到我，他们该急成什么样了。"阿吾吃惊地问："他们是谁啊？"母亲说："一大家子人啊！你奶奶见不到我就哭，头发都哭白了。"阿吾吓了一跳："咱们家不是一个亲人都没有了吗？他们在哪里？"母亲却指了指黑洞洞的千须洞，眼光直勾勾地说："没有人领路，再也找不到了。"这时一直卧在洞口的黄狗忽然咳嗽似的叫了一声，母亲这才回过神来，讪讪地起身开始收拾碗筷。阿吾看着母亲明显躲闪自己的眼神，并不觉得她是因为日子过得天昏地暗，刚才是在迷迷糊糊中说的梦话……

尽管母亲并没有禁止阿吾外出，只是明令出门时必须穿防护服，但紫雾期间他基本都待在家里。雾起之初的一天，章无为来荒滩找过阿吾。他一身平常衣服，并无防护装备。章无为踌躇满志地向阿吾说了自己欲借紫雾这个天赐良机组建保安团的计划，并希望阿吾简装素衣亮相于民众之前，这样既能让大众减少对紫雾的恐惧，也给队员神力加持的心理暗示，让保安团在创建之始就注定会神勇无畏，成为民

众心目中一支不可战胜的神军。

“虽然有和我一样不穿防护服出门的人，但毕竟是少数。大部分人都足不出户，躲瘟神一般待在家中。如果紫雾持续不散，岂不又像冬天一样，一切活动都被尘封了起来？”章无为说。

“不可！”阿吾一听就摇头道，“自起雾之日，我一直没有出门，就是因为不能选择出门的装扮。两派相争，为神最忌站队，站队必失一派。所谓金口难开，就是要沉默对事，任当事者自持立场，这样神威方可在两方的拥戴中日益壮大。”

“我们造的神不偏心自己，那这神不是白造了吗？”章无为没有料到阿吾会拒绝，一时有些发蒙。

“我们的抱负是要在烟虚大地建立一个公正有序、强大繁荣的理想国，信仰看似并无实用，但它是民众精神的基础和框架，稍有偏斜，就会拖垮整座大厦。神可为我们所用，但不可独为我们所有，否则，神则不神。神如果主动出面帮忙，往往只会帮倒忙。”

阿吾和章无为正坐在饭桌前说话，进门右边的侧窑帘子一挑，阿吾母亲从里面走了出来。她头发散乱，眼神迷迷瞪瞪，看样子是刚刚睡醒。

母亲四下看了看，似乎有些吃惊地说：“外面那么厚的毒雾，你不穿防护衣就出门了？”

章无为说：“伯母，紫雾不但对人无害，而且对庄稼有益。去年您

家崖畔上的红枣大得跟鸡蛋似的，那都是紫雾带来的好处啊。”

“殷伯说了，不能光看表象，红枣大得像鸡蛋，本来就是不正常的表现。我家的两只猫，好端端的，失踪了，一定也跟那场紫雾有关。”一提到猫，老寡妇的眼神里明显地浮起一丝忧伤。

“伯母呀，”章无为见状安慰道，“您还在为丢猫的事伤心呢？荒滩偏僻，您是有所不知，去年秋冬两季，烟虚一带到处猫患成灾，要不是我成立打猫队，现在没准猫比烟虚人都多了。所以您那两只猫估计也是在洞里待得腻烦，偷空跑到外面浪去了……”

阿吾见母亲脸上露出了不悦之色，刚要打断章无为，一直安安静静卧在一旁的黄狗却忽然“汪”地叫了一声，蹿起身来，冲章无为露出一嘴白牙，发出低沉的呜呜声，凶得如同一只陌生的野兽。阿吾厉声吆喝了两声，平日顺从听话的黄狗却并无退下之意，依旧龇牙咧嘴地盯着章无为。母亲见状踢了黄狗一脚，它才“吱”地叫了一声，重新卧回了原来的地方。

“看来我不受欢迎啊，”章无为自嘲地笑了笑，站起身道，“那咱们以后再谈，时间不早了，我也该回去了。”

阿吾说：“以你的胆量和能力，可以轻松将它杀了煮成一锅狗肉，但你不会那么做，是有别的考量。对狗如此，有的时候对敌人也需要这样。”

黄狗昂起头来，又“汪”地叫了一声。章无为一边点头，一边忍

不住笑着说："正坤大神的话，狗都能听得懂，我再不听，岂不连狗都不如了。"

尽管阿吾的拒绝让章无为当时有些郁闷，但事后他却不得不佩服阿吾的判断：正坤大神的沉默，让人们对紫雾究竟对人有无危害的判断保持了现状，但希望其尽快结束、让生活回归常态的愿望却是一致的。位于烟虚镇十字路口西北角的那家杂货店，香火日益旺盛了起来。每天都有一拨接一拨的许愿者登门烧香。他们既有身着普通服装的乐观派，也有把防护服穿得严严实实的谨慎派。他们跪拜在神坛前，期望正坤大神能大显神威，尽早驱散这场紫雾，让阳光重新照到烟虚大地之上。章无为每天晚上看瘦猴从功德箱中清点香油钱，都忍不住感慨："神越是不显灵，人的期待反而越高，你看看这钱，一天比一天多。真正神奇的不是神，而是人心啊。"

在这场紫雾终于散去的当天，那一拨在杂货店烧香的烟虚人，在袅袅香烟中惊奇地发现，室外渐渐变得明亮起来。他们跑出杂货店，站在十字街头，看着笼罩了一月有余的浓厚的紫色雾气，慢慢地在眼前消散。烟虚镇的街道、房屋由近及远地显露了出来，直到远方的群山也清晰地呈现在人们的眼前……

"天啊！雾散了，雾散了，我们有幸见证了神迹啊！"人们几乎不敢相信眼前的一切，他们喃喃自语，心里充满了对神的无限崇敬。

据统计，这次紫雾不光与去年发生的时间完全一致，而且也同样

持续了三十二天。由于过去各种有色雾气的发生皆无规律可循，两次紫雾在时间上的重复，也让人们觉得这是拜神力所赐。

“明年完全可以提早做好准备，省得这样手忙脚乱了。”看着阳光普照的烟虚大地，人们在紫雾弥漫期间的种种忧虑和恐惧，似乎也随之消散了。

26

紫雾散尽后不久，按照惯例，头人会召开了一次全员大会。这次大会对紫雾的议论，基本没有多少成员关心，甚至连结论都完全沿用了去年的文字：本次雾期三十二天，雾气紫色，味腥甘，吸入者个别有眩晕感，目前尚无法证实是否会对健康有影响，后效待观。雾散无痕，对植被和环境似无影响……会议应青壮派成员的强烈要求，对他们拟定的两份提案进行了集中议论。其中一份是旧事重提：鉴于异族人在烟虚出现的迹象越来越明显，尽早组建保安力量已经变得刻不容缓。而紫雾期间章无为和他的保安团的表现，再一次证明了民意的前瞻和高远。保安团擒获飞马事件，极有可能不光是挫败了异族人的一次重大阴谋，而且重创了他们入侵烟虚之地的野心。因为在那次事件之后，对于异族人的目击情报在很长时间内几乎绝迹。这件事足以证明，章无为早已经不是过去人们心目中那个游手好闲的浪子，而是一个义薄云天的时代英雄。提案呼吁立即着手整编保安团，在此基础上

组建正规的烟虚保安力量，随时应对异族人可能发起的更为不可预测的入侵和进攻。而另一份提案是有关头人会自身改革的。该提案对头人会诸如运行效率低下、成员活动缺乏监管、提案通过要求的赞同比例过高等问题，提出了严厉的批评，并设计了一套名目繁多的头人会成员考核标准，建议凡两年不能通过考核者，应该被剥夺头人会成员资格，另行补选。

这是头人会制度建立以来历时最长、争论最为激烈的一次全员大会。关于整编章无为保安团的提案最终在修正后得以通过，完全是以第二个提案的彻底否决为交换条件才达成的。本来对两个提案都持坚决反对态度的元老派成员，之所以做了最后的妥协，是因为第二个提案明显是针对他们的，即便今年没有通过，但每次会议都拿出来说事，势必会让他们的成员资格变得岌岌可危。整编保安团的提案得以通过，除了元老派的妥协，还应该归功于姜氏部落头人姜执贤的鼎力支持。对于提案中关于保安团成员规模、营地、经费等具体规定，元老派成员都以烟虚公共项目众多、官银吃紧为由拒不同意，在双方僵持不下的状态下，姜执贤代表姜氏部落出面表态，由于情势紧急，可暂时将提案中的有关项目改为“待定”，先期进入试运行，此阶段包括队员薪俸、制服、营地租金等费用，都由姜氏部落暂时垫付，以后视情况再逐一落实。有了这一表态，加上对第二提案彻底否决的附加条件，以章无为为总团团长的新“烟虚保安团”的整编方案，在头人会激烈争执

了数天之后，终于获得了通过。

这不仅是民意的胜利，也是烟虚历史上一个划时代的重大事件。保安团整编提案获得头人会通过的消息，在紫雾散尽、阳光明媚的这个春天里，立即成了最轰动的新闻。在四月十六日举行的成立仪式上，烟虚镇中心广场上搭起了高台，到处彩旗猎猎，人头攒动。上百名头人会资深成员、社会名流等在高台上就座，他们和数千名从四面八方赶来的烟虚人一起，见证了这个重要的时刻。数百名身着簇新制服的保安团员，在一名佩有肩章的教头的指挥下，向众人展示了整齐的分列式、射击、比武等多项技能。制服据说是章无为亲自设计并由姜氏被服厂特制的，深紫色衣裤配以黑色衣边，黄铜衣扣，高顶直筒帽上带有金色穗子，极为醒目。保安团员是清一色的年轻小伙，统一的制服让他们个个英姿勃勃，像一个模子里刻出来般几乎无法分辨。整个操演过程中，同样一身制服、斜挎着一条金黄色丝质绶带的章无为，手举一柄寒光四射的长刀，神情庄严地骑坐在那匹传奇的白色飞马上，一直静静地立在队列的前方。除了章无为，另一个让观众注目的就是那个一直负责指挥的教头。他年岁明显偏大，看上去有四十出头，无论长相还是动作的招式，都显得沉稳而老练。

“哎呀，那不是马猎户嘛！就是妻儿被杀的那位，没错，就是他。”有人叫了起来，众人仔细看时，果然是精神面貌为之一新的马猎户！

“选用马猎户做教头，证明章无为绝对是个将才。你想啊，异族

人对马猎户有灭门之仇，他调教出来的士兵，上阵杀敌，势必以一当十啊。”

“没错儿，如此深仇大恨，我要是马猎户，今生除了一门心思杀异族人，也是别无所恋。”

……

人们议论纷纷并不时发出一阵阵叫好声的时候，章疑老婆半斤就挤在人群中。她一眼不眨地望着远处高台下骑在大白马上的儿子，内心充盈着苦尽甘来的喜悦和激动。四周的夸赞声是对她多少年来内心呐喊的肯定，是她和丈夫章疑之间对儿子看法对立结束的希望。自从年前章无为负气从家里离开后，连过年都没有回家，有关他的事反倒都是她从丈夫嘴里听来的。儿子离家，丈夫嘴上一口一个“永远不回来才好”，但却像跟丢了猎物的猎手一样魂不守舍。由于半斤的腿疾日渐好转，章疑无须再随时在家照看，于是他三天两头往外跑，每次都会带回一些有关儿子的消息。甚至在大多数人足不出户的雾期，他都会时不时穿上防护服，消失在外面浓厚的紫雾中。尽管所有关于儿子的消息章疑都是以不屑的口吻说出来，听上去都是负面的、丢人败兴的，但半斤却能从中得到相对客观和真实的信息。所以三天前当章疑回到家里告诉她说，四月十六日以儿子为首的一群散兵游勇又要在中央广场上聚众闹事，以此要挟头人会同意收编时，半斤就料到从别人嘴里听说的提案通过的事真实无疑了。

半斤正为这支由儿子亲手组建的雄壮威武的队伍激动不已，不意人群后面伸过一只手紧紧地抓住了自己的右手腕，还没等她反应过来，章疑那熟悉的声音便在耳边响起：“你果然骗我，说去买砂锅，还是跑到这里来了。”然后不容分说，使劲拽着半斤就挤出了人群。

“你看看儿子多威风！祖坟上冒烟的事，你怎么倒像丢了人似的。”半斤没好气地说。

“烟虚人堕落到什么地步了，居然容得下一帮小混混张牙舞爪。赶紧与这个惹是生非的东西断绝关系，以后惹出祸来与咱们无关。”章疑有些气急败坏地说，“走，赶紧回家。”

“你这也太门缝里看人了。儿子从小就被你说得一文不值，如今人家把事干大了，我看你是老脸上挂不住而已。再说了，你不愿看就非得拦着我看？”半斤也有些烦躁起来。

“把事干大了？好我糊涂的半斤啊，驴屎蛋外面光，别人能被糊弄，你这个当娘的，还不知道他的底细吗？”章疑一看老婆的脸色有些难看起来，语气连忙软了下来，“你腿还没好利索，回家好好养着吧。儿孙自有儿孙命，他以后成龙变蛇，咱们都眼不见为净。”

“如果连亲生儿子的事都不操心，我还配当娘吗？你回去研究你的古董吧，我心里痛快，要看完才回家。”半斤甩开章疑的手，“你们父子就算是天生的冤家，各活各的，互不干涉总可以做到吧？”

“还研究什么古董啊，你没看我这么长时间都没有去过地下室了

吗？”章疑闻言叹了口气，一脸沮丧地说，“姜执贤表面上没有动静，但眼巴巴地等着我的研究结果呢。我做事做人都不能违背原则，但咱们又欠人家一条命的人情，所以我干脆中止考古研究。结果悬而未知，于我于他，都只能望洋兴叹。”

“你把考古看得比命都重，为了我一条命而毁了你的事业，我当初还不如死了好。”

“我的半斤啊，你说的什么傻话。在我心里，没有任何事能比你更重。”章疑有些动情起来，他把手搭在老婆的肩头上，言辞恳切地说，“回家吧。好儿能防老，孽子却催命，你这个儿子惹灾闯祸的日子还在后头呢。”

半斤刚想苦劝章疑不要总是这样囿于成见，广场中央却“砰砰砰”地响起了一阵枪声，原来是射击表演开始了。一直安安静静站在高台下面的那匹白马受到惊吓，忽然前蹄乱踢，半个身子腾空而起，发出一声长长的嘶鸣。骑在马背上的章无为正聚精会神地观看着手下的演练，一不留神被抛下马背，重重地摔在了地上。那匹脱缰的白马扬鬃奋蹄，逐日追风般地疾驰而去了。人群中发出一阵惊呼声，随即许多人向摔在地上的章无为跑了过去。

“你看看，这就是兆头。”章疑目睹这一幕，一把抓住了下意识欲跑过去的老婆，“赶紧回家吧，你还不嫌丢人现眼啊？”

半斤一听，立即火冒三丈地呵斥道：“就算是个外人，也不至于这

样心狠啊，何况那是你的亲生儿子！”说罢猛地甩开了章疑的手，顾不得还没有好利索的病腿，快步随着人群向章无为跑过去了。

章疑看着老婆的背影，一时愣在那里，不知道该追上去，还是自行走开。

27

尽管头人会对今年紫雾的定性使用了与去年相同的文字描述，但人们还是发现了明显的不同。雾期结束之后，随着笼罩在烟虚大地上浓厚的紫雾散去，在人们视线中消失了三十二天的大地和群山，终于又清晰地重现在了明媚的阳光之下。令人们惊讶的是，起雾之前尚在初春的景色，在短短月余的时间内，竟然呈现出一副草木茂盛、鲜花怒放的盛夏模样。人们很快发现，几乎所有植物不但生长速度快得惊人，而且无论叶片还是花卉，都显得异常硕大而肥厚。站在烟虚镇环视群山，满眼繁花似锦、碧翠欲滴，到处生机勃勃，一副欣欣向荣的喜人景象。除了不时有诸如半根萝卜炒了一锅菜、茄子大得像西瓜之类的奇闻传出，这段时间让烟虚人最引为神奇的，是一则断桥再生的传闻。

横跨灵龟河的这座木桥，是烟虚镇通往偏僻的荒滩的必经之路。这座拱形木桥建于何时，已经不得而考。虽年久失修，但因为荒滩人

迹罕至，所以也无人修缮，一直保持着破败的现状。随着叶寡妇的儿子被正坤大神附体的消息越来越广为人知，过桥来拜见阿吾的人比以往多了不少。人们走在咯吱作响的木桥上，都会心有戚戚然地想：哪怕是众人凑钱，也该修修这座桥了，否则桥一断，神和人的通路不就被堵死了？但人们的想法还没有来得及付诸实施，这座木桥便真的断掉了：那是在紫雾发生后不久，紫雾究竟是否对人有害的争论，使得不少人产生了去荒滩一问大神的想法。刚开始时，求见阿吾的人被寡妇拒之门外，而后来再有人前往荒滩时，却被垮塌的木桥挡在了灵龟河的另一侧。人们看着残破的断桥，觉得在紫色浓雾中若隐若现的荒滩远如天边。

通往荒滩的木桥断了，来自正坤大神的消息似乎也绝了。被烟虚人视为正坤大神第一信徒和守护者的章无为，在组建保安团、擒获飞马等重大事件上，都意外地闭口未涉与之相关的神谕。人们在烟虚镇那家杂货店里燃烛焚香、跪拜祈祷时，想起灵龟河上那座断桥，心里甚至有一丝淡淡的失落，觉得桥的无端坍塌或许正是正坤大神之意：神意无处不在，何必拘泥肉身？但紫雾退去后不久的一天，一个去灵龟河钓鱼的老汉无意中发现，那座坍塌掉的木桥，居然自动地复旧如初了！

这是一个显然无法令人相信的传闻，所以刚开始有人传播时，闻者无不嗤之以鼻：“自动复旧如初？我宁可相信死人复活、河鱼长腿，

也不可能相信这样的奇谈怪论。”但传播者描述得有鼻子有眼，并信誓旦旦地说，自己开始也不相信，是去现场考察过之后才相信的。那段时间里，灵龟河上的这座木桥吸引了大量的看客，呈现在他们眼前的景象在证实这则传闻不虚的同时，也让他们觉得出现这样的事完全属于神迹：河两岸的藤条攀附着断桥的桥架相向延伸，藤蔓密密麻麻地相互缠绕交织，在人们不知不觉之间，就如同用绳子结网一般结成了一座结实的藤桥。茂密的叶片覆盖着整座桥的里里外外，就如同昔日的木桥从未断过，只是爬满了绿藤而已……

“天啊，鬼斧神工！这才是真正的鬼斧神工啊。”人们站在藤桥上，望着远处的荒滩，几乎不约而同地认为，自己正在见证正坤大神无所不能的神力。

草木呈现出来的勃勃生机，让烟虚人自然想起了上次紫雾过后的那个丰年。这样蓬勃的生命力必然昭示着今年更大的丰收，这是大众的普遍共识，无人怀疑。所以当殷伯又开始到处散布紫雾的危害时，烟虚人已经没有兴趣和精力再去批驳他了，大家甚至抱有一丝同情说：“唉，殷伯老了，一世英武要强，现在被人轻视，只能靠标新立异来吸引众人的目光了。”

今年紫雾刚起之时，殷伯就预料到人们会因为去年模棱两可的定性而放松警惕。他每天穿着严严实实的防护服，骑着那匹枣红马穿街过巷、走村串户，呼吁民众尽量闭门不出。对那些身穿普通衣服的外

出者，他动之以情晓之以理，苦口婆心地劝他们回家穿戴防护用具。尽管总是遭到持异见者的冷嘲热讽甚至谩骂攻击，但殷伯却丝毫不为这些误解和对立的行为所动。他像一个独行的侠客般骑马穿梭在紫雾中，内心充满一种拯救苍生于水火的使命感。防护服沉重而笨拙，让年纪老迈的殷伯浑身燥热，呼吸不畅，犹如三伏天蒙着大棉被睡觉一样难受。看着身穿普通衣服在雾中活动的人们，殷伯其实满心羡慕。以他的年纪，其实已经根本不在乎紫雾的危害了，但要给众人做出示范，他就必须将这套沉重的镣铐背负在身。只有当没有人的时候，他才能将防护服临时脱下来，享受一阵浑身轻松和自由呼吸的舒畅。但就是这偶然为之的一时之快，不仅让殷伯的全部努力付诸流水，而且给他半世的清誉造成了极大的打击。

那是紫雾发生半月左右的一天，关于紫雾究竟对人畜有无危害的争论正甚嚣尘上，身着便装的否定派和穿戴防护服的相信派展开了激烈的争论。殷伯一如往常，骑着枣红马东奔西走，呼吁人们对紫雾不可掉以轻心。这一天上午，殷伯在烟虚镇几条大街巡回宣传过后，由于浑身燥热难受，便策马到了一个僻静无人的地方，下马脱掉防护服，打算透透气，享受片刻自由呼吸的舒畅。他刚在一块石头上坐下来，一旁的小胡同里却呼啦啦拥出一大帮人来。有素面便服的，也有被防护服包裹得严严实实的，一下子就将殷伯围在了中间。出乎意料的殷伯不知发生了什么事，一时有些茫然。

“看看，这就是你们标榜的意见领袖，当面一套，背后一套，纯粹就是个骗子。”一个身着便服的人，指着殷伯喊道。

“哈哈，还是吸点紫雾舒坦吧。”

“我就搞不懂了，既然自己偷偷享受，干吗非得阻拦别人啊？这满世界的紫雾，是怕不够你吸还是怎么着？”

“老家伙没人搭理，就是哗众取宠而已。”

“骗子！骗子！”

……

便服派围着殷伯你一言、我一语地嘲讽诘问，并对穿防护服的人显露出当场捉贼的扬扬自得。殷伯很快明白了事情的原委，原来自己脱衣喘气的情形已经被人偶然撞见过，并因此引发了两派的唇枪舌剑。于是两拨人相约并尾随殷伯，终于在此地抓到了现行。殷伯很快镇定下来，他对围观者语重心长地表示，紫雾的危害虽然暂时无法定性，但已经对蚊蝇老鼠等弱小生命造成了致命的打击，所以人类必须防患于未然。他有些无奈地说：“脱下防护服透口气，并不意味着与我的主张相违背，因为我已经是一个土埋到脖子的老人，危害与否已经无所谓了。但你们还年轻，不可掉以轻心啊。”

但殷伯的话并没有博得众人的赞同和理解，就连身穿防护服的一派，也明显变得英雄气短，他们理屈词穷的沮丧没有发泄的出口，居然也转嫁到了殷伯的身上，他们抱怨不断，然后骂骂咧咧地散开了。

有的人甚至恼怒地脱下防护服，干脆就地加入了原本对立的一派。殷伯见状也不再多言，他重新穿起防护服，跨上枣红马，在人群的起哄声中默默地离开了。

这件事很快就传遍了紫雾弥漫的烟虚大地。它不仅像一瓢冷水一样，浇灭了本来愈演愈烈的关于紫雾危害的争辩，而且让殷伯这位头人会资深元老毕生积聚的威望和声誉，像一座巍峨却老朽的房子般坍塌了。谈论起这件事，不管是过去对殷伯抱有成见的人，还是一直对他拥戴有加的人，都无法认同他的解释："人越老越惜命，怎么可能因为老反倒不在乎生死了呢？殷伯的解释显然是在糊弄大众。"尽管此事发生之后，殷伯依然骑着他的枣红马，身穿防护服在紫雾中奔走呼号，但他的行动却已经变成了烟虚人眼中虚伪的表演，甚至是一个笑话。那些穿着舒适的便装，自由地呼吸着带着一丝淡淡甜味的紫雾的人，碰到巡回宣传的殷伯时，总会阴阳怪气地说："您老辛苦了，下马歇会儿，吸口雾，这里的紫雾味道可好了，比抽一锅头茬旱烟都解乏。"

面对此起彼伏的冷嘲热讽，殷伯并不沮丧，反而在内心更增添了一丝为民请命的悲壮。紫色的浓雾在殷伯四周缭绕，这位仰首挺胸、策马前行的年迈老人，看上去更像一个无视归途、慷慨赴死的独行侠。

紫雾结束以后，面对处处朝气蓬勃、万物竞相生长的春天的美景，烟虚人惊讶地发现，遭遇重大信誉危机的殷伯，不但没有表现出丝毫的气馁和挫败感，反而显得愈发斗志昂扬。这个一向面容干净、不留

须髯的老人，居然蓄起了胡须并向外宣称，壮志一日未酬，须发一日不剃。人们看着他琥珀色眼睛里四射的激情，看着他在风中飘扬的雪白的胡须，心里有一种说不清楚的感慨，只好含糊其词地说道：“天啊，这老头！这老头啊！”

28

在这个一切似乎都在茁壮生长的季节里，姜执贤觉得，唯有自己内心的期望，不但停止了生长，而且像生长在极度缺水之地的秧苗，一棵接一棵地走向萎蔫和干枯。而其中最让他感到无望的，便是对章疑的期望。

在漫长的等待之中，姜执贤的耐心渐渐被消耗殆尽。实在忍无可忍的他，于紫雾期间终于再次去了位于北关的章疑家。他带着两名随从，是以给章疑赠送姜氏被服厂最新款的防护服为名登门拜访的。章疑两口子又是熬茶又是敬烟，一口一个“救命恩人”，满脸都是感激之色。但任凭姜执贤东拉西扯地聊什么话题，章疑都诚惶诚恐地陪着，却闭口不提两人都心知肚明的事。两人一直坐到将近中午，章疑起身要去准备留客的酒饭，姜执贤将他拦住，终于挑明了来意：“你我都是烟虚一带数得上的聪明人，咱们就不兜圈子了。我知道你是君子，概不受钱财之贿，便只好自作主张，带人上门给尊夫人瞧病，目的就是

为了有恩于你。既是君子，就必然知恩图报。在烟虚镇修建姜氏宗祠，是我任上必须完成的大事。眼看已经进入四月，离六月底头人会年会已经没有多少时间，就恳求大师出具一张关于那块界碑的考古证书吧。”

章疑听后，表情并不吃惊，沉默了片刻后开口道：“自从内人病重以来，我一直惶恐不安，无心于考古之事。那块界碑，年代久远且残损严重，要拿出令人信服的鉴定结论，非一朝一夕之功可得。我不敢奢谈君子，但知恩图报之心尚存，除此难为之选，您的救命之恩，我甘愿以任何方式报答，祈望理解。”

“哎呀，好一个执拗的人！”姜执贤一听，急得快要跺起脚来，“你金口一开，就是令人信服的鉴定结论。世上万事，不可不认真，但也不可太较真啊。”

章疑脸色愧疚，但态度却丝毫不为所动地说：“认真是我的底线，考古结论受学养见识所限，我可能同样难免错谬，但坚持严谨的治学态度，是我丝毫不敢放松的。没有确证就出结论，就算刀架在脖子上，我也断不可为。”

姜执贤脸色愠怒起来：“那就是说，即便你的鉴定结论出来，也没有任何修正的可能？”

章疑声音惴惴地说：“当然。”

姜执贤望着眼前这个迂腐而固执的书呆子，真是急不得又恼不得。

章疑看着他抓耳挠腮的样子，忽然像个罪人似的跪在了地上说：“求您原谅！这件事我实在不能做啊。”姜执贤吓了一跳，他赶紧一边将章疑拽起来，一边没好气地说道：“使不得，使不得，请快起身。你这不是有意要陷我于小人嘛。我算是服你了，宁肯下跪，也不肯失节。”

章疑说：“比起失节，别说下跪，断头都在所不惜。”

姜执贤叹了一口气，思忖半天，才悻悻地开口道：“你停止研究，就是为了不出结论。那块界碑是否属于姜氏祖先，起码还存在着一半的可能。你这样做，岂不连这点希望也给我们葬送了？”

“我抓紧时间，一定尽快。”章疑明显松了一口气。

姜执贤知道这不过是敷衍之语，却也不说破。他心情郁闷地告辞出来时，北关一带的紫雾正是最浓重的时候。两步开外，一切莫辨，人就如同游走在云海中一般。两个随从干耗了整整一上午的时间，心中有气，其中一个对姜执贤说：“咱们对这货太客气了，真的把刀架在他脖子上，不吓得尿裤子才怪。”不料姜执贤说：“就算尿了裤子，他还是不会答应。正因为他不识抬举，也才值得抬举。”听得两个随从面面相觑，如坠云里雾里。

从那天开始，姜执贤对章疑所抱的期望，就如同一个巨大的肥皂泡忽然间炸裂开来，除了一点潮湿的水汽，甚至连个声响都没有听见。他意识到此路不通，是时候寻找别的途径了。紫雾散尽之后，迫于雾期有关异族人各种恐怖惊悚的传闻，由青壮派提出的尽快整编章无为

保安团的提案，成了头人会最大的焦点。由于元老派以各种理由横加阻挠，提案迟迟未能获得通过。关键时刻，姜执贤愿意为保安团试运行提供所有垫付资金的表态，才最终使该提案获得了通过。在保安团筹备期间，姜执贤和章无为有过几次接触。这个昔日在烟虚之地声名狼藉、如今却俨然成了一代枭雄的年轻人，给姜执贤留下了不拘小节、大胆莽撞的鲜明印象。“难怪他和章疑是一对水火不容的父子，两人完全不同的性格注定尿不到一个壶里。”初次接触，姜执贤就暗自对当初出资的决定感到庆幸。他模模糊糊地预感到，这个影响力正日益增长的青年领袖，或许会为自己实现梦想助一臂之力。

四月十六日保安团的成立大会上，姜执贤就坐在高高的观礼台上。他看着广场上威武雄壮的士兵阵容，内心充满了喜悦和自豪：没有我，何来烟虚保安团？没有姜氏部落雄厚的财力支持，何来这支威武之师？队员身上的制服、手中的兵刃、团部用地的租金，一切开支，都要经过自己审批画押……姜执贤不时看看端坐在马背上的章无为，心里忽然泛上一丝特殊的亲切感，仿佛他并非烟虚保安团响当当的老大，而是自己的一个跟班小兄弟。观礼中途，那匹传奇的飞马由于受到枪声的惊吓，将章无为摔下马背后绝尘而去。观众见状大乱，许多人跑上前去，将章无为围在了中间，关切地询问、查看他的伤情。跌得鼻口是血的章无为却厉声喝散众人，有些踉跄地站起来，高举长刀，大声对一时愣在那里的马猎户喊道：“操演继续！”随即密集的枪声再

次响了起来……成立大会上的这个小插曲，不但无损于章无为的形象，反而让姜执贤对他肃然起敬。当天下午，他特意让手下备好丰厚的慰问品，以探伤的名义去了保安团团部。

保安团临时团部位于烟虚镇镇东三十余里一个叫草湖的地方，原来是一个废弃不用的旧仓库。保安团租用后，平整操场，修缮房舍，加固围墙，搞得像模像样。除了用作兵营的库房，大门西侧新盖的一排平房，器械库、伙房、禁闭室等都设在这里。团总章无为用来办公和住宿的套间，就位于这排平房的中间。姜执贤一行进到院里时，马教头正带着团员们在操场上训练，一副热火朝天的样子。看到姜执贤来访，脸上涂着紫药水、走路一瘸一拐的章无为有些意外。他赶忙把姜执贤迎进屋内坐定，一边吩咐上茶，一边尴尬地说："还没打仗，自己倒先变成伤兵了，让您见笑啊。"

姜执贤说："处变不惊，临乱不慌，将才就得是你这样的。"他一边说一边让随从将带来的礼物呈上来，都是从烟虚镇名店里买来的特色美食，山珍海味，糕点水果，足足几大盘。章无为也不过分客气，说过两句表示谢忱的话后，便吩咐门口的士兵将食盒悉数抬出去让众人分享。姜执贤见状，心下不由暗暗叹道：果然是个粗线条的人！我费心挑选半天，他居然一口不尝，嘴上却说："有你这样爱兵如子的头领，就没有打不赢的硬仗。"

两人坐着喝茶说话，姜执贤知道章无为和他父亲形同水火，刻意

回避提及章疑，不料章无为主动说道：“我妈把您找来神医的事偷偷告诉我了。几次见面，我都没有言谢，是因为我想用以后的实际行动，报答救命之恩。”

姜执贤叹了口气：“你有这份心，我就知足了。”

“您的心思我明白，”章无为见状说道，“但您选错了目标，您指望我爹的事，根本不可能办到。先不说那块界碑是不是真的属于姜姓祖先，就算考古结论是，他也不会出具结论。我爹的考古只是为了证实与现实无关的历史，任何可能引发变革的考证，他不是变实为虚，就是藏而不宣。”

“你父亲的执拗，我确实有所领教啊。”姜执贤一提此事，就忍不住头疼起来。

“姜氏部落这么多年，为烟虚人办的实事数都数不清了。依我看来，不用姜氏族裔开口，烟虚人就应该主动在镇中心为你们建祠立碑。这么一个小小的愿望都实现不了，您说烟虚还有公平可言吗？”

“唉，”姜执贤又叹口气，无奈地说，“关键是建镇用地属于官地，又有早年立下的诸多规矩，头人会就算有心赞成姜氏部落关于建祠堂的提案，也绕不过这道坎儿啊。”

“人既然能立规矩，也就能废规矩。”章无为猛地用拳头捶了一下自己的大腿，愤然说道，“就是这些无处不在的条条框框，让烟虚因循守旧，像一潭死水一样散发着令人窒息的臭气。必须打破这些陈规陋

习，否则就算再过百年千年，烟虚人还是在原地踏步。”

“说来容易做起难啊，”姜执贤摇了摇头，“不经头人会通过，任何有关改革的提案最终都是一张白纸。”

“头人会，凡事都坏在头人会！一有机会我就先废了它。”章无为几乎是脱口而出。

章无为受伤的脸上涂满紫药水，像戴着一个狰狞的面具。在光线昏暗的屋子中，他一双眼睛闪着瘆人的寒光。姜执贤看着他，忽然莫名感到一阵心惊。

29

进入五月，天气日益变暖。空气清新，冷暖适宜，远山如黛，近水含烟，一年中最美好的季节如期而至了。烟虚人不仅享受着自然馈赠的舒爽，而且心情也变得格外轻松和安逸。紫雾散去，曾经的担心和不安早已烟消云散。万物生机勃勃，预示着秋天的又一次丰收。荷枪实弹四处巡逻的保安团小分队，极大程度地消除了人们对异族人的恐惧……曾经无忧无虑、幸福太平的日子又回到了烟虚大地。

烟虚人在感谢章无为和保安团的同时，对正坤大神的浩荡神恩更是满怀虔诚和敬仰。为了感谢神力庇护，人们纷纷拥进烟虚镇十字路口那家杂货店，燃烛进香，磕头跪拜。香客日益增多，狭小的店面根本无法容纳。在众人的呼吁下，姜执贤向头人会提交了临时提案，建议修改即将动工的烟虚医馆的设计图纸，将其中一部分划为正坤神殿，以供信众们朝圣上香和举行各种祭祈仪式。这一提案得到了所有头人会成员的一致赞同，当日就被全票通过。烟虚镇即将建设正坤神殿的

消息，让信众们奔走相告。大家满怀喜悦地议论神殿的布局和功能，想象着它香火兴旺的盛况，却早已忘记了前一时期曾让他们兴奋不已的烟虚医馆，忘记了神殿不过是医馆喧宾夺主的衍生物而已。

在这个季节里，几乎所有植物所焕发出来的惊人生命力，人们已经变得习以为常。已经上市的桑葚、草莓、西红柿、茄子等时令水果蔬菜，都明显比往年偏大，有的甚至是普通大小的两三倍。它们不仅个大，而且色泽鲜艳、口感极好，让人爱不释手。烟虚人认定这是紫雾带来的实惠，是大自然对人类慷慨的馈赠。人们不但不再对这些奇异的果实感到不可思议，反而觉得正常大小的水果都是发育不全的次品，在市场上几乎无人问津。但五月十二日出现在烟虚镇的一款正常大小的水果，不但当时在镇街上引起轰动，而且在随后的很长一段时间里，都是烟虚人饭后茶余热议的话题。

五月十二日，烟虚镇逢大集。这个季节本来就市场繁荣，赶集者众多，大集日更是人山人海，大街小巷都被挤得水泄不通。上午刚到巳时，西大街中段的万龙野味馆还未开张，就从门外走进来一位四十上下的中年汉子，只见他一身粗布黑衣，脚穿麻绳鞋，头戴麦秆帽子，长长的扁担上挑着一个竹篓。正在擦桌抹椅的小伙计见状说：“还没开张呢，请你老先出去。”汉子说：“我不是来吃饭的，我有好东西卖。叫你们掌柜的。”小伙计笑了：“什么宝贝值得这般神神秘秘的，还非得叫掌柜出来？”汉子说：“太岁果！”小伙计一听，也不敢含糊，赶

紧跑到后屋将掌柜叫了出来。万龙野味馆的掌柜是个六十出头的老者，他一脸疑惑地跟着小伙计走到汉子跟前，问道："你说的可是太岁果？！这东西我有几十年没见过了。"汉子也不说话，从竹篓里掏出一个油渍麻花的小包裹，在餐桌上一层层打开，里面的一个瓷碗里，装有六个拳头大小、白皮红点的葫芦状果实。刚一打开，一股奇异的气味扑鼻而入，说不清是臭还是香，让人精神为之一振。

"稀罕啊，真是太岁果。"老掌柜又看又嗅，仔细打量，心中既惊又疑：太岁草据称是太岁寿终正寝之后的化身，是一种极其罕见的植物。它的叶子呈球状，幼苗的叶子小如豌豆，成株则可大同鸡卵。这种植物生长极其缓慢，有"百年一寸，千年一尺"之说。太岁草成株之后方可开花，花期短暂且几乎皆为谎花，落而无实。偶有果出，简直珍若神品，据说食之不但可延年益寿，而且有返老还童之效。太岁草尚且凤毛麟角，太岁果更是百年难遇，一下子见到六颗成熟的太岁果，简直无异于天方夜谭。见老掌柜一脸狐疑，汉子说："这是我去深山里砍柴时碰到的。开始我也不敢相信自己的眼睛，传说中的太岁草都是单株单果，怎么可能长成一窝？但它确确实实就摆在面前。后来想想也不足为怪了，今年紫雾过后，山上所有东西都在疯长，冒出一窝六颗太岁果，也算不得男人怀孕、母鸡打鸣之类的怪事。"

老掌柜琢磨了一遍又一遍，最终却连价格尚未问就拒收了。他对汉子说："今年诸事有异，我已经无法相信自己的眼力了。你拿去集贸

市场吧，总会碰到识货的人。”任汉子怎么求，执意不肯松口。汉子悻悻地出了餐馆，心道：这么金贵的东西，怎么可以摆到市场去卖，我莫若就守在店门口，喜欢野味的食客里总有识货的人。于是就在街边将太岁果摆了出来，也不吆喝，静静地坐候愿者上钩。不料不到一袋烟的工夫，街上有人在摆卖太岁果的消息就传遍了烟虚镇，闻讯赶来看稀奇的人在万龙野味馆前越聚越多，整个西大街人头攒动，倒像是发生了什么意外的重大事件。

让汉子苦闷的是，尽管被围得里三层外三层，但却没有一个真正有意的购买者，人们轮番挤上前来，弯腰仔细观摩那六颗神奇的果子，七嘴八舌地议论它的颜色、气味和相关的传说。其中有许多人对太岁果只知其名，见到实物还是人生第一遭，但他们却认定其中有诈：“连野味馆的掌柜都不收，看来必定不是真货。”这样一说，围观者中连一个询价的人都没有了。

就在汉子心灰意冷地打算收摊走人的时候，忽然有人喊了起来：“独手侠！是独手侠来了！”他抬头看时，一个中年男人从人群中挤了进来。他身材消瘦单薄，左臂缺失，空荡荡的袖子随意摆动。卖太岁果的汉子虽然没有见过独手侠，但却久闻其在江湖上的大名和有关他的传说。尤其他左臂缺失的故事，更是传得神乎其神：尽管有人说独手侠左臂缺失，是因为他十六岁那年上山采药时，不幸被毒蛇咬伤左臂，在深山老林无人救助的情况下，他为保命而毅然砍掉了自己的左

臂。但人们更愿意相信另一个更为离奇的版本，那就是他自从行医江湖后，由于右手切脉时全神贯注，意念、气血皆聚于右臂右手，渐渐便使得左臂气血瘀滞、经络不通，如同缺水的树木一样日益干枯萎缩，终有一日居然自动脱落，成就了他江湖上“独手侠”的传奇身份……“终于碰到识货的人了。”汉子高兴地想着，便起身招呼道：“碰巧遇到神医了，您是高人，请给过过目，也让一帮不识货的人开开眼。”

独手侠却看都不看一眼，就指着瓷碗里的太岁果说道：“如果你真的觉得我是高人，就请听我一句劝，将这些太岁果当场用脚踩得稀巴烂。”

此语一出，不光是汉子吓了一跳，周围看热闹的人也都差点惊掉了下巴。独手侠见状，笑了起来：“江湖上总笑我语不惊人死不休，哪里知道其实都是事出有因啊。这不是烂桃烂杏，而是百年不遇的神仙果子啊，怎么可能说踩烂就踩烂？”他看看四周面面相觑的围观者，“告诉你们，这东西有毒！不信？谁舍得鸡鸭猪羊拿出来，我证实给你们看。”见人群中抱鸡牵羊的人都无人搭茬，有个半大小子说：“看，店门口有条游狗。”独手侠看了看，对汉子说：“我拿你一颗太岁果喂狗，狗食后无事，你说多少钱我赔你多少钱，如果真有毒，你当众毁掉剩余的如何？”汉子犹豫了一下，点头道：“那是当然。”

独手侠拿起一颗太岁果，让众人往旁边闪让开来，将果子扔给了店门口一只饿得精瘦的黑色游狗。狗儿嗅了嗅，立即吞进嘴巴，三嚼

两嚼就咽进了肚里，然后仍眼巴巴地看着独行侠……众人静静地看着，一脸疑色。就在这时，那只游狗却忽然一边不断地上蹿下跳，一边狂吠起来，就如同被架在火上烤着一般。这样的光景持续了片刻，狗儿便一头栽倒在地，呼哧呼哧地喘了几喘，便再也没有了动静。

众人大骇，卖太岁果的汉子也变了脸色，惴惴不安地说："呀呀呀，多亏大侠及时制止，否则我岂不害了别人性命。"立即将所余五颗太岁果倒在地上，狠狠地用脚踩得稀烂。

独手侠转了转身，空荡荡的左袖子飘荡起来，看上去竟如此优雅。他面向众人说，自己之所以知道此物有毒，是因为在行医过程中，已经遇到三起山人因食用太岁果而中毒的事件，其中一户父母双亡，只剩下了一对未成年的儿女。独手侠正色警告众人道："不光是百年难求的太岁果偶有所见，今年诸如赤王蘑、黑斑银耳等许多山珍都异常高产，但许多昔日美味无比的山货，不知何故却都变成了毒物。悲剧已经发生了不止一次，希望大家一传十、十传百，让烟虚所有人都警觉起来，不要贸然食用所有性状不明的时令山货。"

独手侠喋喋不休地说个没完，围观者渐渐散了。后来的事许多人没有亲历，都是从传闻中得知的：人群散开，独手侠走到那只倒地多时的游狗身边，用他唯一的右手在狗儿头部扎了三针。那明明已经死去多时的黑狗，竟摇摇晃晃地站起身来，步履有些踉跄地跑开了。这个传闻很快得到了印证，因为那只黑狗依然游荡在烟虚镇上，不但毫

发无损，而且似乎比过去精神了许多。于是就有人无端揣测，说人家山里汉子的太岁果是真东西，游狗只是不耐其大补之力、一时内火攻心而晕倒，根本就没有中毒。独手侠糟蹋了人家价值连城的宝物，只是为了吹嘘医术高超、给自己扬名立万而已。

30

五月初的一天下午，阿吾上山采花回来，却看见自家窑前的坪坝上，身穿紫色黑边制服的章无为正站在那里和母亲说话。不远处的作坊门前，拴着一白一黑两匹高头大马。瘦猴正坐在旁边的一块石头上，手里抓着一把石子儿，正无聊地一下接一下地向作坊墙上破洞里投去。阿吾刚从山坡上下来，章无为见状就迎了过来，故作夸张地说道："我的大神，你怎么还亲自干粗活啊？唉唉，也是我敬神不到位，罪过罪过。"阿吾笑道："团总大人，有劳久等。"叶寡妇见儿子回来，说一声"让他进屋却死活要在外面等你"，便讪讪地独自回窑洞去了。这个老女人最近瘦了不少，走起路来飘飘忽忽的，似乎一阵风就能刮倒。

章无为带来一个好消息：两人一直计划办厂的资金已经足额到位了！阿吾惊讶地说："不可能是功德箱那点香火钱，莫不是你带兵抢了富户？"章无为说："兴兵动武，哪能用在这等小事上。"阿吾说："那一定是出自姜执贤的腰包。"章无为吃惊地说："料事如神啊！说错了，

本来就是大神。”阿吾道：“傻子都能猜得到。你留点心吧，天下没有免费的午餐。”章无为一撇嘴：“我明白他心里的小九九，不就是想在烟虚镇建姜氏宗祠的事嘛。”阿吾说：“人心是贪欲喂大的，得陇望蜀，得蜀望天下啊。”章无为不屑地说：“这正是我急于办厂的原因，经济强大，才不会受制于人啊。”

五月明媚温暖的阳光照耀着静静的荒滩，阿吾和章无为在坪坝上席地而坐，共绘蓝图，憧憬未来。阿吾虽然认真地讨论着关于未来的每一个细节，但他总有一种极不真实的感觉。越是在面临重大决定和转折的时刻，阿吾就越容易陷入两种身份相互重叠的困境，让他总是举棋不定。在决定生产什么产品的问题上，干花已经是以前就被否决的选项，而究竟是生产高度蒸馏酒还是线香，章无为和阿吾依旧争执不下。尽管阿吾痛述酒精会给人类造成的危害和给社会带来的灾难，但章无为却固执己见地说，所有这些弊端，都罪不在酒而在人。就像毒药是用来杀虫的，但亦可用来杀人。对于阿吾坚持生产线香的建议，章无为表示全力支持，但希望放在酒厂赢利之后……后来不知是章无为的道理说服了阿吾，还是阿吾疲倦了争论，关于建立酒厂的计划终得确立。但章无为关于将那孔破窑毁弃、在酒厂旁为阿吾母子另造一座住宅的提议，被阿吾不由分说地否定了：“我妈除了那孔窑洞，哪里都住不惯。”

没过几日，一支浩浩荡荡的施工队就来到荒滩上。他们拆掉那个

简陋的作坊，平整并大规模拓宽坪坝，轰轰烈烈地开始建设占地近五亩的酒厂。瘦猴被指派为监工小组的头目，不仅负责施工进度和质量，而且有关酒厂设备的采办、技术人员的培训等，都由他在阿吾的指导下出面落实。一身戎装的章无为偶然会骑着高头大马、带着随从到荒滩来转上一圈，查看建厂的进度。那匹充满神秘传奇色彩的白色飞马，显然已经被彻底驯服，它驮载着新主人在蓝天白云下奔驰的英姿，总让人过目难忘。前来荒滩视察的章无为会在众目睽睽之下，下马脱帽，恭恭敬敬地走进那孔寒酸的窑洞里，停留或长或短的时间，出来时也总是独自一人，并不见阿吾来送。

这其实是章无为的刻意而为。从决定在坪坝上建设酒厂开始，他就吩咐阿吾只需将有关设备和技术方面的事，全部私下交代给瘦猴去办，自己最好不要露面。章无为说："别忘了你的身份，你是神，你得远离人间烟火。"阿吾苦笑道："我一不小心把自己架上了高台，确实也不好下来了。"章无为说："要真远离了人家烟火，做神其实也无趣。俗人的好日子照过，只是要瞒着你的香客罢了。"此话一出，阿吾看着章无为，半天才说："烟虚人过去错看了你，现在则又小看了你。"

六月份先后有两家新机构在烟虚镇开张，一家是烟虚医馆，一家是"烟虚醉"烈酒专卖店。烟虚医馆的开张日期是六月十六日，据说是特意找人掐算的黄道吉日。医馆位于公正堂后面，从后门出来走不了几步便是中心广场。作为造福烟虚的公共设施，头人会几乎毫无争

议地就批准了这块被许多商家垂涎已久的地皮。由于医馆只是找了几位民间土医临时坐馆，尚未实现招贤纳士的既定目标，所以姜执贤指示六月十六日上午的开业仪式尽量从简，潦潦草草便结束了。倒是同日下午的正坤大神神殿开光大典，吸引了数以千计的信众香客。他们从那家杂货店将正坤大神的神像护送到神殿正堂，短短半条街的距离，由于到处人山人海，居然行进了近一个时辰。神殿里更是烛光长明，香雾缭绕，一派节日般的喜庆气氛。而“烟虚醉”专卖店的开张之日是在六月二十三日，是位于荒滩的酒厂建成后第一缸新酒出炉的第二天。专卖店不是什么陌生之地，就是位于镇街大十字路口西北角的那家杂货店。六月十六日正坤大神的神位被请走后，杂货店上下两层经过简单装修，摆设了一些酒柜酒架，便摇身一变成了“烟虚醉”专卖店。六月二十三日严格说算不上开业仪式，只是一个试饮会。瘦猴等十来名穿着店员服装的小伙子，在店前摆开了四张长桌，上面摆放着一长溜酒盅和酒壶。前来捧场者不但可以随意品尝新酒，还可享用花生、鱼干等简单的佐酒小菜。烟虚人从来不知道世上居然有号称“一杯可醉人，三杯能升天”的烈酒，所以听到消息后纷纷前去一探究竟。当天镇十字路口被挤得水泄不通，放在长桌上的数十个酒盅随尽随添，还是无法应付越来越长的人流。瘦猴见状，干脆撤掉酒壶酒盅，找来几十个大杯子，倒满酒后，任大家边传边饮，这才使拥挤混乱的场面得以缓解。这天是个大晴天，阳光普照，气温很高。烟虚镇大十字路

口人声喧闹，浓烈的酒香四处飘荡，更是吸引来了越来越多的品尝者。

瘦猴站在一把椅子上，向众人介绍烟虚镇初代烈酒“烟虚醉”的特点及功效，说得眉飞色舞，唾沫星子乱溅。他把从阿吾那里听来的有关酒的皮毛现学现卖，声称这些新酒其实口味欠佳，烈酒与本地的土米酒恰恰相反，不是越新鲜越好，而是越陈越香。众人听后，愈加对这种神奇的液体兴味盎然，纷纷说：“这哪里是酒，简直就是忘魂水啊！不但放不坏，还越陈越值钱，那我得买几坛存着。”瘦猴见状，却卖关子地说：“酒厂刚刚开业，产量低，而且要窖存一段时间才能开坛销售。加上镇上多家饭店酒肆都有预订，恐怕在不短的一段时间里，还真无法满足广大父老乡亲的需求。”这么一说，众人的胃口更被吊了起来，有本来就馋酒者干脆抱着传到手上的杯子不撒手，一口接一口地喝了个痛快。

就在试饮会的气氛渐近高潮的时候，人们无意间看见，一匹枣红马沿东大街向大十字走来。骑在马背上的，正是须发皆白、长髯飘飘的殷伯。自从紫雾散后，殷伯就蓄起了胡须，几个月的工夫，已经长髯齐胸，披肩散发，看上去既像疯子又像神仙。

“这下热闹了！砸场子的人来了。”众人见状都笑了起来。殷伯对章无为的反感和厌恶，是烟虚妇孺皆知的事，人们不无诣谑地说：“殷伯现在只干两件不靠谱的事，一是反章，一是防雾。”酒厂是章无为以保安团副业的名义办起的，毫无疑问在殷伯的反对之列。

殷伯来到十字路口，缓缓地停住枣红马，环顾四周，脸上依旧是那副忧国忧民的表情。说酒正说到兴头上的瘦猴看见殷伯，吓了一跳，赶紧住口跳下了椅子。殷伯咳嗽了几声开始演讲。他倒不是为了引起众人注意，而是说话太多，嗓子确实有些哑了。果然不出众人所料，殷伯演讲的内容依然是紫雾带来的无法预估的影响，那些某地因食用野生李子集体中毒、某人在野外踩到一条红色的藤条而右脚腐烂之类的传闻，都不知被他讲了多少遍……大家觉得很扫兴，却又不敢粗暴打断这个昔日德高望重的老头人，只好在底下一边挤眉弄眼，一边继续品尝“烟虚醉”。

不知是谁忽然想起殷伯年轻时的一件往事：那时殷伯刚成为广宗部落头人不久，曾为烟虚孤残院翻修的事求当时姜氏部落的头人资助款项。当时姜氏部落的头人是个嗜酒如命的人，他素知殷伯不饮酒，便激将道：“资助可以，你喝酒一壶，我出银一两。你喝多少，我出多少。”殷伯问：“说话算数？”姜头人道：“有这么多人做证，我岂会赖账？”殷伯居然在众目睽睽之下，喝光了那家饭店所有的土法米酒，共计五十二壶，当时在烟虚地区轰动一时……人群中有人打断演讲的殷伯：“殷头人，您口干舌燥的，喝杯酒再说不迟。据说您年轻时酒量了得，但这‘烟虚醉’可不比米酒，您能干完一杯，就堪称酒仙了。”殷伯不屑地道：“章无为为卖酒赚钱，净搞些添油加醋的事。什么一杯可醉人，三杯能升天。我不屑戳穿他罢了。”瘦猴一听，不服地说：“好

我的殷伯哎，说大话谁不会？那我今天就和您打上一赌，如果您连饮三杯还能骑着马走，我输给您……输给您，您说吧，您要什么我给什么。”殷伯倒哈哈哈笑了：“你除了一张跟着章无为胡说八道的大嘴，还有什么？”瘦猴道：“这么着吧，您要是喝三杯不倒，以后喝酒全包我身上了。”殷伯看着满场叫好的看客，想了想道：“你既然愿意看自己的笑话，就莫怪我。拿酒来。”立即有店员用盘子端着三大杯酒走到了马前。殷伯弯下腰端起一杯一饮而尽后，微微皱了皱眉：“什么破酒！”但还是接着干掉了另外两杯。

殷伯打了个酒嗝，对瘦猴道：“怎么样？你不是要看我骑马吗？”还不等瘦猴说话，他一夹马肚，那枣红马一声嘶鸣，便穿过人群，一溜烟沿西大街疾驰而去了。

全场人都被殷伯镇住了，直到眼睁睁地看着他的身影消失在远处，才忽然爆发出了一阵热烈的掌声和叫好声。

31

一转眼的工夫，就到了年中，距离每年一度头人会年会的召开只有屈指可数的几天了。从六月中旬开始，烟虚镇无论逢集与否，天天热闹非凡。今年夏天各地瓜果丰收、鱼虾满塘，市场供应极为丰富，加上自从烟虚保安团成立以来，异族人传闻造成的人心惶恐渐渐消除，人们心情愉快地聚集到烟虚镇上，一边享受生活的富足和安逸，一边静等头人会之后的重大决策。年会前夕的预备会从六月初开始，就隔三岔五地召集一回。今年的重大提案，早已成为民众议论的焦点。其中两个提案更是焦点中的焦点：一个是关于试运行已有两个多月的保安团正式建制的提案，另一个则是关于烟虚镇官地有效利用试点的提案。这两个方案都是青壮派成员提交的。据说对于第一个提案，除了细节存在争议，两派成员基本不持异议。而对于第二个提案，两派的对立则非常尖锐。该提案建议废除烟虚镇官地只可设立大众事务、商业、福利等公共机构的限制，引进竞拍机制，可拍租也可拍卖，公平

竞争，所得资金归入官银。这样既可让烟虚镇变得更加繁华，也可以充实公共资金，更好地为民众服务。这个提案不仅遭到了元老派成员的坚决抵制，而且一经传到社会上，也引发了巨大的争议。民众似乎更多地站在元老派的立场上，大家对青壮派的主张充满疑问：官地官地，如果谁有钱就给谁，那还和私地有什么区别？这样一搞，烟虚镇哪里还是大众的烟虚镇，岂不成了有钱人的烟虚镇？

六月二十四日一早，烟虚人从梦中醒来后，看着普照万物的阳光和无云的蓝天，还在赞叹天公作美。不料一顿早饭的工夫，天色突变，乌黑厚重的云团从四周快速合拢，很快竟下起了大雨。这场大雨从一开始就带着凶相，一道道雨柱在黑蒙蒙的水汽中闪着白亮的光，如无数条猛力挥动的鞭子，无情地抽打着地面上的一切。这场瓢泼盆倾的大雨不见有任何要停歇的迹象，直下得昏天黑地，到第二天就引发了灵龟河一场罕见的洪水。头戴斗笠、身披蓑衣的人们站在河岸，像一群雨中的呆鸡。人们已经记不起上次灵龟河泛滥成灾是什么时候了，但眼前的情景却前所未有：咆哮而过的黑茫茫的河水中，不仅夹杂着大量的树木、动物尸体和各种各样的垃圾，不时还有烟虚人从未见过的家具和用途不明的器械在汹涌的波涛中翻滚。这些陌生的物件让烟虚人忧心忡忡，他们不由得又想起了殷伯在河边发现的异族人的尸体，想起了紫雾期间有关那些神秘大船的传闻，不假思索地认定它们都来自某个一无所知的异域。

大雨让整个烟虚镇陷入了瘫痪之中。店铺关闭，市场停业，热闹的镇街变得冷冷清清。在镇子周边安营扎寨等待头人会年会召开的外地人，因帐篷和临时搭建的窝棚悉数被大雨冲毁，只得在雨中骑马赶车地离开了烟虚镇。而呆坐在旅馆窗前听着不绝于耳的喧嚣雨声的旅人，心中也都充满了迷茫：大雨一直这么下下去，别说头人会年会被耽误，烟虚盆地变成一片汪洋都说不定……无助和惶恐的情绪开始在烟虚人之间弥漫，人们纷纷拥进新落成不久的正坤神庙，烧香跪拜，祈求大神保佑，让安居乐业的生活重返烟虚大地。到了第三天，雨势渐小，云层渐薄，信众们坚信这是他们虔诚祷告的结果，于是更是不分昼夜地烧香祈祷。正坤神殿香雾缭绕排烛通亮，夜间看去就如同着火了一样。到了二十八日中午，云开日出，下了五天四夜的雨终于住了。烟虚人拥上潮湿泥泞的街头，奔走欢呼："大神保佑，总算没有耽误了大事。"

在人们预期中将会耗时数日的头人会年会，只用了短短两天就结束了。两项最受关注的提案，居然毫无悬念地顺利通过。这次年会青壮派大获全胜，而其中姜执贤无疑是最大的赢家。关于保安团正式建制的提案获得通过本身在意料之中，但一直存在争议的两条内容也被顺利采纳，却是姜执贤没有想到的事。这两条内容其实是在章无为的强烈建议下写进提案的：一条是定员人数不限，由总团团长根据安保局势自行决定。另一条则是谁也没有想到的，那就是撤销烟虚孤残院，

遣散相关人员，其用地、建筑以及维持所需的官银一并移交给保安团。说实话，当章无为刚提出这个建议时，连姜执贤都大吃一惊：“孤残院是烟虚地方扶弱助困的象征，它不光是解决了孤老残疾者的实际困难，更重要的，它是一个弘扬美德的标杆。这建议不妥，会引发众怒的。”章无为说：“弘扬什么美德？孤残院弘扬的是不劳而获，是以残为荣，是以丑为美。烟虚镇道德观如此扭曲，根子就在孤残院。由于残疾人一生旱涝保收，烟虚漂亮姑娘放着帅小伙不嫁，帅小伙放着漂亮姑娘不娶，居然都梦想能在孤残院找个残疾人结婚。这是美德吗？”姜执贤和他争论半天，最后妥协道：“反正写进提案也不会通过，其实你这个建议我打心眼里赞成，因为孤残院的费用大部分都来自我们姜氏部落。”而另一个关于烟虚镇“官地竞拍”的提案，由于在事前两派对立严重，而且民意显示大多数人持否定态度，几乎没有人预料它会获得通过。所以当头人会年会结束并正式公布了这一结果时，民众浮上脑海的第一个念头就是：姜执贤大获全胜，姜氏祠堂落户烟虚镇的世纪梦，终于在他的手里变成了现实。

头人会青壮派之所以能取得如此不可思议的重大胜利，是因为今年头人会年会的氛围与往年完全不同。而氛围的彻底改变是由两个人引起的，一个是章无为，另一个则是殷伯。

头人会年会召开当日，章无为以会议安保的名义，不但在公正堂的大门及周边布置了保安团员把守，而且主会场四周也是三步一哨、

五步一岗。另外，身为教头的马猎户还带着一小队机动队员，到处巡防查看，以备突发事件。那些身穿紫色制服的年轻团员皆荷枪实弹，面无表情，让人望而生畏。有个元老派成员见状嘀咕道："烟虚镇世代平安，哪里有过什么突发事件？组建保安团本来是为了抵御外敌，现在倒好，成了对立派的私人武装了。"但这话刚一出口，就立即被同行的另外几个人用眼神制止了。

章无为派来保安团员驻守会场，确实给提案反对派造成了无形的心理压力，但这其实并不足以让元老派成员改变立场，而殷伯出乎人们意料的表现，则彻底让他们放弃了抵抗。

殷伯在紫雾期间的表现，让他在烟虚人心目中的威望大打折扣。但这似乎并没有对这个执拗的老人造成什么影响。雾期结束之后，他四处游走宣讲紫雾危害的热情不但没有丝毫减弱，反而更加高涨了。他蓄须明志，宣称自己的理念一日不深入人心，自己就一日不剃胡须。殷伯是这么说的，也是这么做的。他骑着那匹累得精瘦的枣红马，穿行在烟虚大地的街镇村屯。老人雪白的头发和胡须一日日见长，在风中飘然飞扬，让他看上去像一个不食人间烟火的仙人。六月中旬开始，头人会隔三岔五地举行年会前的协商会，但殷伯一概缺席。元老派成员曾多次差人去广宗部落殷府，却被告知他云游在外，不知何时才能回家。作为代表人物和中流砥柱，元老派成员都对他寄予厚望。可谁也不曾料到，在六月三十日和七月一日连续两天的年会上，殷伯的表

现却完全像变了个人一样，让包括青壮派在内的所有头人都大感意外。

连续两天的会议上，昔日精力旺盛、斗志昂扬的殷伯竟全程没有发言，而是一直在座椅上垂头耷脑，昏昏欲睡。有人见状上前关切地询问他是否身体不适，他也不吱一声，只是摇摇头，又陷入了长久的沉默。就连在与青壮派就有关“官地竞拍”的提案展开激烈辩论时，元老派成员提请殷伯发表意见，他也是懵懵懂懂地站起身来，四下环顾，然后模棱两可地说：“争什么争，赶紧表决完事。”令元老派头人们大感意外的是，在举手表决时，殷伯居然第一个举起了右手……会场四周肃然而立的兵丁本来就让头人们惴惴不安，见一向爱憎分明、绝不迁就姑息的殷伯居然如此表现，心道：如果不是为了秉持公义，是不是官地与我何干？既然殷伯都妥协了，我等何必得罪姜头人。在这样心态的作祟下，提案很快就被顺利通过了。

头人会年会上殷伯的表现传到坊间，民众都极为震惊。大家百思不得其解，都一脸疑惑地说：“殷伯连章无为都不放在眼里，能怕了几个小兵蛋子？要说身体出了问题，更不太可能啊。前几日在镇十字路口，当着那么多人的面，连饮三大杯‘烟虚醉’，不但毫无醉意，还能快马如飞呢！”

32

六月二十四日那场持续了五天四夜的暴雨，造成了灵龟河的连日泛滥。汹涌的洪水过境烟虚，夹带着许多当地人从未见过的新奇物品。洪水退去之后，人们在河岸堆积如山的垃圾中，翻拣到了许多尚可利用之物，大到家具农械，小到日用器物，无所不有。对于一些看上去并无实用价值但又弃之可惜的东西，人们纷纷送到章疑家里撞一撞运气，看能否从他那里换几文零花的银子。但大部分人的尝试都是徒劳的，章疑对送上门来的物件大都缺乏判断，拒绝掏钱收购。而送货上门者又懒得再费力带走，干脆就遗弃在了章疑家中。没过多久，章疑家的院子里就堆积了许多奇形怪状、大小不一的东西，在阳光的暴晒下，散发着一阵阵难闻的河泥腥气。

自从紫雾期间姜执贤上门之后，一直压在章疑心上的一块沉重的石头总算落了地：两人之间话已挑明，而且自己明白无误地拒绝了对方。姜执贤的巨大人情虽然依旧欠着，但只能日后寻找机会偿还，而

不必触碰自己做人的底线，不必玷污自己看得比生命还重的学术尊严。从独手侠宣布了妻子的死期开始，章疑中断考古研究已经长达半年之久。那天送走姜执贤后，他走进地下室中，抚摸着那些备受自己冷落而已经蒙尘的宝贝古董，想着自己敷衍姜执贤将尽快拿出研究结论的话，忍不住潸然泪下："世事纷扰，恐怕以后只能用你们给我陪葬了。"

但从七月初开始，章疑却重新开始了久违的考古研究，这是连他都没有想到的事。

看到头人会年会的公报，素来两耳不闻窗外事的章疑，才惊讶地得知烟虚镇官地将允许竞拍的重大变革。"哎呀，原来如此！"章疑忍不住叫出声来，"怪不得这么长时间姓姜的都没有再来催我，原来是用不着侧面迂回了。姜氏部落有的是钱，拍下一块地皮就可以了。"这让他顿时感到浑身轻松，而另一个被通过的重大提案，却又让他感到既羞愧又愤怒：烟虚镇孤残院将撤销，所有人员悉数遣散，由保安团接收用地、建筑及一切设施，孤残院官银拨款同样划归保安团。这就意味着舞枪弄棒的大儿子即将赶走他智障的双胞胎弟弟，霸占在烟虚地区一向被视为"弱者天堂"的福利机构！

"孽障！我命苦，怎么会生下这么个孽障！"章疑气得脸色苍白，双手哆嗦。

老婆见状，安慰他道："你就会骂儿子。所有决定都是头人会做出的，又不是咱们儿子。"

“居然连头人会都能操纵，唉，我是小看这个孽障了。”章疑神色忧虑地长叹一声，“我原以为他就是个哗众取宠的小混混，现在看来他在下一盘大棋。”

也就是在这一天，章疑再次回到地下室，重新开始了他的考古研究。来自姜执贤的压力已经不复存在，而揭开所谓异族人入侵这一惑众传闻的真相，让章无为这个不肖之子的狼子野心昭然于天下，则让这个已经长久中断考证研究的老学究，充满了为正义而战的紧迫感。

对章疑的老婆而言，尽管她在丈夫面前替儿子开脱，但因保安团而使孤残院撤销一事，其实也让她对章无为心有不满。半斤并不知道章无为其实就是此事的倡导者和极力促成者，但作为母亲，她知道他对自己双胞胎弟弟的怨恨由来已久。半斤不知道孤残院撤销的具体时间，但此事看来已经木已成舟，接智障儿子回家只是早晚的事。二儿子章有志是这个女人一生最大的牵挂，孤残院的存在，让她这份牵挂总算得到了最大程度的慰藉。独手侠宣判自己死刑的事，尽管章疑当时刻意瞒着自己，其实她早已经心知肚明。她之所以坦然面对，是因为直觉告诉她：你死不了，后面还有事等着你。把智障的儿子接回家来，半斤并不感到有多大负担，她甚至能亲自照顾这个可怜的孩子，弥补母爱的缺失。但问题是自己和丈夫总有一天要先死去，到那时候他该怎么办？想着章无为对弟弟从小就表现出来的厌恶和憎恨，半斤心烦意乱地骂出声来：“狗捉耗子的姜执贤！你狗日的找人救我做什

么？人死一了百了，该有多好啊。”

头人会年会公报发布后，烟虚镇官地竞拍的决定除了引发一些抱怨和议论，并没有产生太大的社会负面情绪。但撤销孤残院、遣散所有人员的决定，却在烟虚地区掀起了轩然大波。愤怒无比的孤残人士的家属们利用社会舆论的普遍同情，于七月四日发动了一场声势浩大的示威游行。

游行是从烟虚镇大十字路口开始的。上百名孤残人士的家属一个个素巾缟袂，打扮得像一群送葬的孝子。他们高呼反对撤销孤残院的口号，一路向东进发。游行队伍像滚动的雪球，沿途吸引了越来越多的抗议者和看热闹的人，队伍越来越壮大。等快行进到位于草湖的保安团临时团部时，已经多达四五百人之众。令示威者没有想到的是，他们老远就看见上百名保安团员早已整齐地列队在团部大门口。他们个个身穿制服，手持火枪兵刃，一副严阵以待的威严架势。那匹传奇的白色飞马立在队伍一侧，同样一身戎装的章无为骑在马背上，远远看去像一尊一动不动的雕像。

游行参加者见状紧张起来，不由得放慢了脚步。处在队伍前排的几个发起者虽然也是心里打鼓，但嘴上却不断给众人打气：“不用怕，烟虚人不祸害烟虚人，这是神谕，是章无为信奉的神谕。”但众人的步子还是越来越慢，到了距离团部大门不足百丈的时候，游行队伍彻底停了下来。有的人甚至掉转了身子，打算一有风吹草动，就飞速地逃

离这个是非之地。但随即从对面传来的章无为的声音，却让众人悬着的心放了下来：“乡亲们，烟虚保安团列队欢迎大家光临驻地！”随即马猎户高呼一声：“敬礼！”整齐列队的队员们齐刷刷地向游行队伍行了一个军礼。

众人谁也没有料到这样的局面，一时不知道该如何应对。领头的几名孤残者家属也被弄蒙了，面面相觑，事前想要说的话顿时忘得一干二净。站在队伍一侧的章无为见状，缓缓地策马来到了游行队伍前面，环视一周，语气平静地开口说道：“乡亲们！我知道大家对撤销孤残院的决定有意见，尤其是孤残者家属更为不满，但这是烟虚头人会的集体决定，大家不能因为腾退后的地方划拨给了保安团，就把怨气都撒到我们身上。平心而论，我也是孤残者家属，因为我的双胞胎弟弟章有志就一直生活在孤残院。我为什么不反对？因为这是众头人在权衡轻重缓急的情况下，经过长时间讨论做出的慎重决定。保安团的组建，是为了抵御外敌，保障我们烟虚人的平安，同时也担负着维护社会治安的重任。我常说，通过和平示威表达自己的主张和要求，在烟虚地区合理合法。但我也把丑话说在前面，如果任何人敢有不理性的举动，那正好可以让他见识一下我们队员的功夫。”人群中不知谁喊了一句：“烟虚人不打烟虚人！”章无为听后笑了一下，忽然脸上浮起了一丝杀气：“所言不虚！但神谕的正确理解是，烟虚人不打烟虚好人，如果变成了坏一锅汤的老鼠屎，惩恶扬善更是正坤大神的主张。”

没有人再敢言声了。众人愣愣地站在强烈的太阳光下，浑身冒汗，思绪混乱，甚至已经忘记了成群结伙来草湖的初衷。骑在马背上的章无为又恢复了刚才的客气和亲切，他表示愿意将大众的不满情绪向头人会转达，也希望大家遵纪守法，不要莽撞行事。章无为甚至客气地邀请有兴趣的人进入团部大院参观，并欢迎对保安团的建设提出宝贵意见。看着那些面无表情、肃然而立的保安团员，众人谁也没有胆量接受这样的邀请……一场声势浩大的游行，就这样光听见打雷看不见下雨地潦草结束了。从草湖往西而去的人群，看上去像溃不成军的散兵游勇。

章无为“只身退大军，一言化干戈”的壮举很快就传遍了整个烟虚大地，这个事情明确地给公众传递了两个信息：一是章无为以公正公平为要义，即便自己的双胞胎弟弟享受着孤残福利，也不为私心所动；二是烟虚盆地即将由约定俗成的自然形态步入理性的法治时代，任何意气用事和率性而为，都将面临来自威武强大的保安团惩罚的危险。烟虚人忽然发现，不知从什么时候开始，涉及社会重大事件的话题，人们谈论得最多的，已经不再是头人会，而是章无为和他的保安团。

“章疑完全是鼠目寸光啊，一对双胞胎儿子，取名有志的成了个傻子，而取名无为的，却在烟虚地方弄成了翻天覆地的大事。”烟虚人看似轻松的笑话中，却难免带着一丝说不清楚的复杂情绪。

33

章无为化解游行危机的事，阿吾是从瘦猴嘴里知道的。他听后忍不住一声感叹：“小不忍则乱大谋，他那么急功近利的人，居然学会了理性和克制，看来章无为真的要在烟虚这片处女地上书写历史。”瘦猴听后，也连声附和道：“他上次听了您嗜酒误事的话，回去后就发誓戒酒，现在真的是滴酒不沾了。”

进入七月份后，天气开始变得炎热无比。灼热的太阳光烘烤着大地，植物肥厚的叶子都被晒得仿佛要冒出油来。这个季节阿吾很少出门，除了听从章无为的建议尽可能少地抛头露面，更重要的原因是出于对母亲的好奇和担心。这个身份被标注为“阿吾的母亲”的老寡妇，自开春以来，正在以令人惊讶的速度变得消瘦。她原本丰腴红润的脸颊日渐凹陷并失去血色，浑身皮肤呈现出一种醒目的苍白。阿吾有时看着她在坪坝上行走时轻飘飘的样子，恍惚间觉得这个老女人像太阳下的一堆雪一样，正在慢慢地化去。阿吾好几次担心地问：“妈，您是

不是生病了？我让人找个医生来给您看看吧。”但都被老女人不容分说地拒绝了：“我没病，我好得很。”

老寡妇所言不虚。尽管她的身体以惊人的速度在消瘦下去，但一度曾在她表情中挥之不去的忧郁，却在这个季节里消失了。她不再枯坐在方桌前，望着千须洞黑洞洞的窑口而喃喃自语，而是恢复了昔日的平静和沉默。阿吾发现这个越来越显得单薄的老女人，几乎没有了食欲和睡眠。每餐饭她都像个厌食症患者一样，用手里的筷子不断地搅动着盘子里的饭菜，就如同在面对一道不知道如何解决的难题。白天她在窑洞里或坪坝上慢条斯理地做事，晚上则在油灯下一遍又一遍地整理旧物。她翻箱倒柜地将许多阿吾从未见过的东西找出来，摆得满桌满地。老女人的双眼在油灯光下明亮清澈得如同少女，让阿吾感到一丝古怪和陌生。她专注地忙着手中的事，很少和阿吾说话。刚开始时，阿吾出于儿子的身份陪伴过她几次。但都是熬到凌晨，母亲仍然毫无倦意，而自己早已神游物外，只好回自己的侧窑睡觉去了。而一觉睡醒起来，母亲则不知何时已经做好了早饭，正精神矍铄地坐在桌边等着自己。看到这一幕，阿吾总是迷惑不解，这个不吃不睡的老女人，到底靠什么保持着这样惊人旺盛的精力？

六月中旬，一个不经意的发现，不但未能让阿吾找到答案，反而让他陷入了更深的迷惑和好奇。

那段时间里，阿吾已经放弃了陪伴母亲熬夜的尝试，而是在晚饭

后就对母亲道声晚安，然后回到自己的侧窑。大概是从雾期开始，为了消磨时间，也为了让自己在“阿吾”和“胡正坤”身份的混淆中保持清醒，他开始了一种双向记录的尝试：他买来厚厚一大摞信笺装订成册，册封、册背分别标注了“前世”和“今生”的字样。阿吾像写日记一样，每天都从两边分别书写。“前世”部分记录有关“胡正坤”那个时空的记忆，事件、思想、观点等，无论虚实和巨细，凡能想起来的，他都会记录在案。而“今生”部分，则是眼下作为“阿吾”这一身份的所作所为和所思所想……“文字从册子的前后推进，当它们合流、册子写满的时候，前世和今生的分界应该不再那么鲜明，两种身份也会混为一体了吧？”阿吾经常这样想。这是他记录的初衷，但结果却似乎与初衷背道而驰：两种时空下的不同生活经历，以文字的方式记录在案，更成为一种不可虚化的、被实证了的对立。书写让阿吾如同母亲整理旧物一样，记忆深处落满灰尘的往事都被翻找了出来，散发着浓烈的旧时光的霉味。这些记忆不但搅扰着阿吾的思绪，而且经常会反复出现在梦中，让他夜里总是寝不安席。

六月中旬的一天夜里，阿吾做了一个奇怪的梦：自己不知何时变得阔面大耳、白皮细肉、不男不女，被一群脸上没有五官、分不清表情的人架上了一个铺满鲜花和果实的高台。高台下的无脸人越来越多，他们嘴里一齐发出语意不明的咕哝声，并开始一把接一把地焚起香来。缭绕的烟雾越来越浓，呛得阿吾无法呼吸。这时，他无意中用眼睛的

余光发现，身子四周的那些鲜花和果实都开始蠕动起来，定睛看时，却变成了一条条五颜六色的蛇，口吐芯子纠缠成一团。素来就怕蛇的阿吾大叫了一声，就从高台上跌了下去……阿吾被惊醒时，他的的确确闻到了一股浓烈的线香的味道，一时恍惚，不知是否还身在梦境。

阿吾走出侧窑。外面方桌上的油灯依然亮着，但却空无一人。挂在千须洞窑口的厚挂毯被摘下来放在一旁，正有一缕焚香的味道从黑洞洞的窑口里飘出来。阿吾惊讶地走进窑口，只见一团黑暗之中，正在燃烧的线香那红色的火头星星点点，曲曲折折地连成一串，一直通往洞内的深处。阿吾犹豫片刻，顺着香头指引的方向往洞内走去。在这个大洞套小洞、主洞连侧洞的迷宫里，阿吾心有余悸地缓步向前，在七绕八拐之后，他终于在一个高阔空旷、四周侧洞遍布的洞厅里看见了母亲。她左手握着一大把线香，右手举着一根点燃的蜡烛，正在迷茫地东张西望。让阿吾惊诧不已的是，处在烛光中的母亲，浑身散发着一层淡淡的黄色光晕，让这个越来越瘦小单薄的女人恍惚间如同一只透明的蝉蜕，似乎一不小心就会碰散为一地碎片。

母亲看见从黑暗中走出来的阿吾，好像处在梦游状态一般，一点也没有吃惊的反应。她不断地环顾四周的侧洞，似乎在极力回忆着什么细节。阿吾知道在这座巨大无比的迷宫里，一定存在着某个让这位老寡妇魂牵梦绕的地方，尽管他无法想象那究竟是怎样的一个存在。从母亲过去那些碎片式的喃喃自语中，阿吾在脑海中拼凑出了一副匪

夷所思的景象：在如此简陋且神秘蹊跷的窑洞中，叶杏花之所以能如此心态平和地寡居二十多年，是因为除了儿子阿吾，那两只长生不老的猫儿会带领她穿越迷宫，去一个神秘的地方与她从未提起过的亲人相见……阿吾浑身忽然打了一个寒战，他不知是因为浮现在脑海里那可怕的想法，还是因为千须洞深处潮湿阴冷的气息。

“妈，别着急，咱先回去，以后总会找到的。”阿吾这样安慰着母亲，尽管他根本不知道母亲寻找的究竟是什么。他接过母亲手中的蜡烛，扶着她轻得几乎感觉不到重量的身体，顺着香火的指示原路返回。

第二天，阿吾故意试探地询问母亲夜里的睡眠状况，她笑眯眯地看着他说：“好着哩。昨天晚上梦见你外婆唤我，可隔着一堵墙，声音听得真真的，但人就是找不见。”从这天开始，阿吾隔三岔五在夜里会被浓浓的焚香味道熏醒。“那个女人又进洞里去了！”他总是咕哝一句，翻个身又迷迷糊糊地睡了过去。有时候阿吾甚至怀疑这不过是出现在自己梦里的情形，但放在架板上那只木箱里的线香一把把地减少下去，证明他曾经目睹的一幕是确确切切的事实。

阿吾忽然明白，这个女人不吃不睡却保持着如此旺盛的精力和如此平和的心态，就是因为她在一团漆黑的生活中看到了亮光，看到了希望，尽管这希望或许只是来自自己虚幻的想象。

六月底那场暴雨过后，进入七月份便滴雨未落。太阳坠得离地面越来越近，像颗巨大的火球一样炙烤着烟虚大地。一度泛滥成灾的灵

龟河的水位迅速回落，两岸的淤泥和垃圾越来越多地露了出来，在阳光的暴晒之下，散发出一阵阵难闻的腥臭。

七月中旬，是烟虚地区一年当中最炎热的时候，也是即将迎来收获的时节。看到挂满枝头的硕大的果实，看着田野上颗粒饱满的庄稼，烟虚人满怀喜悦，纷纷拥进新落成的正坤神殿，焚香祭拜，捐赠功德，对神灵的保佑表达感恩之情，并祈求来年五谷丰登，人畜平安。神殿里整日香火旺盛，信众不绝。

但从七月初开始，也有一个不安的消息开始传播：六月底的那场暴雨，虽然对烟虚地区没有造成什么危害，但上游异族人却遭受了毁灭性的灾难。他们的房屋和庄稼被冲毁，家禽家畜被淹死，变得流离失所，一无所有。据说这个传闻是从生活在深山里的猎户口中传出的。猎户们从七月初开始，已经多次碰到过走散的异族人，他们一个个衣衫褴褛，因饥饿而眼露凶光……临时团部坐落在草湖的保安团也不时有消息传来，章无为不但安排士兵们没黑没明地加紧备战训练，而且招兵买马，扩充阵容，一副要与胆敢冒犯烟虚的异族人决一死战的架势。烟虚人见此情景，变得心急如焚，对一直拒绝从孤残院接走亲人的孤残者家属纷纷起了一片骂声："为了烟虚人的平安，一帮小伙子命都豁出去了。你们一群狗日的残废，还有什么脸霸占着孤残院？"

消息传到阿吾的耳朵里，他沉默半天，却没头没脑地说了句："不管异族人有没有，它都是章无为所造的另一尊神。"

34

为期两天的头人会年会上，殷伯与昔日判若两人的表现，曾在社会上引发了广泛的猜测。但撤销孤残院、允许官地竞拍等让人震惊的社会变革，让人们很快淡忘了对殷伯反常表现原因的探究。直到热点话题渐渐归于平淡的时候，人们这才意识到，那个须发飘飘、骑马奔波在烟虚大地上的老人，已经很久没有出现在大众眼前了。

“我总觉得生活中似乎少了点什么，原来是殷伯啊！很久没有见到殷伯给人们讲道理了。”人们意识到这一点时，总会发出这样的感慨，内心却不清楚到底是怀念还是庆幸。

最先觉察到殷伯在烟虚大众视野中消失的人，是孤残人员家属代表。他们在头人会年会公告发布以后，就成立了反对相关决定的孤残家属联盟。他们觉得此提案之所以得以通过，跟德高望重的殷伯的反常表现有绝对的关系。他们多次派代表去广宗部落的殷府，想弄清真相，说服殷伯联合其他元老派老人，召开临时元老会撤销这一非人道

的决定。但每次去广宗部落，殷府都大门紧闭，门房告诉来访者殷伯拒见任何人，甚至对于广宗部落的族内事务也一概拒不参加。众人问其原因，门房却语焉不详。愤怒的孤残家属联盟在求助无果的情况下，只好发起了七月四日的那场游行。岂料看上去声势浩大的游行队伍，居然被章无为一通马背上的讲话彻底瓦解，就地树倒猢狲散地无功而返了。但家属联盟不甘于就此认输，他们一边向社会呼吁求援，一边拒不接回自家的住院者，使撤销孤残院的事一直处于停滞状态。

六月二十三日，殷伯六十多年始终如一的人生，却在这一天发生了巨大的转变。就如同一只逆流而上的船，忽然掉转船头，开始顺流而下。而让殷伯人生发生逆转的，就是那三大杯烈酒“烟虚醉”。

对于章无为等人对“烟虚醉”的宣传，殷伯根本就没有放在心上。在他看来，这完全又是不着调的一帮年轻人哗众取宠的噱头。当天他之所以现身烟虚镇十字路口的试饮会，纯粹是巡回宣传紫雾危害的误打误撞。对酒向来无感且平日滴酒不沾的殷伯，之所以后来会在马背上痛饮三杯烈酒，都是因为自己绝不服输的性格。年轻时为筹集善款喝酒五十二壶赌赢五十二两白银的豪举，让他根本不把所谓“一杯可醉人，三杯能升天”的“烟虚醉”放在眼里。在众人期待的目光和瘦猴挑衅的言语刺激下，殷伯最终才有些赌气地应允了下来。当第一杯烈酒进肚时，殷伯脑子里就闪出一个念头：不好！今天怕是真遇上了对手。那酒就如同一条火龙般在肠胃里跳跃奔突，他似乎都听见了它

嘲讽的冷笑。但箭在弦上不可不发，何况周围还有数百号烟虚人正一眼不眨地看着自己。殷伯别无选择，他将盘子里的三杯烈酒快速喝掉，忍着已经开始发作的晕眩感，故作镇静地给瘦猴说了句："怎么样？你不是要看我骑马吗？"然后策马就向远处奔去。当时殷伯内心只有一个念头：快跑，快跑吧枣红马，不要让我在众人面前出丑露乖！

枣红马驮着头重脚轻的殷伯一路狂奔，朝广宗部落的殷府而去。尽管他胃里翻江倒海，可即便用手在嗓子眼里抠，却一口酒也吐不出来。刚一进院门，殷伯就从马背上跌落下来，对吓得不知如何是好的家人说："扶我上床，休得声张。"在随后的一周时间里，殷伯醉卧床榻，水米未进，整个屋子里到处散发着难闻的酒臭。殷府上下想尽了各种办法都无济于事，眼看头人会年会在即，面对一天一封要求确认的催促信，家人一脸愁苦地说："不是能不能开会的事，而是得准备后事了。"但二十九日中午，殷伯却醒了过来。他说出的第一句话就把身旁的家人吓了一跳："快烫几壶米酒来给我喝。"等弄清殷伯不是在说胡话之后，家人烫了些米酒端来，殷伯一杯杯喝下去之后，果然渐渐从濒死状态中恢复了过来。

为期两天的头人会年会，殷伯几乎每一刻都是度日如年。他昏昏欲睡，似乎灵魂一直游移在肉体之外。对于两派的提案之争，他全然没有听进去一个字，心里唯一的希望就是赶紧结束。年会之后的几天里，殷伯吩咐家人紧闭大门，拒绝一切来访者，自己一直躲在屋里喝

"还魂酒"。随着身体和神志的渐渐复原，一种从未有过的挫败感却开始让他沮丧不堪。"一个接一个的大风大浪都闯过来了，岂能在小阴沟里翻了船？"这是殷伯六十余年的人生中从未遇过的打击，实在让他羞愤难当。他也试图用"好汉不提当年勇"之类的道理安慰自己，但不服输的个性让一切解脱的努力都变得牵强。在那段时间里，殷伯心无旁骛，"烟虚醉"就像敌人章无为射向自己的一颗子弹，他无法容忍自己被它击中而应声倒地。在反复纠结之后，殷伯最终还是差人私下去找瘦猴，从他手中弄回了一坛因产量尚少而在市场上紧俏的"烟虚醉"。

"一杯如饮水，三杯而微醺。我一定会让狗日的章无为见识见识，'烟虚醉'并不能醉倒所有的烟虚人。"因沮丧不已而一度迷失的殷伯忽然像找到了人生的新目标，重新焕发了热情和斗志。

"烟虚醉"成了殷伯的假想敌，他将自己关在一间平日修行的屋子里，喝醉后倒地便睡，睡醒后再端酒杯，日子过得没黑没明。那匹枣红马已经不习惯如此久地被拴在马厩里，经常发出一阵阵焦虑的嘶鸣。殷伯的亲属和下人都熟悉这个倔强老人的脾性，只能一边苦劝，一边按照他的要求弄来一坛又一坛的"烟虚醉"。殷伯是个恪守信用的人，他让下人坚决拒绝了瘦猴要兑现"您要是喝三杯不倒，以后喝酒全包我身上了"的承诺，每次取酒时都坚持如数交钱。瘦猴并不知殷伯的心态，只以为是他喝"烟虚醉"上了瘾，不由得感慨

万千："我做梦也没有想到，烟虚人里第一个迷上'烟虚醉'的，居然是滴酒不沾的殷伯！"

殷伯再次出现在公众面前，是在八月初的一天。一个多月的时间里，他足不出户地关在房间里喝酒，任何官事私事一律不闻不问，这让家人难免焦虑不安。八月八日这天，广宗部落一家人为新生儿摆满月宴。由于殷伯和新生儿的爷爷是未出五服的堂兄弟，而且他作为族里的头人，不出席无论如何都说不过去。何况这个新生儿还有些不同寻常，迫切需要殷伯这样德高望重的老人出席仪式，以平息众人在背后的指指点点。其实新生儿的状况并非个例，在烟虚盆地的这个夏天里已经发生过多起：那就是新生儿的个头和体重明显比普通婴儿大，有的甚至大出将近一倍。烟虚人开始惊慌失措，但后来发现这样的情况并非个别，加上孩子除了个头巨大，各项指标都完全正常，于是渐渐放下心来，相互安慰道："这两年无论田里长的，还是树上结的，都比往年硕大。孕妇吃了这样的食物，生下的孩子当然就大嘛。"但再怎么说，毕竟还是有些反常，所以背地里的议论也不在少数。广宗部落这个新生儿的爷爷去请殷伯时，因为考虑到他一贯对紫雾影响所持的否定态度，还特意叮嘱道："堂哥啊，这是咱们自家的娃，你只能夸，可不敢说丧气的话啊。"

这是广宗人时隔一个多月之后第一次见殷伯。只见他雪白的头发和胡须又长了许多，脸色红润，真像个鹤发童颜的老仙人。更让人惊

讶的是，这个一向不苟言笑、不怒自威的老头人，竟然变得慈眉善目，亲切得像个捡柴拾粪的乡下老汉。殷伯的堂弟见状彻底放下心来，他将殷伯安排到主位上，高兴地说："'烟虚醉'现在可是紧俏货，我好不容易托人搞到几坛。今天是好日子，大家可要尽兴一醉。"

在宴会开始之前，新生儿的父亲将身穿红色兜肚、戴着满月帽的孩子抱出来，在酒桌前穿梭着向来宾展示了一圈。不知是什么原因，这个巨大的婴儿忽然啼哭起来，声音洪亮得把众人吓了一跳。殷伯代表贺客给婴儿额头上点了象征平安的朱砂后，宴席便在一片推杯换盏声中开始了。殷伯在烟虚镇试饮会上的壮举早已传遍广宗部落，众人纷纷前来向他敬酒。殷伯也是来者不拒，端杯就喝……宴席上的菜还没有上过一半，许多人就已经变得醉醺醺的。堂弟也已经喝得有些发飘了，他端着酒杯对殷伯说："堂哥，你真是酒仙啊。这么多人给你敬酒，你早喝过三大杯了，却连一点醉意都看不出来。我刚喝四五盅，就已经晕得有些站不稳了。"殷伯道："你这'烟虚醉'被人兑水了，如果是原酒，我喝三杯也该微醺了。"

堂弟闻言，立即一脸愤然之色地嚷了起来："幸亏堂哥嘴刁，回头我找狗日的瘦猴算账，给我的酒里也敢兑水！"

35

八月八日，就是殷伯在堂弟为孙子所摆满月宴上痛饮的当天，保安团终于开进孤残院，用武力的方式将所有人员强行清退了。

这个决定，对章无为而言，是在经历了长久的纠结和犹豫之后，第一次违拗了阿吾的苦劝，一意孤行而做出的。

其实在孤残院这件事上，章无为和阿吾一直存在着不同的意见。孤残院的存在对于烟虚社会的意义，阿吾认为有利有弊，而且利大于弊，加以改造和引导即可。而章无为则视它为一颗脓水四流的毒瘤，非剜之不能解恨。关于撤销孤残院的提案，在章无为的威逼利诱之下终得通过后，阿吾一声长叹道："此案一出，必有民反，这正给了章无为动武的借口。看来攘外只是借口，遏内才是目的啊。"但从瘦猴嘴里得知章无为和平化解游行危机的事之后，阿吾长舒了一口气，觉得自己误解了章无为的动机，他组建武装力量，或许只是为了改良和促进烟虚社会的发展。

七月底的一天，章无为来到荒滩。他把一个沉甸甸的袋子放在方桌上，对阿吾说：“这是你酒厂的分红，以后一季一结。”

阿吾推托道：“你招兵买马正是用钱的时候，我远离镇街，要钱也派不上用场。”

章无为说：“烟虚镇的土地很快就可以公开竞拍了。你存下钱，到时去镇上买块地盖座宅子。你娘守寡一辈子，也该让她享享福了。”

阿吾母亲慢吞吞地从侧窑里走了出来，闻言说道：“唉，都往烟虚镇挤，那里过去是一片荒凉的坟场。”章无为吓了一跳。他惊讶地看了看这个老女人，只见她正吃力地抱着一个旧木箱。多日不见，她消瘦得快要认不出来了。阿吾见状连忙接过箱子放在桌上，对章无为说：“走，咱们到外面说话。”

两人来到坪坝上，阿吾说：“我妈一遍又一遍地捣鼓那些旧东西，说的话天上一句，地下一句，你别当真。”章无为说：“你娘瘦得脱了人形。”

太阳似乎就挂在伸手可及的头顶，滚滚热浪让人头昏脑涨。不远处就是被白色围墙圈起来的酒厂。大概正是出炉的时间，大团大团白色的雾气从那里腾空而起，浓烈的酒香四处弥漫。

“阿吾，”章无为欲言又止地说，“你可能不会赞同，但我觉得不能再拖了。”

“动用武力，强行清退孤残院？”

“我已经忍得够久了，但忍让解决不了问题，而且会助长刁民的侥幸。”

“刁民？”阿吾有些吃惊地说，“刚进过一半回公正堂，你居然就学会了一口官腔！民众乃载舟之水，要想在烟虚成事，唯有顺从民意。如果对手无寸铁的平民动手，保安团从一开始就站在了民众的对立面。”

“秋收在即，遭遇水灾的异族人随时都有入侵的可能。现在民众呼声四起，强烈要求保安团入驻烟虚镇，这才是真正的民意。”

这个盛夏的午后，烈日当头，骄阳似火。阿吾说得口干舌燥，还是没能打消章无为的念头。阿吾惊讶地发现，这个一直视自己为掌舵者的小镇青年，不知不觉间已经变得行不苟合，只要是他认定的事情，十头牛都拉不回来。阿吾疲倦地叹了口气道：“反正你已经铁了心，我再多说也是无益。一定会有人为此后悔的，不是你就是我。”

八月八日，烟虚保安团一百多名团员在教头马猎户的带领下，全副武装地开到了烟虚孤残院。在近一个月的时间里，孤残院的门前都被孤残者家属搭设的帐篷挤占得满满当当。到场的保安团员在帐篷前排成两列，与气愤难平的反抗者形成了对峙之势。马猎户高声道：“今天孤残院必须彻底腾空，不管是和平交接还是动粗见血。现在给大家时间拆除帐篷，领着住院人员离开。”他让身旁一个士兵点燃了一根线香，继续说道：“就一根香的时间！希望大家不要以卵击石，那不是聪

明人的选择。”

群情激愤的抗议者不但没有停止阻拦，反而纷纷将孤残人士从院里带出来，让他们加入抗议的人群中。那些缺胳膊少腿的、嘴眼歪斜的、满脸痴呆之相的孤残人士，让原本气氛紧张的对峙多了几分滑稽。看着那些因为难得的热闹而兴奋得手舞足蹈或嗷嗷乱叫的智障患者，有的保安团员竟忍不住笑了起来……但这种看似轻松的气氛很快就在一场头破血流、鬼哭狼嚎的冲突中烟消云散：士兵手上的线香终于燃尽的时候，马猎户只冷冷地说了两个字：“动手！”上百名手持兵刃的士兵便虎狼般地冲了过去。对抗者中那些胆小的人，见状早就拔腿跑开了。而负隅顽抗的人，则不是挨了棍棒和拳脚，就是被士兵们像拖死猪一样拖到了一旁。那些五颜六色的帐篷犹如纸片，在士兵们手中顷刻成为一片废墟，被褥衣物及锅碗瓢盆扔得满地都是。有几个头破血流的抗议者还在拼死抵抗，却被一窝蜂围上的保安团员摁倒在地，四肢被用绳索结结实实地捆了起来……在闻讯赶来看热闹的烟虚人的围观下，这场清退活动很快就干净利索地结束了。保安团拘捕了十一人，按册清点并视不同情况妥善处置了所有孤残人员。保安团员刚柔并济，对带头抗命不遵者雷厉风行、绝不手软，而对被挟裹进来的普通群众则心慈手软，能放一马就放一马。甚至一个保安团员被智障患者一口浓痰吐在了脸上，也只是皱了皱眉头，忍着满腔的怒火没有发作。看着这名保安团员从地上捡起一块碎布将痰擦去，在场的围观者

发出了一阵发自肺腑的掌声和叫好声。

整个过程章无为没有露面，这非常符合烟虚人的期待。将军一剑万人敌，这样婆婆妈妈的细碎琐事，岂能让章团总亲自动手？章无为现身是在这天黄昏。他骑在那匹被自己亲手砍去了翅膀的白色飞马上，后面是整齐列队的士兵和满载物资的车马。长长的队伍由西向东穿越烟虚镇，吸引来了众多看客。东西主街两侧站满了夹道欢迎的人。此时天色已经迟暮，金红色的晚霞铺满镇街的石板路。骑在高头大马上的章无为，面对民众的欢呼沉默肃穆。他率领着这支铁血战队缓缓穿过城区，行进的脚步声整齐有力，长久地回荡在这个注定让烟虚人难忘的黄昏里。

在众人充满敬仰和膜拜的眼神中，自然也夹杂着来自孤残者家属仇视的目光。其中，有一束从西大街南侧人群中投向章无为的目光，在暮色中如同无形的毒蛇一样，悄无声息地在仇人的脸上、身上来回游移。这束目光来自章无为的父亲章疑！此刻，他正站在人群中，眼睛血红地看着耀武扬威的儿子。他的肩头搭着一个装满东西的黑布褡裢，看上去沉重不堪。

章疑是受老婆之令，来镇街给儿子章有志购买个人用品的。

虽然七月一日就从头人会年会的公报上知悉了孤残院即将撤销的决定，但章疑根本就不相信这个惠及数代人的福利机构，说撤销就能轻易撤销，所以当老婆让他及早去镇上给儿子章有志购买洗漱用

具、换洗物品等个人用品时，他都不屑一顾地说：“你啊，听风就是雨。孤残院说散就能散得了？拖个一年半载的，没准这决定就成了一张废纸。”

八月八日下午，章疑正在地下室里埋头于故纸堆，却听见老婆大声喊他上来。章疑刚上到客厅，却看见智障儿子章有志傻呵呵地笑着站在那里，脚下是两件用粗布胡乱包起来的行李。看见他从地下室上来，老婆说：“什么事都一拖再拖的！趁天还没黑，赶紧到镇上去给儿子买洗漱用品吧。”看见章疑一头雾水的样子，老婆又没好气地说：“还说一年半载都不会散伙，孤残院今天就被保安团接收了。儿子是刚才被两个士兵送回来的。”

刚才还一脸傻笑的章有志东看看，西瞅瞅，忽然哭了起来，像个撒泼的孩子一样嚷道：“我要去操场！我要去操场！”半斤赶紧连哄带劝地说：“走走，我带你去操场。”然后一边拉着儿子往屋外走，一边回头对章疑说：“麻利点，再晚镇上的店铺都关门了。”

章疑愣神半天，才取了钱包和褡裢出了房门。院子里，智障儿子正绕着那堆别人送来的洪水垃圾，一圈又一圈地疾走着。他已经停止了哭泣，眼泪鼻涕还没来得及擦去的脸上，露出了满足的笑容。

章疑怎么也没有想到，自己会在烟虚镇和章无为不期而遇。他背着沉重的褡裢，站在夹道欢迎保安团入驻新营地的人群中，心里五味杂陈。“真是冤家路窄啊！”他望着骑在高头大马上从自己面前缓缓策

马而过的章无为，望着他身后威武雄壮的队伍，过去对这个不肖之子的轻蔑和不屑，第一次完全变成了赤裸裸的仇恨。他一眼不眨地盯着章无为，直到他和长长的队伍消失在西大街的入口处。

“生此孽障，我是烟虚的罪人啊。”章疑在暮色中喃喃自语。

36

一转眼，秋天又降临到了烟虚大地上。当天气明显变得凉爽起来的时候，人们这才意识到，今年的夏天似乎特别短暂，短到了在烟虚人的意识里居然可以被忽视的程度。人们回味逝去的时光，觉得夏天之所以能悄无声息地从他们的生活中一滑而过，除了在这个季节烟虚社会发生了许多重大变革，也因为今年夏天已经不再像往年那样，是四季中最难熬、最漫长的时光。没有了蚊蝇等飞虫讨厌的骚扰，没有了蝎子、蜈蚣等毒豸的危害，也没有了鼠类整夜在板楼上的走动和喧哗，人们得以夜夜安眠；每年夏天里在烟虚盆地广泛流行、让人谈之色变的皮肤溃烂病，自去年开始，几乎就没有再发生过，自然就少了对夏天的一分惊惧……人们自然而然地将这一切都归功于紫雾的影响。一谈起紫雾，人们就会想到曾杞人忧天的殷伯，于是这个夏天能如此轻松度过又多了一个理由："对了，怪不得今年夏天不知不觉间就过去了，原来是不光没有了蚊蝇的嗡嗡嗡乱叫，连殷伯都不再喋喋不休地

唠叨了。”

进入秋天，一年中收获的季节到来了。万物从春天开始就呈现出来的勃勃生机，如愿给烟虚人带来了又一个丰年。瓜果满园，粮食盈仓，人们沉浸在丰收的喜悦里，到处可见开心的笑脸，随时可闻欢快的笑声。

但这个季节对姜氏部落的人而言，每一天带来的却都是沉重和沮丧。

今年头人会年会上通过的关于烟虚镇官地可以竞拍的提案，终于为历代姜姓人宗祠“出门赴镇”的梦想扫清了实现的障碍。姜执贤为此也成了姜氏部落历任头人中最杰出的佼佼者，成了所有姜姓人心目中的英雄。七月初，就在提案刚刚通过之后，姜氏部落举行了盛大的庆祝仪式，不光庆祝姜姓人美梦终要成真，同时也是为姜执贤隆重庆功。当着全部落各界有头有脸的重要人物的面，姜执贤透露了自己心中的如意算盘：新落成的医馆地处公正堂一侧，紧邻中心广场，是烟虚镇不可多得的黄金地段。既然很难招到坐馆名医高人，他决定竞拍医馆作为祠堂建设用地。因为正坤神殿落户其内，信众香客日益增多，这对提升姜氏宗祠在烟虚人心目中的地位，具有难能可贵的积极作用。姜执贤的这一想法，让姜姓人无不欢欣鼓舞：反正我们有的是钱，过不了多久，一座气派豪华的宗祠与象征烟虚最高权力的公正堂并肩而立，姜姓之人行走人世，该是何等的颜面有光，何等的扬眉吐气啊！

但人算不如天算，姜姓人脸上的笑容尚未完全展开，一场猝不及防的打击就让他们彻底陷入了无尽的忧伤和沮丧。

像许多其他作物一样，姜氏部落四周成片的棉田里，棉花从出苗、开花到棉铃挂满枝头，一路茁壮成长，明确无误地预示着一场罕见的大丰收。直到棉桃开始吐絮时，雪白蓬松的棉花大如手掌，比平常的两倍还要大。姜姓人看着满眼如雪的棉花，无不在心里美滋滋地想：这哪里是棉花，分明就是白花花的银子，是烟虚镇富丽堂皇的姜氏新宗祠，是姜氏部落的繁荣与富贵，是姜姓人在烟虚令人敬仰的地位啊。但眼看丰收在望的时候，一场毫无征兆的灾难却猝不及防地摆在了姜姓人的面前：到了即将摘棉花的季节，人们无意间发现，有些原本已经完全吐絮并变得蓬松的棉花，不知什么原因又萎缩了回去。原本已经白成一片的棉田，开始出现了一块块的残缺，而且残缺的面积在一天天增大，就如同太阳照射之下的白雪在渐渐化去一样。人们开始慌乱起来，为了减少损失，从八月中旬开始，他们就早早地开始下田采摘。但那些看上去雪白蓬松的棉花，手感却完全没有了以往的那种柔韧、绵软和细腻的质感，摸上去粗糙发涩、毫无弹性。更令人恐惧的是，那些采摘回来的棉花一经晾晒，居然在阳光下变成了白色的齑粉。上午在晒场上摊开满满一地的棉花，到下午却成了薄薄一层如细沙般的白粉……在这个烟虚大地到处喜获丰收的季节，大自然馈赠给意气风发的姜姓之人的，却是一声声叹息和一行行泪水。姜氏部落广袤的

棉田几近绝收，是谁也不曾料想过的结局，也是姜姓人多少年的棉花种植史上，从来也没有发生过的怪事。

这场无妄之灾，对姜执贤造成的打击比任何一个姜姓人都要沉重。按理说，他应该感到庆幸才对。因为他在棉花被灾之前就让烟虚镇官地竞拍提案得以通过，首次让姜氏宗祠“出门赴镇”成了一件板上钉钉的事。至于姜氏部落因棉花绝收而陷入经济困顿，有无足够的金钱竞买宗祠用地，已经与他这个头人的能力没有了任何关系。但姜执贤是一个做事只注重结果的人，凡他认定要做的事，皆不达目的誓不罢休。这场不期而至的天灾，对姜姓人而言，毁灭性的后果是毋庸赘述的：棉花绝收，而姜氏部落是烟虚唯一的棉花产区，其下属的纺织厂、被服鞋帽厂、防护用品厂等所有企业就无米下锅，面临着工厂停产、人员失业的危险。原因不明的灾祸尚不知明年是否会重现，但仅此一击，姜氏部落要想恢复昔日元气，没有数年时间几乎绝无可能。

在丰收的喜悦漫卷烟虚大地的这个秋天，姜执贤却整日郁郁寡欢、愁眉不展。过去让他发愁的是，如何才能把钱花出去，以扫清建设新宗祠面临的各种障碍。而眼下让他发愁的，却是如何把足够的钱弄到手，以尽快竞买官地，规划建设方案。这个最富足地方的头人，第一次尝到了一文钱难倒英雄汉的苦楚。

九月初的一天，姜执贤去烟虚镇找了一趟章无为。保安团从草湖搬到孤残院原址，已经有一个月左右的时间了。刚搬家时，姜执贤曾

带着贺礼来过一趟。最近棉花绝收的事让他焦头烂额，他已经有很长一段时间没有来镇上了。他策马到了镇东保安团的团部时，原来的孤残院已经变得几乎让姜执贤认不出来了：四周密密麻麻的树林已经被悉数砍伐，变成了一片平整的开阔地。除了孤残院原来的房舍，周围正在大兴土木，成排的兵营已具雏形。原有的围墙和大门也被拆除了，估计新建的围墙会将这片开阔地全部圈在其中。去团部必经之路的入口处，有两个哨兵持枪站岗。他们看见与团总过往甚密的姜执贤过来，赶紧毕恭毕敬地挥手放行了。

章无为听到手下报告，一脸笑容地从团总室里走了出来，高兴地说:“太好了，多日不见，我这几日正想去府上探望姜头人呢。来来，会客室里请！”遂将姜头人让进屋里坐下，吩咐勤务兵去准备茶点。

“章团总可能已有耳闻，今年棉花绝收，姜氏部落一片哭天喊地之声。团部正在热火朝天地搞建设，我也没能帮上忙，抱歉啊。”姜执贤客气道。

“听说了，听说了，”章无为笑嘻嘻地说，“姜头人不会是在给我哭穷吧？姜氏部落是烟虚盆地的首富，瘦死的骆驼比马大，何况这点小损失。我是个有话藏不住的人，还正有事求您呢。”

姜执贤今天上门，也正有事和章无为商量，见他开口，尽管心里急得直嘬牙花子，也只得硬着头皮说:“团总客气，只是不知道能不能帮上忙。”

此时勤务兵正好端了茶点进来。章无为亲自给姜执贤倒上茶，这才开口道："最近异族人的目击情报日渐增多，一场硬仗或许迫在眉睫。我最近招兵买马所用的额外支出，动用的都是酒厂的利润。我知道姜氏部落今年遭了灾，也不好意思求您额外资助，只希望原来每月资助孤残院的钱不要撤回，暂时转给保安团以渡过眼前的难关。"

姜执贤一听此话，心中暗暗叫苦：我今天就是来询问酒厂红利的，你不但一毛不拔，反而还要在我身上揩油。姜执贤思忖片刻，不置可否地说："保安团的事，我从一开始就是支持的。但眼下姜氏部落正处灾期，这么一笔钱不是我一个人能说了算的，容我回去跟执事们商量，一有消息就会告知团总。"

"那我可就眼巴巴地等着了！"章无为口吻明显有些不悦起来，"我和姜头人一直相互帮衬，日后彼此用得着的地方还多着哩。"

"是的是的。"姜执贤只好连连点头，他呷了口茶，犹豫片刻还是开了口，"今天我来团部，也有一事相问。当时你从我这里拿走办酒厂的资金时，说按利润的半成给姜姓人分成。最近'烟虚醉'都卖疯了，简直一瓶难求，我想问问……"

但他话还没说完，就被一脸惊讶之色的章无为打断了："姜头人，您放款太多，搞混了吧？当时我说借，要打借条，你说我帮你们姜氏部落实现了多少代人的梦想，算是谢礼。现在怎么又出来这么一说？"

姜执贤彻底愣住了。他望着章无为，完全没有料到他会红口白牙

地说出这样的话来。当时的场景、两人的对话，甚至手下人当面称银子时章无为那句“姜头人是用这点银子打造了一只聚宝盆”的玩笑话，姜执贤至今仍记得清清楚楚。他望着章无为那张由故作惊讶渐渐变成愠怒的脸，知道再说什么都是多余了，便打个圆场，讪讪地告辞了。章无为将他送到会客室门口，开口说道：“我知道姜头人在为拍地的银子发愁，有保安团给你撑腰，不掏钱在烟虚镇盖祠堂也不是不可能的事。所以，钱一定要用在刀刃上啊。”

从保安团出来，姜执贤骑上黑马，穿过烟虚镇东大街朝西走去。一口闷气一直堵在他的胸口上，让他感到呼吸不畅，右边半个身子轻飘飘的，似乎完全失去了重量。这样的情形持续有一段时间了，这让姜执贤隐隐对自己的身体感到一丝担心。

37

大概从九月初开始，来烟虚镇赶集的人会发现镇上多了一处固定的风景：位于大十字路口西北角的“烟虚醉”专卖店门旁，新竖起了一根青石拴马桩。方形的拴马桩有半人来高，上面雕有一只滚绣球的狮子，憨态可掬。这根拴马桩要么空着，要么拴的都是同一匹马，那就是烟虚人再熟悉不过的殷伯的坐骑！这匹枣红马一年四季与殷伯形影不离，不是驾车，就是驮人，总是与它的主人一样，永远保持着旺盛的精力和不屈的斗志。尤其是在紫雾弥漫的那段日子里，它载着一身防护服的殷伯不知疲倦地四处穿行的情景，如腾云驾雾的战马和武士，至今仍清晰地留存在人们的记忆中。现在人们一看到拴在石桩上的枣红马，脑子里浮上来的第一个念头就是：殷伯又来喝大酒了！

人言“马久不跨，必致羸疲”，其实都是没根据的话。自从殷伯不再四处奔波，枣红马经过一段赋闲的空虚之后，早已经习惯了眼下闲适的生活。它在专卖店前一边耐心地等着殷伯喝完酒出来，一边漫不

经心地看着赶集的行人，神色坦然得如同一个阅尽沧桑的老人。枣红马比过去胖了很多，它不再马鬃飞扬、四蹄腾空地奔驰，而是习惯了慢条斯理地踱步。多少个黄昏时分，它驮着须髯飘飘、醉眼蒙眬的殷伯离开烟虚镇的样子，就是一幅活生生的酒仙醉乘图，与昔日在紫雾中驰骋的英姿形成了鲜明的对照。

那根拴马桩是瘦猴特意为殷伯的马买来的。为了配得上枣红马在烟虚地区的崇高声望，瘦猴跑了很多地方，百里挑一地选下了这根质地上乘、做工精细的拴马桩。有人对桩上那只滚绣球的狮子的造型表示不满，说道："瘦猴，你挑七挑八，挑了个眼花。放着那么多的拴马桩不要，却偏偏选下了这么难看的一个。你看这哪里有狮子的威势，简直就是一只病猫。"瘦猴却笑着道："要威风的狮子到处是，亲切可爱的却就这一只。"在瘦猴眼里，无论是殷伯还是他的枣红马，都如同拴马桩上这只石狮子一样亲切可爱。尤其是曾经让他望而生畏的殷伯，现在却变得与自己亲如一对爷孙。

这种出人意料的变化，都缘于神奇的"烟虚醉"。

六月二十三日的试饮会上，看着对烟虚地区首款烈酒充满好奇的人们，瘦猴兴高采烈地给大家普及饮酒常识、吹嘘烈酒功效，却不意被策马而来的殷伯搅了局。看着高高地骑在马背上、不合时宜地宣讲紫雾危害的殷伯，瘦猴真恨不得在马屁股上猛刺一刀，让它驮着这个可恶的老顽固跑得越远越好。但这也就是内心一时痛快的恶念而已，

打死他也不会有这样的胆量。他后来和殷伯打赌喝酒，也是在气愤不过的情况下壮着胆子才敢说出口的。瘦猴知道殷伯素来对章无为以及与之相关的一切都厌恶鄙视，所以根本没指望殷伯真的会放下身段去喝“烟虚醉”。当殷伯在众人的激将下连饮三大杯并从容地骑马离开后，瘦猴望着他远去的背影，禁不住叫出声来：“幸亏这老汉平日滴酒不沾，否则今天的打赌我赔惨了。”

后来事情的发展却再一次出乎瘦猴的意料：打赌过后没几天，殷府就三天两头差人来店里买酒。鉴于自己的大话已经说出，瘦猴便硬着头皮表示殷伯要的酒全部免费，但殷府的人每次都坚持按价付钱，说这是殷伯一再叮嘱过的。瘦猴长出一口气，便每次都尽量多打一些。这种相安无事的状况持续了一段时间后，却再一次发生了令瘦猴意料不到的变数。

那是八月下旬的一个下午，瘦猴刚打发完几个买酒的客人，却听见店门外响起了一阵马的嘶鸣，随后一个熟悉的声音喊道：“出来个人给我拴马！”瘦猴赶紧出来看时，果然是殷伯！他满脸通红、一身酒气，牵着马缰正四下打量：“怎么连个拴马的地方都寻不见？”瘦猴赶紧接过马缰，从店里喊出一名小伙计出来照料枣红马，自己一边把殷伯往店里让，一边说：“您老今天怎么亲自来了？”殷伯笑道：“看你这话怪气的！喝酒不亲自来，还让别人代劳不成？”

一听殷伯是来喝酒的，瘦猴赶紧让他上二楼坐，殷伯却说：“就在一楼，搬一张桌子过来。”瘦猴按照他的吩咐让店员搬了张小桌、两把

椅子放在店门左侧，打了一壶酒道：“店里没下酒的，我去外面给您买两个下酒菜。”殷伯说：“不用，就地找盘花生就行。”……这天殷伯在店里喝了半斤酒，一盘花生米也就吃了几颗。临走时他说：“算账！”瘦猴说：“算什么账！您能来喝酒我们已经承情不浅了。”殷伯竟也不坚持，摇摇晃晃地出门去了。

从那天开始，殷伯就越来越频繁地来专卖店喝酒。起初瘦猴心里直叫苦：这滴酒不沾的老东西，怎么忽然就成了个整天泡在酒缸里的老酒鬼了？看来他是铁下心让我认赌服输了，这没完没了的，我得搭进去多少钱啊？自觉闯了大祸的瘦猴去保安团找章无为拿主意，章无为一听倒笑了：“你真是猪脑子啊！这么好的宣传，你花多少钱才能办得到啊！他来得越频繁越好，好酒随时伺候。”

时间很快就证明了章无为超凡的远见，忽然从滴酒不沾变得嗜酒如命的殷伯，不但是“烟虚醉”最有说服力的活广告，而且作为过去根本连正眼都懒得看一眼章无为的资深头人，三天两头地到他开的酒店里来喝酒，这不仅是一对老冤家和解的象征，更是烟虚社会正统势力向新生事物低头的标志。更让瘦猴没有想到的是，殷伯开启了一种新的消费模式：受殷伯的影响，越来越多的人喜欢到专卖店来喝上一杯。看到这种趋势，瘦猴马上拆掉了店里的柜台，改成了一长溜的吧台和数张小桌椅。店里也一改只卖酒的老习惯，新添了一些简单的下酒小菜。“烟虚醉”本来就极度畅销，来店里喝的价格自然高出了不少。但

即便这样，生意依然越来越红火，很多时候都是一席难求。在这样的情况下，瘦猴不但每次都给殷伯好菜好酒，而且将窗角那张桌子永久地留给了这位德高望重的老头人。他跑遍旧货市场和附近村寨，特意给枣红马选定了那根他认为最符合它状态的拴马桩。

殷伯从一个执拗倔强、行事严谨、不苟言笑的人忽然变得如此随和任性，众人心里总有些迷惑不解：都说是酒的原因，但“烟虚醉”就算有再大的魔力，也不可能让一个内心如此强大的老人忽然间判若两人。在后来被瘦猴顺势改名为“烟虚酒吧”的原专卖店里，殷伯面对酒客的疑问，笑眯眯地说：“除了酒，没有任何别的原因。”再问，却端起了酒杯：“不说了，给你们说也说不明白，就像我当初给你们说紫雾一样。”殷伯的回答不仅不能消除疑惑，反而让众人更加坚信有什么深层的原因。

尽管众人无法真正了解殷伯行为方式豹变的原因，但他的变化却着实给众人带来了愉悦和安慰。过去那个不是板着脸给人们宣讲三纲五常，就是因一点变化就危言耸听的头人消失了，代之而来的，是一个诸事看淡、飘然若仙的快乐老汉。烟虚人曾说，自从去年开始，夏天里没有蚊子了，但殷伯有关蚊子的唠叨比蚊子的嗡嗡声还让人厌烦。现在多好，殷伯除了喝酒，几乎不问世事。有一次，有人在路上遇到酒后的殷伯，便上前拦住他的枣红马，忧心忡忡地说道：“世人真是有眼不识泰山，没有把您的警告放在心上啊。蚊蝇耗子死光了，他们说是天道除害，瓜果五谷硕大无朋，他们又说是天道酬勤，现在又

频频惊现巨婴，众人居然仍不以为意，对紫雾带来的危害没有半点警觉……”但他话还没有说完，就被殷伯打断了：“警觉该如何，不警觉又如何？”那人张口结舌，不知该如何回答。殷伯见状，双腿一夹马肚，枣红马便慢吞吞地踱着碎步，驮着晃晃悠悠的殷伯向远处走去了。

此人的遭遇传到烟虚百姓耳中，大家又联想起殷伯成为章无为的烟虚酒吧常客的事，不由得一声感叹：“唉，只要快乐，殷伯现在不但与对手和解，甚至变得有些敌友不分了。”不料此话被好事者说给殷伯听后，他说：“我没有和任何人和解，我只是和自己的人生和解了。我开始喝‘烟虚醉’时，它只是我想征服的敌人，但喝着喝着，它成了我的朋友。人生的很多敌人都只是假想的，很多固执都只是无谓的负重，只要看开或放下，就知道以前的庄严有多么滑稽。”

当时殷伯说这些话时，就是在烟虚酒吧里。围坐在殷伯四周的众酒客本来就已经喝得神志迷离，听完殷伯这些云里雾里的话，更觉得酒劲儿上了头，早已经忘了和殷伯对话的初衷，而是纷纷冲瘦猴嚷了起来：“瘦猴，殷伯不用掏钱，你肯定给他的酒里兑水了。否则一个老人家，喝了那么多，怎么反倒比我们清醒？”正说着，外面的枣红马大声地嘶鸣起来。殷伯把杯中的酒喝干，站起来说：“人往往是在醉了的时候，才能说出最清醒的话。”说罢就踉踉跄跄地出门去了。

“枣红马也成精了，喝得好好的，又把殷伯叫走了。”众酒客没有了心思，也纷纷结账散场了。

38

在这个秋高气爽、喜迎丰收的季节里，烟虚大地上一派太平盛世的美好景象。人们尽情地享受着美食、惬意和悠闲，这既是对自己辛苦劳作的犒劳，也是对大地慷慨馈赠的感谢。烟虚镇三日一小集、七日一大集的习惯，在这个季节里早已成为形式。人们有事没事就往镇上跑，去饭馆、酒肆和小摊大快朵颐，去购买心仪已久的某件生活用品，或是混在人流中随意地乱逛。镇街上每天都像逢集一样热闹，面色喜悦的人挤满大街小巷。与往年不同的是，自从“烟虚醉”这款烈酒面世以来，极少见到醉汉的烟虚镇，开始越来越多地出现了步履踉跄、胡言乱语的醉酒者，因此而引发的打架斗殴现象也时有发生。好在烟虚镇有了保安团，这些摩擦和纠纷总会及时得到化解或处理，不至于酿成治安事件。烟虚人看见在镇街上巡逻的治保小分队，无不安心地说：“如果没有保安团，就算没有异族人打上门来，烟虚镇也要被这帮醉汉毁掉了。”

在这个万民齐乐的金秋季节，烟虚酒吧生意出奇地红火。上午镇街上刚刚热闹起来的时候，酒吧里就开始上客，很快就人满为患、一席难求，门口等位的队列越排越长。针对这种情形，瘦猴不但扩招了店员，添加了桌椅，而且在白天客流最多的时候，在店外摆起桌椅和遮阳伞，露天招待应接不暇的酒客。来酒吧消磨时光的客人中，绝大多数是秋收后有钱又有闲、心情喜悦的烟虚人，他们招友引伴，饮酒作乐。而另有一些为数不多的人，则是因为心里有这样那样的苦闷烦忧，来这里花钱买醉、借酒浇愁的。

据瘦猴观察，近一段时间里，后一类人主要来自姜氏部落。他们因为棉花绝收而心情郁闷，来镇上赶集或办事时顺便喝上几杯，一浇心中块垒。而来喝闷酒的另一些人，基本上都是附近孤残人士的亲属。自从前段时间孤残院被强行撤销后，原本被镇上统一照顾、衣食无忧的残疾亲属忽然回到家里，抚养他们多了一笔不小的负担不说，还得抽出专人全天候照顾，否则这些疯癫愚痴的人一不留神就会闯出乱子来。类似的乱子自从孤残人士被遣散后，已经在烟虚不同地区发生了多起。其中最让人扼腕叹息的，莫过于发生在天台部落的痴女杀人案：某靳姓智障女自幼生活在孤残院，被遣散时已经年满二十。据说这姑娘在孤残院时并无暴力倾向，只是性格封闭，不爱说话，只有三岁幼童的智力水平。由于她长相清秀，行为乖巧，所以被父母接回天台部落的家里后，众人不仅毫不排斥和歧视，反而给了她极大的关爱和呵

护。但谁也没有想到，这个看上去单纯无辜、胆小怕事的弱女子，回家不到一个月，居然就干出了槌杀邻居两岁幼童的可怕血案。在惨不忍睹的杀人现场，智障女面对震惊和愤怒的村人，却一脸释然地笑了：“洋娃娃不听话，老是乱跑，我总算让他安静下来了。”后来人们才知道，她在孤残院的每一天，几乎都是抱着自己的布偶度过的，而被遣散的当日，她的布偶不知遗落到了何处……“唉，生活里凭空多了这样朝夕为伴的人，放在谁身上，都难免烦得要死。”瘦猴非常理解这些抽空来喝酒的孤残家属的苦衷，所以总是对他们悉心伺候，格外照顾。

在这些前来买醉的苦命人中，瘦猴永远不会想到，渐渐成了酒吧常客的白雅寰，日后会成为改变烟虚社会风气的一个话题人物。

瘦猴第一次与白雅寰见面大概是在九月中旬。随着酒吧生意的日渐红火，作为这一消费模式开创人的殷伯，来的次数却开始越来越少了。有一次瘦猴问其缘故，殷伯说：“来这里的人，越来越多都不是单纯的酒客了。”尽管殷伯来的次数少了，但靠窗那张小桌子瘦猴还是一直为他留着，即便在营业高峰期也不例外。九月中旬的一天上午，烟虚酒吧刚开始上客，店内和露天的空位子到处都是，瘦猴却在一转身的工夫，看见写着殷伯专座的那张桌子上，落座了一位发髻精致、身披纱袍的女客。店里本来就极少见单独女酒客，而在着衣多为淡色的九月天，那一袭黑袍更是惹人注目。瘦猴赶紧上前道：“抱歉，这是专座。桌子有的是，请您换一张。”那女子抬起头来，却说：“不是殷伯

专座我还不坐呢，我就是等他来说话。”瘦猴不明就里地说：“殷伯最近不常来，难道您和他约好了？”女子说：“不来我更有理由坐这里了。给我上半斤酒，一碟花生，两只卤蛋。”见瘦猴还在愣怔，女子细眉一挑，杏目圆睁：“还要啰唆吗？快去上酒，老娘烦着呢。”

这是一个让人印象非常深刻的初见，瘦猴事后不得不承认，自己之所以没有再多嘴，任其在店内空位很多的情况下，大剌剌地坐在殷伯专座上喝酒，是因为她是一个美得惊人的女人。美人怒目圆睁、行为霸道的样子，在男人心中引起的不是惧怕，而是七分好奇、三分不忍。瘦猴甚至还主动白饶了她一碟水晶肉冻，不料却被她拒绝了：“别套近乎，明码标价的规矩，经常就是因为人情被毁了。”瘦猴只好编了个谎话骗她：“不是独独给你，第一次来的客人都送，这是店里的规矩。”

从那天以后，这个女人越来越频繁地来烟虚酒吧喝酒，有时一个人，有时和三两个同样年纪的女人结伴而来。刚开始时，瘦猴搞不清这个女酒客到底是属于喝酒取乐的，还是借酒浇愁的。她有时兴高采烈，豪饮不醉，并和上前搭讪的男人打情骂俏、拨雨撩云，看上去一副任性快乐的样子。但有时却愁容满面，几杯酒刚下肚，不是久久伏桌不语，就是嘤嘤地哭出声来。有时有认识或不认识的男人试图上前探问或劝慰，都被她劈头盖脸地骂走了……来的次数多了，瘦猴也就从别人那里知道了女人的底细：她叫白雅寰，也属于孤残者家属，是

因为心里苦闷才渐渐迷上喝酒的。但她与那些因孤残院撤销而无奈接人回家的家属有所不同，她遵从父母之命嫁给北关一黄姓智障青年，自结婚之日起就和丈夫一起生活在黄家，只是每月去孤残院领取丈夫不菲的孤残金。孤残院的撤销，改变的不是白雅寰的生活方式，而是失去孤残金之后的生活状态。原本公公婆婆在烟虚镇槐树巷开有一家服装店，加上儿子的孤残金，日子过得谈不上富贵，但绝对温饱有余。这样平静的日子却在今年被彻底打碎了：孤残院解散，所有在册者的孤残金一律取消，家里的收入一下子少了一半。更倒霉的是，今年姜氏部落棉花绝收，服装批发价格一涨再涨，公婆的小店最终竟然因为没钱进货而倒闭了。一家人整天在家里为钱的事口角不断，心烦意乱的白雅寰便频频跑到镇上来喝酒解闷……“怪不得！”得知白雅寰身世后，瘦猴忍不住感叹道，“怪不得和她同来的女人一个比一个漂亮，原来都是那批嫁给疯子傻子的烟虚美女啊！真是风水轮流转，当初谁能想到她们会有今天啊！”

有关白雅寰的传闻很快就成了酒客们最热议的话题。这些男人在酒酣耳热之余，总是神情狎亵、绘声绘色地交流有关这个女人的故事，尤其是那些能让人兴奋异常、酒兴大增的讳秘之事。其中最让他们津津乐道的，莫过于白雅寰是否还是黄花闺女。因为有人信誓旦旦地说，他有一次和白雅寰凑在一起喝酒，酒至半酣的白雅寰谈及自己的婚姻，一声苦叹道：“恨我爹妈穷，为贪彩礼将我嫁给一个傻子。结婚四年，

他像个三岁幼儿，根本不懂人事。”由此推断她从未与丈夫行过云雨之事，至今依然是处子之身。而另一派则对此嗤之以鼻地说，看看白雅寰那副骚相，能是个守得了妇道的人吗？就算她和傻子丈夫没有行过周公之礼，背地里不知跟多少野男人有过龌龊之举了。其实这样的争论并不是为了达成共识，而只是佐酒的乐趣，所以似乎永远没有结束的时候。镇上有些尚未婚配的年轻男人，过去就对烟虚大地上“好白菜都让猪啃了”这一现象恨之入骨，现在看到白雅寰这样的处境，不但毫无怜香惜玉之心，反倒背地里使坏，相互打赌看谁先能勾搭上这个勾魂摄魄的美人。

九月底的一天晚上，白雅寰又独自来酒吧喝酒。她看上去闷闷不乐，在门口一张桌子落座后，还没来得及叫酒，旁边几个已经喝得五迷三道的男青年起哄道：“白姑娘，过来和我们一起喝吧，一个人多寂寞啊。”

白雅寰瞥了他们一眼，一脸鄙夷地说：“又打赌谁能先睡了我是吧？赌注下到多少银子了？”

几个男人谁也没有想到她会说出这样的话来，他们的私密一下子被戳中，一时面面相觑，瞠目结舌。

“整天嘀嘀咕咕的，瞧你们那点出息！打什么赌呀，公开拍卖多好，谁出得多我就跟谁睡呗。拍卖怎么了？连烟虚镇官地都能拍卖，还有什么不能拍卖的？”白雅寰说完，向柜台旁的瘦猴招了招

手，“过来点菜。”

瘦猴也被惊呆了。在他的记忆中，烟虚镇从古至今，从来没有哪个女人敢说出这样石破天惊的话来。他看见白雅寰又朝自己猛地招了一下手，这才慌慌张张地跑了过去。

刚才还喧闹不堪的酒吧此时静得吓人，仿佛一根针掉在地上的声音都能听得清清楚楚。

39

章有志折腾累了以后，终于睡着了。半斤看着他像个婴儿般香甜安然的睡相，轻轻地叹了口气，走到了外面的客厅里。

章疑正站在餐桌旁，把砂锅里的药汁往碗里控着。他抬头看看老婆，心疼地问：“你的腿刚好点，这样下去吃得消吗？”

“没有什么吃不消的，”半斤苦笑了一下，在章疑身边坐下来，“要是被逼到了份儿上，死人从棺材里坐起来都不是怪事。”

“我最近老在想，一切怕真的都是定数。要不是姜执贤带来的那个游仙，家里现在这种状况，我怕只有带着傻儿子一起跳灵龟河了。”

“我给你说我死不了嘛，罪还没受完，就想寻解脱？”半斤端起那只药碗，未喝先叹了口气，“唉，我是他娘，受多大的罪都没什么，问题是我死了以后，有志没人照顾，该怎么活下去啊。”

章疑一听，几乎是条件反射地愤怒起来：“全托老大那个孽障的福啊！他要不是我儿子，我一定会亲手杀了他，为民除害。”

半斤一听，立即心力交瘁地摆摆手："求你别再这样了。要是本来就没有孤残院，老二我们就不养了吗？我们早晚都得死，老二还得靠他哥呢。"

章疑本来还想说"那货不是儿子，是转世来逼债的鬼，你居然指望他"，但看到老婆疲倦的眼神，话到嘴边却咽了回去。他伺候老婆喝完汤药后回卧室睡下，自己回到地下室里，开始埋头于那些散发着岁月陈香的故纸堆中。自从小儿子从孤残院被遣返回家后，只有晚上这段时间，章疑才能静下心来，继续自己的考古研究。而白天的大多数时间里，他都是坐在紧闭的大门旁，提防在院子里不停疾走的儿子一不留神跑出去。这种情况自从儿子回家后，已经发生过两次了。每次章有志走失，都让两口子费尽了周折。半斤无可奈何，只好在自己忙于做饭、打扫卫生等家务时，让章疑搬一把椅子坐在大门处，严防儿子再次从他们的视线中消失。每逢此时，整夜殚精竭虑于浩繁卷帙的章疑坐在椅子上，昏昏欲睡却又必须强打精神。他望着绕着那堆洪水垃圾一圈圈疾走的儿子，就像面对着一道根本无解的考古难题。洋溢在智障儿脸上那发自肺腑的喜悦，他疾走时永远不知疲倦的无穷精力，都让章疑明知无解却又充满探究的好奇。身心俱疲的状态，让他有时会对这个自己一向偏袒的儿子产生放弃的念头。就在第二次章有志从家里走失后，章疑和老婆发动了许多亲友四处寻找。当后来有人跑来告诉他，儿子已经在灵龟河边被找到时，浮上他脑海的第一个念头是：

终于解脱了。当得知儿子完好如初时，他心里居然有一丝淡淡的失望……但看着走得筋疲力尽的老婆如释重负、欢天喜地的样子，章疑内心充满了罪恶感。

眼下章疑对自己沉溺其中的考古项目的态度，与对儿子的态度一样不光又爱又恨，也同样充满了放弃的欲望。但他不能放弃，就如同儿子不能真的放弃一样。

这个考古项目就是对所谓异族人与烟虚地区渊源的探究。给自己出下这道难题，对章疑而言，已经完全背离了自己过去考古纯粹是出于兴趣和治学的目的，而带有非常强烈而明确的指向性：那就是戳穿儿子章无为利用传言为烟虚人布下的弥天骗局，让人们看清这个得志小人的勃勃野心。章疑心里比谁都明白，这种预设了结论的研究从一开始就难免偏颇，很难保证论据客观和逻辑严谨，但他却无法说服自己住手，而是一意孤行地一头扎了进去。他觉得自己不再是一个关在书斋里翻弄书本的老学究，而是一个披挂上阵的斗士，一个义无反顾的猎手。而他要面对的敌人或猎物，就是自己的亲儿子，已经变得越来越强大和凶险的章无为！

事实证明章疑的选择纯粹是自讨苦吃。异族人本身就是一个模糊不清的概念，而有关他们的传闻也无一能落到实处。章疑唯一能做的，就是从那些完全陌生的文字入手，从自己所藏古董旧物和浩如烟海的资料中，找到可能的关联，试图拼凑出一个大致的脉络。为此他三次

冒着酷暑去妙见峰，仔细查看神奇出现的木塔和雕塑上的所有文字和图案。木塔在紫雾期间就已经被章无为列为军事禁地，不但作为瞭望台一直有士兵驻守，而且周边有许多设置的陷阱，民众早已无法像过去那样到此一游。不知情的士兵们是看在章无为的面子上，才破例允许章疑出入随便的。但章疑第四次爬上妙见峰时，却在入口处就被士兵拦住了去路："事不过三，您请回吧。"章疑没有说一句话，转身就走。因为他心里明白，这是自己那个不肖之子交代的，自己说任何话都是白费口舌。

无论是过去所收藏的古董、灵龟河洪水中别人送上门的漂浮物还是古书和资料，章疑都从中发现了那种由曲里拐弯的字符组成的文字。他甚至在那几块界碑周围的花纹之间，也发现了类似的文字。但对章疑而言，这些意义不明的文字不但无法引领他通向异族人的神秘世界，反而是阻挡他进入的巨大障碍。他只能在与之关联的图画上寻找突破口。除了残存在洪水漂流物和章疑所存古籍旧物上的图画图案，木塔内部的壁画无疑是最丰富、最集中的。通过对这些图画的比较，章疑虽然获取了某些有关这个族裔宗教仪式、风俗习惯、生活场景等的零星信息，但依然无法对他们有一个相对完整的了解。其实诸如这是一个居所不定的流浪民族、擅长制造探知天象地理的精密仪器、与人为善讨厌战争、具有独特的文化和文字等结论，都是章疑在研究加推测的基础上获得的，现有的证据根本无法对其形成有力支撑……在一个

个炎热难熬的夜晚，章疑在地下室呕心沥血地考证思索，却总是无法找到足以让民众对所谓的异族人一目了然的论证方式。地下室的油灯彻夜亮着，每当章疑添加灯油的时候，都会看见木桌上到处是自己脱落的头发。

“我真的苦命啊！”他禁不住一声长叹道，“缘木求鱼，煎水作冰，我就算是想秃了脑袋，也不可能给这根本无解的难题找到答案。”

就在章疑屡屡欲放弃而心有不甘、想坚持而又毫无出路的时候，与儿子章无为的一次见面，却让事情获得了意外的转机。

九月底的一天下午，虽然天上一直在下毛毛细雨，可儿子章有志却还是怎么劝说也没用，冒雨一圈一圈地在院子里疾走着。因为下雨，这两天老婆的腿疼病又有些反复，一直是由章疑照看儿子。此刻，他坐在屋子门口，想着异族人的事，心里烦闷不堪。正在这时，外面传来了一阵敲门声。章疑过去打开院门看时，没想到站在雨里的，竟然是久未回家的儿子章无为。他没有穿制服，而是一身平民打扮，戴着斗笠，披着蓑衣。

“你！你……”章疑的意外很快就被惯性化的愤怒取代，他疾言厉色道，“你回来干什么，你还知道有这个家啊？”

章无为并没有像过去那样针锋相对，反而一脸和颜悦色的表情。他扬了扬手中的袋子，里面发出一阵清脆的银子的撞击声。章无为说：“您不食人间烟火，我给我妈送点银子。”说罢就从章疑身边走开，朝

屋子里走去。正在院子里疾走的章有志看到章无为，冷不丁大笑了起来，指着他说道："疯子！哈哈，疯子，疯子！"章无为被吓了一跳，他望着满脸雨水、神情快乐地冲着自己大叫的弟弟，感到尊严受到了挑衅却又不好发作，沉着脸走进了屋子。

章无为不像过去那样针尖对麦芒，而是表现出一副不与弱者计较的宽容大度，这让章疑的怒火被彻底点燃了。他虽然知道老婆最怕的就是他们父子不睦，但他犹豫片刻，还是紧随其后进了屋子。他带着明显找碴的口吻质问道："妙见峰钟楼遗址是公共场所，谁给你的权力禁止别人入内？"

"我的权力还需要别人给吗？"章无为反问道。他又恢复了志得意满的样子，仿佛章疑越愤怒，反倒让他显得越平静。

章无为的平静在章疑看来，完全是一种赤裸裸的轻蔑。他像一个曾对猎物志在必得的猎人，忽然遭到了来自猎物的嘲笑却束手无策。章疑重重地哼了一声，却不知道接下来该说什么。

"您就别跟我叫板了，"章无为见状笑了起来，"连殷伯都成了我酒吧里的常客，烟虚还有谁真正有能力和我对抗？"

看着儿子那副小人得志的样子，章疑觉得自己浑身的肉都颤抖起来。他又重重地哼了一声，忽然间人生的第一句瞎话就脱口而出："哼！你以为烟虚人脑子里装的都是屎吗？你不就是靠着异族人的谎言欺骗大众吗？我手上刚完成的异族人考据要是一公布，保安团还会有

存在的必要吗？即便你不解散，各地也会有与你对抗的武装冒出来，到时你万劫不复，能落个全尸都算是造化了。”

章无为显然没有料到老子会说出这样的话来。尽管他一脸狐疑之色，但刚才的扬扬自得明显收敛了许多。这给了章疑莫大的鼓励，他滔滔不绝地说了许多让章无为如听天书般的专业词汇，说出了诸如异族人种归属、宗教文化、生活方式、性格特征等结论，一一分析了烟虚各项传闻的以讹传讹以及章无为对公众的欺骗……章无为的脸色渐渐变得阴沉起来，还没有等章疑说完，也没有进卧室跟母亲说句话，把那包银子放在桌上就出门去了。

章无为的落荒而逃让章疑感受到了难以名状的喜悦。他刚长舒一口气，却忽然想起院子中没人看管的傻儿子。他匆忙跑出屋看时，小雨不知何时已经停了，章有志依然满脸喜悦地围着那堆洪水垃圾在不断地疾走着。

40

秋天本来是烟虚大地色彩最丰富、景色最美丽的季节，但今年的秋天却显得有些异样。或许是过于肥厚结实的缘故，今年树木的叶子到了九月底，依然既没有变黄变红，也没有掉落的迹象，四处仍然像盛夏一般，满眼都是葱葱郁郁的绿色。“莫不是一场紫雾，要让烟虚变成四季常青之地吧。”就在烟虚人为这种异象感到惊讶的时候，十月初的一场大风，几乎在一夜之间就吹光了所有树木上的叶子。烟虚大地和四周的群山，像被忽然间拔光了彩羽的锦鸡一样，变得丑陋、贫瘠和黯然无光。那些肥厚的树叶落在地上，像腐烂的果子一样稀烂黏软，散发出一种难闻的气味。不知道是不是因为叶子过分生长而吸光了树木的营养，落光了叶子的枝干看上去纤细脆弱，仿佛一碰就会断掉。人们看到这样的情景，忍不住又隐隐担心起来：这样枯萎虚弱的树木，到明年春天还能重新发芽吗？

一场大风让气温骤降了下来，冬天的寒意已经明显可感。在这个

季节里，曾经甚嚣尘上的关于异族人会随时来烟虚抢夺粮食的传闻，已经渐渐被另外两个更为切近也更为可怕的传闻冲淡。这两个传闻一个是关于烟虚人粮食的，另一个则是关于烟虚人后代的。

不管是不是紫雾的恩惠，烟虚大地连续两年大获丰收是不争的事实，加上害虫死光、老鼠灭绝，存放在仓里的粮食再也不用担心损耗。仓里有粮，心里不慌，烟虚人觉得即便遭遇一场颗粒无收的灾年，也不会为粮食的事担惊受怕。关于粮食出了问题的事，最开始是从位于荒滩的酒厂里传开的。由于盛传酒厂收购粮食的价格高于市场，而且越来越炙手可热、很难入手的“烟虚醉”可在酒厂直接用粮食兑换，所以越来越多的人不畏路途遥远，将粮食马驮车载地运到荒滩去卖或换酒。但很快就有一个消息传开，说酒厂不要近两年的新粮，只收陈粮。开始时众人并不懂其中的奥秘，只以为这是酿酒技术上的要求，所以为此颇感欣喜：“放着这两年又大又好的新粮不要，偏偏高价收购旧年陈粮，天下竟有这样的好事！”人们纷纷把仓里的陈粮倒腾出来运往酒厂，甚至连价都懒得还，一个比一个慷慨大方。但不久就有消息在卖粮人之间流传：酒厂不收新粮，并不是因为陈粮好，而是新粮有问题。据说新粮虽然看上去又大又好，但却质地粗疏，出酒不足陈粮的七成。尽管酒厂负责收粮的人否认此说，尽管很多人觉得这不过是别有用心的谣传，但市场上新粮的价格却应声而落，也开始明显低于陈粮。满心疑惑的人们上到自家的仓楼上，反复比较陈粮和新粮的区别，

也不知道是心理原因还是事实确实如此，总觉得新粮就是不如陈粮的颗粒瓷实。尤其是去年的粮食，似乎用手指一搓就碎……真真假假的各种消息四处流传，让本来坦然自信的烟虚人不免也开始担心起粮食的问题来。大家忧心忡忡地说："如果新粮真的中看不中用，等不到异族人来抢，我们自己恐怕就闹粮荒了。"

另一个传闻则是关于巨婴的。烟虚地区第一例巨婴是于何时在何地出现的，没有人知道。它作为一种现象被人们关注到，则是在这个夏天。那时正是百花姹紫嫣红、万物竞相生长的季节，一切都充满了蓬勃旺盛的生命力。各地陆续有巨婴出生的消息，就是在那段时间里开始流传并为人们所关注的。但那时巨婴现象并没有引发人们的惶恐情绪，一是因为在那个季节里，一切新生之物都呈现出一种令人感到神奇的硕大和饱满，所以接二连三降生的巨婴，便被人们自然而然地归入了这类神奇现象之中。二是新生巨婴虽然体型比普通婴儿明显偏大，但各项发育指标正常，精神饱满，啼声洪亮，没有任何异常发生。人们不但很快接受了巨婴现象，甚至暗自憧憬通过一代又一代的进化，烟虚人将真的成为神话传说中力可拔山的盖世巨人。而巨婴之所以引发人们的惶恐，缘于发生在广宗部落一个巨婴身上匪夷所思的怪事。

这个巨婴就是殷伯堂弟的长孙，生于今年七月初。虽然这个夏天里有关巨婴的传闻已经见多不怪，但由于他是广宗部落出生的第一个

巨婴，加之是头人堂弟家的后人，所以还是备受关注。为了打消人们在背地里指指点点的议论，巨婴的爷爷特意将那段时间一直闭门不出的殷伯请了出来，热热闹闹地办了场盛大的满月宴。这孩子刚出生时，一切发育正常，吃得饱，睡得香，眼睛有神，啼声洪亮，让一家人莫不欢天喜地。但当孩子长到两个多月的时候，他的胃口似乎出了问题，变得越来越厌食。原本为了多产乳汁而天天熬着喝鲫鱼汤的母亲，发现即便停止催乳，每天的奶水也喝不完而胀得胸疼。开始时，因为巨婴虽然食量大减，但似乎并没有影响健康，所以家人并没有太在意。但随着巨婴越来越厌食，他的体重非但不减，反而比过去更快地增加起来。这个反常的现象让家人开始害怕起来，他们找遍了附近的土医，用遍了找来的偏方，却都无济于事。巨婴依然在极度厌食的情况下，以令人无法相信的速度成长着。惶恐不安的孩子爷爷带上干粮，骑马出门，千辛万苦才找到四处游走行医的独手侠，却被他断然拒绝了上门看病的请求："你请回吧！上门也是白搭，这不是我能看的病。"

这种古怪的厌食症普遍存在于巨婴身上的消息，迅速传遍了烟虚大地，并很快就与正到处议论纷纷的有关新粮的话题联系在了一起：新粮看上去又大又好，但却质地粗疏，鱼质龙文，新生婴儿恐怕也是徒有其表，中看不中用。人们几乎同时想起了那些巨大的鲜花和果实，想起了刚过去的那个一切都在疯狂生长的季节，自然而然地就将这一

切与至今仍像谜团一样的紫雾联系在了一起。“哎呀，可能还是殷伯看得远！”人们拍着腿惊叫了起来，“你想想，地还是原来的地，土还是原来的土，又没有多上一把肥，怎么可能一下子就长出那么多、那么大的果实和庄稼来？就像这些娃娃，不吃不喝却长得飞快，难道靠的是吸风屙屁？”当初殷伯骑着那匹枣红马穿街过巷地到处宣讲他对蚊蝇、蜈蚣、老鼠等百虫俱死的忧虑，对果物菜蔬离奇硕大的质疑，对蘑菇、银耳等山珍忽然含毒的猜测，人们皆冷脸相对、嗤之以鼻，此刻却都想了起来。他们经常聚在烟虚酒吧等待殷伯现身或找上殷府，但都无缘再见到这个昔日众人唯恐躲之不及的老人。就连广宗部落的人去找殷伯商量要事，也同样遭到了家仆的隔门打发：“殷伯在喝酒，概不见客。”族里有些人开始对此不满起来，抱怨他作为一个头人，岂能整日枕曲藉糟、无思无虑。话传到殷伯耳中，下次再有人登门求见时，家仆干脆传出话来：“即日起殷伯已经卸任头人一职，请另选高明。”

初冬里有关粮食和巨婴的传言，让人们一时淡忘了像悬在头顶的一把利剑的有关异族人的威胁，而陷入了对烟虚人未来强烈的忧虑之中。面对这种注定没有解决之道的忧患，烟虚人选择了两种排解压力的途径：向神明祈祷以禳灾除祸，或者沉溺酒精以自我麻痹或苦中作乐。这一段时间里，烟虚镇最热闹的地方自然是正坤神殿和烟虚酒吧。两处性质云泥之别的场所，却殊途同归地同时达到了高潮状态。

看到“烟虚醉”因供不应求而价格节节攀升，来酒吧的客人更是天天爆满。瘦猴特意去团部见了幕后老板章无为，提出扩大酒厂规模和增开酒吧分店的建议。不料章无为听后不置可否，却问他道：“下棋走一步看一步是庸人，走一步算三步是常人，走一步定十步才是智人。你说说你是什么人。”瘦猴说：“我不会下棋，但跟您比我是庸人，跟庸人比我算得上是智人。”章无为听后笑了：“我没看走眼，你确实是个聪明人。但今天这步棋，看得还太短浅。”看瘦猴一脸狐疑，他又说道：“要维持原状的理由有三：一是扩大产量必导致价格下落；二是阿吾所言不虚，酒这东西对社会弊大于利，不能全民滥饮；三是烟虚天象不明，所购陈粮需囤积待用，不可悉数用于酿酒。”瘦猴听完，思忖半晌，拊掌赞叹道：“烟虚这盘大棋，尽在您的运筹帷幄之中啊。”

瘦猴果然不愧是章无为欣赏并信赖的聪明人，他将精力放在了酒水质量的提高和酒吧经营模式的翻新上。女酒客白雅寰所说的“拍卖初夜”的话，本来是她与几个打坏主意的无良青年之间的戏谑之言，却在瘦猴的斡旋下弄假成真了。不过十月底在酒吧二楼秘密进行的初夜拍卖会，参加者并非那几个注定吃不了天鹅肉的癞蛤蟆，而是烟虚地区几个有名的富人。有关拍卖会的细节在民间传得神乎其神，每一条都能颠覆烟虚人延续了数百年的传统观念。每逢有酒客向瘦猴进行求证时，他总是笑着反问道：“江湖传言你也敢信？白雅寰那么一个烈

女子，你想那样的事她能从吗？”

人们无法得知详情，但女酒客白雅寰自此不在一楼喝酒了，也许是天冷了的缘故。她和一些打扮得靓丽脱俗的姐妹，一来酒吧就去了二楼。而酒吧的经营形式也发生了变化，二楼不再接待散客，而成了所谓举行重大商务谈判、需要提前预约的场所。

天气越来越冷了。入冬以来，大部分时间天空都被铅灰色的乌云笼罩着，似乎就是为了迎合烟虚人压抑沉重的心情。在这个季节里，姜执贤觉得自己像一盆烧得已经乏力的炭火，如果不能及时续上新的木炭，随时都有可能在一缕白烟中熄灭。他总是感到浑身发冷，即便早早地穿起了厚厚的狐皮大氅，依然总是手脚冰凉。

“别这么不死不活的了，赶紧下一场大雪吧。”姜执贤望着天空低沉的乌云，总是盼望着下一场大雪，大到封山封路，人的一切活动都只能被迫停止。那样他就可以心安理得地待在家里烤火喝茶，不用像现在这样跑断一双老腿了。

今年棉花绝收的无妄之灾，让姜氏部落遭受了从未有过的重创。姜执贤根本没有料到，富甲一方的故乡居然会如此不堪一击。由于受粮食危机传言的影响，烟虚地区不光粮价大涨，而且种粮户开始囤粮不售，这几乎断了向来靠买粮度日的姜姓人的后路。由于烟虚地区向

来风调雨顺，市场上粮食供应充足，姜氏部落养成了缺米买米、缺面买面的生活习惯，很少有人大量囤积粮食。市场上粮食的突然紧缺，势必给他们的生活带来极大的不便。何况今年棉花绝收，姜姓人腰包瘪了不少，也不可能再像过去那样财大气粗地以离谱的高价抢购稀缺之物了。受灾前期，作为头人的姜执贤，担心的还是筹建姜氏宗祠所需资金、恢复企业生产之类的大事，到后来，诸如东家缺粮、西家断炊之类琐碎而紧迫的事越来越多，他整天不是和族长们愁眉苦脸地聚在一起商讨对策，就是到处奔走，求爷爷告奶奶地去见其他地方的头人，希望他们看在姜氏部落多年来对烟虚公益事业慷慨捐助的分上，在资金和粮食上给予支援，让姜姓人顺利度过灾年。

没完没了的忙碌奔波，加上焦虑、苦闷和急火攻心，从八月底开始，姜执贤就隐隐觉得自己一向硬朗的身体出了问题。刚开始时，遇到不顺心的事或棘手的问题，他总觉得一口气憋在胸口，怎么往外呼都呼不干净，总是有一团闷气残留在体内。到后来这些闷气似乎越积越多，自己浑身的血脉都变得瘀滞不畅起来。有时候遇到特别窝火的事，姜执贤甚至觉得自己的右半个身子瞬间失去了知觉，就仿佛树木枯死的枝干一样。

十一月初的一天，姜执贤又去了一趟广宗部落。在这之前，他已经去找过殷伯多次了，但却连殷府的门都没能踏入。去找殷伯，当然是为了协调广宗部落支援姜氏部落的事宜。但除此之外，姜执贤对这

个突然抛却一切羁绊、沉溺饮酒之乐的头人充满了好奇，真心想和他好好聊聊，看看到底是什么原因让他发生了如此判若两人的变化。但每次去，姜执贤都无一例外地吃了闭门羹。殷府的门房软硬不吃，不管姜执贤说什么，都只是笑眯眯地说一句话：“主人说了，谁都不见。”有一次姜执贤特意带了一坛上好的“烟虚醉”原浆，门房收下了酒，依然笑眯眯地说：“您回吧，主人说了，谁都不见。”当场气得姜执贤杀人的心都有了。

天空阴沉，乌云低垂，冬天的原野满目荒凉。姜执贤紧裹皮衣，向广宗部落的方向策马而行。胯下那匹黑马虽然在长期超负荷的奔波中累得马瘦毛长，但一直奋力扬蹄地奔跑着，仿佛对主人的焦虑心领神会。前不久召开的关于协调粮食价格的头人会上，广宗部落派人向大会请假，说殷伯执意辞任头人一职，而新头人尚在酝酿选举之中，所以广宗部落代表缺席本次会议。作为烟虚产粮大户的广宗部落，是姜姓人获得粮食支援的最大希望。姜执贤此行目的，就是想提前拜会新任头人，建立良好的个人关系，以解姜姓人的燃眉之急。

姜执贤到了广宗部落时，已经是午饭时分了。广宗部落大街小巷到处炊烟四起，飘荡着诱人的饭菜的香味。姜执贤径直去了东街中段南侧的殷三槐家，他是自己在此地除殷伯外唯一的熟人。姜执贤谢绝了殷三槐一起吃饭的热情邀请，询问新头人选定了谁，不料殷三槐说：“新头人还是殷伯！”看到姜执贤一脸莫名其妙，殷三槐解释说，殷伯

宣布辞职后，各系族长就新头人人选一事开了多次会，但都无法达成统一。议来论去，大家觉得唯有殷伯能孚众望，即便他不理政务，只挂个名头也是广宗部落的招牌，于是决定头人依然由殷伯来当，遇事时则由各族长协商处理。殷三槐说："其实有没有头人无妨大事，大家该吃吃，该喝喝，日子不是照样过得安安稳稳嘛。"姜执贤没有多言，情绪低落地告辞离开了。

殷府的朱漆大门依然紧闭着，门前有几个小儿在冬阳下玩耍。又冷又饿的姜执贤骑在马背上，这样的一幅画面浮上他的脑海：炉火正旺、温暖舒适的屋内，须髯飘飘的殷伯吃着精致的小菜，喝着烫好的美酒，此刻已经进入微醺的状态，他眼睛半闭，嘴角微翘，一副安逸自得的样子……"这有什么好羡慕的？如果你愿意，不是也能天天都过这样的日子吗？"姜执贤恼怒地在内心里不断质问自己。但这无济于事，不知道是对殷伯、对自己还是对这个乱世的愤怒，让他感到一阵阵胸闷。他大口地呼吸，试图把这口闷气吐出去。但一切都是徒劳，姜执贤觉得整个身子渐渐变得麻痹起来。他回头又看了一眼殷府，只见那扇朱门变成了一片血色，正在自己的视野里快速地弥漫开来……

姜执贤是在马儿的嘶鸣声中恢复意识的。他环顾四周，发现自己躺在一个陌生的房间里。不知是阴天之故还是时在黄昏，墙壁上的小窗里透进来一缕暗弱的光线。马儿又在屋外嘶鸣了一声。毋庸置疑，那是与自己形影不离的黑马。姜执贤想起自己失去意识时的情景，心

想这必是殷伯的家无疑，一定是自己从马上摔下来后，有人通报与他，他才开恩将自己救助回家的。但令姜执贤没有想到的是，随着吱的一声门被推开，走进屋里来的竟然是老游仙荀广印！

“你总算醒了！”荀广印说，“黑马不行了，我已准备好毒药。”

“荀游仙？怎么是你！我这是在哪里啊？”姜执贤惊诧万分地问。

“还能是哪里？我的草庵啊。”荀广印说，“快点起来！黑马太痛苦了，而它的生死只能由你决定。”

姜执贤一头雾水地随荀游仙出了屋子，这才发现自己果然不知何时到了他在断肠崖上的老窝。四周悬崖峭壁间云雾缭绕，如在幻境。黑马倒卧在屋前的空地上，浑身是血，尤其右边半个马脸缺失了一大块，血肉模糊。黑马看见主人，前蹄无力地在空中刨了两下，又发出一声不知是痛苦还是欣慰的嘶鸣。

“送它上路吧，救不活了。”荀广印将一个葫芦递给他，“这是用断肠崖上的断肠草熬的汤，灌下去片刻就能让它解脱。”

姜执贤接过葫芦，却看见黑马仅剩的一只左眼里流下了一串泪水。他蹲下去，左手抚摸着马脖，端药的右手却颤抖得举不到马儿嘴边。荀广印说：“你要真怜惜它，就不会有今天。”姜执贤听罢，心都跟着颤抖起来，他猛地将葫芦塞进马嘴里，把里面的毒汁全部灌了进去。黑马抽搐了几下，鼻子里喷出最后一股热气后，很快就气绝身亡了。荀广印拿过空葫芦，拍拍姜执贤的肩头：“马的事解决完毕，该轮

到你了。”

从荀广印的嘴里，姜执贤得知了一件令人无法相信的事：昨天深夜，熟睡中的荀广印忽然被一阵马嘶声惊醒，提着油灯出门一看，居然是黑马和姜执贤双双倒在自己位于断肠崖的草庵的门前。一个浑身是伤，奄奄一息，一个浑身冰凉，昏迷不醒。尤其是黑马的状况更让人揪心，它两只前腿骨折，马头不知是碰撞所致还是遭遇了野兽，右脸缺失，血肉模糊……

“上次你送我回来时，黑马只来过一次，这么复杂难走的路，它居然记得住。”荀广印感慨地说。

“真通人性啊，它怎么就知道你能救我？”姜执贤喃喃自语地说。他想象着黑马在崎岖的山路上驮着昏死的自己艰难跋涉的样子，眼睛变得湿润起来。

荀广印闻言却说：“马是好马，办的事却未必是好事。”

姜执贤想起什么似的说：“对了，你说马的事办完了，该轮到我了。我是得了绝症，也救不活了吗？”

荀广印说：“死活不是绝对的，因人而异，就看你怎么看待了。”

“我是俗人，游仙别绕弯子了，告诉我实情，我看得开。”姜执贤嘴里这样说，但心里一阵悲凉：游仙能这样说，看来情况不妙，我大概来日无多了。

荀广印说了一通“血得温而行，得寒则凝”之类关于气血运行的

道理，解释姜执贤总感到寒冷和身体有时会变得麻痹的原因。姜执贤似懂非懂，便干脆问他有的治还是没的治。荀广印说：“这已经是沉疴积弊。庸医惯用猛药，虽血瘀可化，但会伤及精元。常用药只会缓解症状，你性情执拗，焦虑时仍可能复发。如何选择，悉听尊便，我不做建议。”姜执贤说：“就是说，用猛药能保长命，但会神情萎靡甚至变得痴傻。而不用猛药，说不定哪天情绪一激动，说死就死了。是这意思吧？”荀广印点点头：“差不多吧。”

姜执贤又问：“游仙真的不给我点建议？”

荀广印说：“有的人选择数量，而有的人选择质量。对选择质量的人来说，没有质量的数量都是死亡。”

“我现在真的有些懂您了，”姜执贤思忖良久，才决然道，“要是选择苟且活着，估计黑马也不会拼死把我驮到断肠崖的。”

42

十一月二十八日，是许多烟虚人期待已久的一个大日子。因为这一天是正坤大神的诞生日。

自从正坤大神的祭坛从杂货店迁入新落成的正坤神殿之后，由于地方比原来宽敞了许多，各类祭祀器物用具也日趋丰富和完备，信众日益增多。神殿原本只占烟虚医馆的三分之一，但由于医馆基本闲置，加上来神殿烧香祈祷的人络绎不绝，整个医馆似乎都变成了神殿的附属设施。神殿原本无人看守，整理、扫尘之类的事务，都靠信众们志愿而为。神殿大门永远敞开，人们出进自由，长明烛、线香随意取用，功德钱全凭自觉。但随着香客越来越多，难免就会出现一个和尚有水吃、三个和尚没水吃的状况，神殿里香灰满地、供品散乱的乱象时有发生，甚至有一次夜间烛火引燃台布，差点酿成火灾。六月底那场令人恐怖的洪水之所以没有给烟虚地区造成任何损失，甚至都没有耽误头人会年会的举行，人们坚信是信众在正坤神殿日夜烧香祈祷的结果。

鉴于信众倍增，章无为从保安团抽选了六名眉目清秀的小伙子，让他们脱下制服，换上僧衣，以医馆两间屋子作为宿舍和伙房，专职打理神殿的一切事务。从那时起，神殿所有活动便从过去自由散乱的状态变得井井有条。

十一月二十八日神诞日这天，在隆重的庆典上，有两项活动可谓是重中之重。一项是“正坤会”的成立仪式，另一项是神殿图徽的开光仪式。正坤会会员必须是对正坤大神真正的身心归顺者，是神旨的坚定执行者。成立仪式上，上百名会员在大殿里集体行过宣誓、跪拜等程序之后，排成单列长队，撸起袖子，依次经过祭坛下一张铺着紫色厚布的方桌。方桌下一盆炭火烧得正旺，由两名同样身穿僧服的青年一人按手，一人从炉子里取出烧得通红的烙铁，在每一个会员右腕上烫下一个图徽。刺鼻的皮肉烧焦的味道和浓烈的线香的气味混合在一起，在大殿里四处飘荡。前来观看仪式的烟虚人把偌大个医馆挤得水泄不通，这个仪式让他们内心受到了极大的震撼。上百名正坤会会员动作整齐划一，威武干练，他们身上的紫色僧服与保安团的制服只是款式有别，颜色完全相同，加上首任正坤会会长不是别人，正是保安团的教头马猎户，围观者很快就恍然大悟起来：保安团不仅是烟虚人安全的守护者，而且是正坤大神神威的维护者和神旨的执行者。

神殿图徽的开光仪式上，过去那幅神形都酷似阿吾的正坤大神的神像被当众焚烧，而换上了巨大的图徽的标志。图徽是一个抽象图案，

看上去有点类似太岁果的变形。开光仪式上，正坤会向民众分发了宣传手册和精美的徽章。手册以图文并茂的形式，第一次明确地对正坤大神的渊源和主张进行了阐释，并很快使人们相信了这样一个事实：大神通过附体于某个具体的人而降临烟虚大地，随即神元开散，如阳光普照大地，如雨露浸润万物。如果心中有神，万物皆为神物，万民皆为神子。人们看着带着一丝神秘气息的巨大图徽，当心中再想起那个寡妇的儿子阿吾时，忽然觉得他就如同一朵烟花，在短暂的辉煌之后，已经成了一个被遗弃的空壳。

十一月二十八日这天，就在烟虚镇万人空巷的盛大时刻，阿吾一个人待在荒滩那孔破窑里，几乎一整天都没有出门。他枯坐在桌前，望着千须洞黑洞洞的洞口，内心既没有悲伤，也没有解脱的轻松，只有一种空空荡荡的感觉。他知道母亲再也不会从千须洞里走出来了，她永远地消失在了那片黑暗里。寡妇虽然只是记忆中并不存在的那个阿吾的母亲，但就算和一个陌生的女人朝夕相处将近两年，阿吾觉得自己按理也该为与她的永远分别感到难过。但阿吾不但没有任何难过的感觉，甚至还有一丝淡淡的欣慰。在他对这个老女人漫长的担忧之中，这似乎是唯一堪称完美的结局。

阿吾从六月中旬那次偶然发觉母亲夜入千须洞开始，从木箱里线香减少的数量上，他知道母亲的这一状况一直在隔三岔五地重复着。这个几乎没有胃口也没有睡眠的女人，虽然变得越来越消瘦，越来越

失去重量感，但却保持着令人难以置信的精力。她一遍又一遍地倒腾那些箱柜里的旧物，让阿吾怀疑她是在寻找某种记忆的线索，而这个线索一定与千须洞内阿吾未知的秘密具有某种关联。

“她要走了，她是在寻找离开的途径。”多少次阿吾在夜里被线香浓烈的气味唤醒，寻踪走到千须洞内，看见黑暗中由线香红色的香头连成的线路，心里都会生出这样的念头，尽管他不知道她究竟会以什么样的方式离开。阿吾能想到的方式就是死亡，他想象着这个女人某日陈尸洞内的样子，总有一丝难以接受的古怪感。

这一天终于来临了，而且是以一种在阿吾看来绝无仅有的完美的方式。

十一月二十六日夜里，当阿吾又一次被线香的气味从梦中唤醒时，他习惯性地翻了个身，打算再次睡去。但就在这时，几声似有似无的猫叫声传进了他的耳朵，让他顿时睡意全无。从去年秋天章无为成立打猫队开始，烟虚地区无论是家猫还是野猫，几乎被悉数屠杀，猫叫声早已经成了烟虚人记忆中的绝唱。开始时，阿吾以为这只是自己的幻觉，但他侧耳细听时，却真真切切听到猫叫声断断续续地传了过来。阿吾下了床，循声找去，才发现猫叫声来自千须洞的深处。一团黑暗的千须洞里，星星点点的红色香头形成了一条曲曲绕绕的路径。阿吾手举油灯，在它的指引下走向了黑暗的深处。他想象着在香头的尽处，一定是似乎处在梦游状态的母亲，她站在洞口众多的岔路口，像个迷

路的孩子一样孤独无助……但想象中的一幕并没有出现在阿吾面前。香头尽处是一个岔洞的入口，那里空无一人，只有几根没有点燃的线香散乱地落在地上。阿吾惊诧地朝岔洞深处看了一眼，在一团无边无际的黑暗中，他似乎看到了一双泛着绿色荧光的猫眼一闪而过……阿吾站在洞口，他知道这一天终于到来了。这个消瘦得几乎失去了所有重量的女人，像融化在了黑暗中一样，就这样消失得干干净净。阿吾吹熄油灯，伸手去触摸四周围绕着自己的那团黑暗，他内心没有悲伤，也没有解脱的轻松，只有一种空空荡荡的感觉。

此刻，阿吾就这样在冷清的破窑里枯坐着，一度感到已经渐渐适应的两种身份的纠结，因为那个老女人的缺席再次让他无所适从。

入冬以来，很长时间没有和阿吾见面的章无为，已经特意来过荒滩好几次了。他已经不再是为了听取阿吾对重大决策的意见，而目的只有一个，那就是希望阿吾搬家，搬去团部和自己住在一起。这个曾经对“胡正坤”视若神明的人，觉得自己已经变得足够成熟和强大，所以他一方面在精神层面渐渐剔除阿吾的痕迹，一方面希望在肉身上对他严加控制。因为在章无为看来，这个拥有另一个超前时空记忆的人，既然能帮助自己在烟虚脱颖而出，也就有能力被别人利用，成为毁灭自己的撒手锏。阿吾对此心思心知肚明，他意识到章无为已经成了一匹脱缰之马，自己已经无力驾驭他回到当初预想的轨道上。章无为数次上门，阿吾都以母亲需要照顾为由，拒绝了他让自己搬家的要求。

章无为最近一次来找阿吾是一周以前，他是以商量神诞日活动内容的名义来的。让阿吾与正坤大神脱钩是章无为前段时间就萌发的想法，他曾说：“供奉在神位上的大神和你这尊被神附体的肉身，一来让信众总有两神的混乱和麻烦，二来你被神的名义绑住了手脚，只能被高高架起，人的享乐全部被剥夺了。”所以当章无为说神诞日将剥离阿吾和正坤大神的关系时，阿吾顺水推舟地说：“太好了，我一直举双手赞成。”章无为话题一转，又说到了搬家的事：“阿吾，你真的得答应我搬到团部去住了，伯母瘦成这样，也好在镇上找人看病。”

“我娘除了这个窑洞，哪里都不会去住的。这我给你说过多少遍了。”阿吾说。

章无为见他固执己见，干脆说：“实话告诉你吧。嫉妒于保安团的实力和影响，有些部落在地下开始蠢蠢欲动，欲联手组建能与之抗衡的武装力量。你和我素来是一条绳上的蚂蚱，他们会首先拿你开刀的。”

“你是怕他们请我去做了军师吧？”阿吾苦笑了一下道，“三足鼎立各霸一方的局面，是需要血流成河的。最近我想了很多，如果我真的是从另外一个时空而来的胡正坤，而不是被高烧烧坏了脑子的阿吾，我已经是烟虚社会的一个罪人了。”

“你的使命已经结束了，”章无为并不否认自己的担心，直言不讳道，“你现在必须真正做回荒滩真实的阿吾了，在我的保护下，吃香喝

辣，安享富贵。”

“是在你的囚禁下吧？”阿吾有些反感地说，“搬家的话不用说了，除非我娘去世，否则你就派兵来抓我走吧。”

见阿吾动了怒，章无为的口气最后软了下来，他苦口婆心地表达了自己对阿吾的感激和关心，希望他能尽快做出决定。临走时，章无为跨上那匹传说中的飞马，转身又对阿吾意味深长地道：“请记住，十一月二十八日一过，你就真的只能是荒滩上原来的那个阿吾了，不管你愿不愿意。”

此刻正是十一月二十八日的午后。阿吾枯坐在冷清而光线昏暗的窑内，章无为的话一遍遍在耳边回响。他知道，等到下次章无为上门，自己已经没有任何推托的借口了。

43

今年这个冬天，是章疑人生中心情最舒畅、轻松快乐的时光。九月底与儿子较量中章疑脱口而出的一句谎言，不仅立即扭转了他处于下风的尴尬局面，让章无为从家里落荒而逃，而且将自己从根本无解的关于异族人的考据中解脱了出来。一生没有说过谎话的章疑，起初对自己信口雌黄的行为尚有几分愧疚，但他很快就在内心说服了自己：那些有关异族人的结论只是用来吓唬章无为的，自己并没有也不会向社会发布，因而无关自己宁愿以生命自证清白的学术操守。想着那天霏霏细雨中章无为大惊失色的样子，章疑就无法掩饰心中的窃喜。他像只放了一次空枪就让猎物惊慌失措的猎人一样，心中甚至浮起一丝宽容之心，就如同章无为高高在上时对自己表现出来的宽容一样。

这个冬天一直乌云低垂，天气阴冷，但人们盼望的初雪却迟迟没有落下来。一直压在章疑心头的那块乌云，却因为自己灵光一现的谎

言而云开雾散，心情顿时变得豁然开朗。自入冬以来，他再也没有下过地下室，而是整天和老婆一起照顾智障的小儿子章有志。人的心情好了，眼前的一切也自然变得赏心悦目起来。过去章疑一看见儿子在院子里围着洪水垃圾一圈圈地疾走，就心生厌恶、血压升高。而现在，他总是笑眯眯地坐在藤椅上，一边喝着茶，一边对愁眉苦脸的老婆说："这是好事，你看他身体锻炼得多棒。"有时他甚至心血来潮，也跟在儿子身后一圈一圈地跑着，直跑得满头热气、一身细汗。

章疑身上这些明显的变化，让老婆原来揪着的一颗心也放了下来。在一对双胞胎儿子中，虽然章疑自小就对老二疼爱有加，但自从章有志从孤残院被送回家后，她还是从丈夫眼神中看到了因生活被彻底打乱而产生的疲倦和烦躁。"一心不可二用呀，千万别再做那些劳什子的考古研究了。"现在看着章疑平静愉快的表情，半斤以为这些变化皆因他放弃了那些累心的研究，总是在心里暗暗祈祷这种状况能一直持续下去。她在章疑情绪大好的时候，也试着劝说他改变对大儿子的看法和态度，以修复向来形同冤家的父子关系。过去一触及这个话题，章疑就会条件反射般变得面红耳赤，几乎不假思索地叫嚷起来："别跟我谈他，那不是我儿子，是阎王派来的索命鬼。"现在令半斤没有想到的是，对这样一个极易引爆火药桶的话题，章疑似乎也变得平静起来。他虽然很少正面回应老婆的苦口婆心，但总是笑眯眯地说："别太操心，命运会把一切都安排得妥妥当当。"

不光是章疑的态度让半斤感到安慰，他和章无为之间的父子关系确实也有了很大的转机：自从成为保安团的团总以后，很少回家的章无为，从秋末冬初开始，回家的次数明显多了起来。更令半斤觉得匪夷所思的是，过去偶然回来，章无为都主要是为了探望她这个当妈的，而对冤家老子向来不是冷言冷语，就是视若无睹。而最近几次回家，他除了心不在焉地问候母亲一下，大部分时间都是和父亲关在房间里。半斤曾几次在房门口紧张地偷听，生怕这对冤家之间爆发灾难性的冲突。让半斤欣慰的是，虽然父子俩嘀嘀咕咕的谈话内容听不真切，但气氛似乎友好平和，甚至儿子章无为的口气破天荒听上去有几分低三下四。每次儿子走后，半斤都会充满疑惑地问章疑道：“是不是儿子遇上了什么难事？你一个当老子的，该帮的忙一定要帮啊。”而章疑却总是哈哈一笑，答非所问地说：“天下本无事，觉得有事都是因为心虚，就像现在你心里的不安一样。”

进入腊月，人们眼巴巴盼着的一场冬雪，依然没有落下来。腊月二十六日上午，半斤打发章疑去了镇上，看看能否买几条新床单。因为老二有尿床的毛病，家里的床单都被他尿过不知多少遍了，任凭怎么洗都有一股淡淡的尿臊气。今年姜氏部落棉花绝收，棉织品不仅价格高腾，而且到处断货。“买不到也没有关系。”半斤坐在院子里的藤椅上，一面照看着不知疲倦疾走的小儿子，一面喜滋滋地想：“幸亏当年的嫁妆一直没舍得动，买不到就用那套好了。”

天依旧阴得很重，不时吹过的寒风中夹带着邻居家煮肉的香味，到处弥漫着新年的气息。去年章无为腊月二十八和老子爆发冲突，整个过年期间都负气在外。今年这对冤家关系日趋缓和，全家过一个祥和的团圆年一直是半斤最大的愿望。半斤随时盼望着敲门声响起，英姿勃勃的大儿子随即笑吟吟地出现在眼前。半斤的心情之所以如此殷切，是因为这对父子上次见面的情形，让她心里多少有些忐忑不安。

那是一周前的一天，章疑和回家来的大儿子一直关在房间里说话，从下午一直持续到了黄昏。半斤一直在院中看守老二，眼看天色将晚，她正琢磨要不要喊章疑出来替班，好让自己去准备晚饭，却听得房门被猛地摔了一下，随即章无为一脸铁青地走到了院子里。

“你们爷俩又吵架了？”半斤见状紧张地问。

“没有没有。”章无为愣了一下神，立即努力让脸上的表情变得平静下来。他望着母亲，沉默了片刻后说道，“妈，你放心，以后不会再看见我和他吵架的。”说罢就打开院门走了出去。正在变得越来越浓的暮色中，在一声马的嘶鸣过后，一阵急促的马蹄声响了起来，由近而远。半斤询问随后走出院子的章疑，他依旧笑眯眯的，一副不以为然的样子，半斤也就没有放在心上。

就在半斤胡思乱想的时候，院子外传来了咚咚咚的敲门声。“来了来了！”她几乎是从椅子上弹跳起来，顾不得阴天腿疼，快步跑过去

打开了院门。但门口站着的并不是儿子，而是丈夫章疑。

“怎么这么快就回来了？几家布店都转过了吗？”看见章疑两手空空的样子，半斤有些失望地问。

“唉，别提了，”章疑一边进门，一边叹着气道，“还没有走到镇街，我就又掉头回来了。”

半斤以为章疑忘了带钱，但丈夫一说事情经过，却让她感到匪夷所思：章疑说他今天自从一出门，就觉得气氛不太对。沿途碰到的几乎每个还在蹒跚学步的小孩子，都用一种怪怪的眼光盯着他看，有的还一脸惊恐地用手指着他。章疑以为自己脸上沾了锅灰之类的东西，但到路上一家剃头店照了照镜子，却嘴脸干净，并无异常。他心里纳闷地继续往镇街而去，但快到镇上的时候，对面过来一辆马车，好端端的，两匹马忽然受了惊，一边嘶鸣一边狂奔过来，要不是自己闪得快，命都没了……

半斤上下打量着他，不解地说：“你这不是好好的嘛。”

章疑看上去依然惊魂未定地说：“是毫发无伤，但心慌得厉害，道都走不动了。”

半斤刚一脸狐疑地关上门，在一旁疾走的智障儿子却忽然蹲在地上哭了起来。她赶紧过去看时，原来是他的鞋底又磨穿了，脚板上起了一个水泡。老两口把儿子连哄带劝地叫进屋子，半斤吩咐章疑给儿子洗脚换袜子，自己则翻箱倒柜地将嫁妆里的那条新床单找出来，铺

到了章有志的床上。

但直到吃过晚饭、快要睡觉的时候，章无为依然没有回家。半斤去插院门的时候，看了看似乎阴得更重了的天色，心里还在祈祷：既然一个冬天都没下，就让大家干干爽爽地过了年再下吧。

忙累一天，这天夜里半斤睡得格外香。到半夜的时候，她却被章疑摇醒了："你听，地下室有动静，是不是进贼了？"睡意蒙眬的半斤听了一下，什么也没有听见，就不耐烦地说："你那些古董，白给都没人要，还值得偷？睡吧睡吧。"说罢翻身又沉沉地睡去了……半斤再次醒过来，是被章有志大惊小怪的叫嚷声吵醒的。这个穿着一身睡衣的智障儿子又尿了裤子，浑身散发着浓烈的尿臊味。他冲进父母的卧室，兴奋得手舞足蹈："雪！雪！都是雪！"

半斤透过窗户看了一眼，外面果然已经是一片银装素裹的白色世界。人们等待了一个冬天的初雪，昨夜不知从几点开始下起，此刻依然漫天飞舞地飘落着。

"雪！雪！都是雪！"章有志又喊起来。

"好了好了，"半斤笑了起来，"看见了，看见雪了。"

但很快半斤就觉察到了一丝异常，智障儿子脸上的表情似乎并非兴奋，而是夹杂着深深的恐惧。她忽然意识到身边的被子空荡荡的，丈夫章疑并不在床上。习惯了夜猫子生活的章疑断不会这么早起床的，要是他起床的话，也不可能不给儿子换尿湿的裤子……半斤坐起身来，

她猛然间看见了儿子两只光脚上沾满了红色的液体。

半斤心惊肉跳起来，她跌跌撞撞地来到地下室时，眼前的一幕差点让她昏死过去：被翻得凌乱不堪的古董和书籍中，章疑俯卧在一大摊血污中，脖子几乎被砍断，仅剩下一些皮肉相连……

“血！血！全是血！”跟在身后的智障儿子又喊了起来。

44

从初冬就一直低沉地垂挂在天空的乌云，在腊月二十六日午夜时分，终于化成一场纷纷扬扬的初雪，降落到了干燥的烟虚大地上。这场雪足足下了半个月，烟虚人新年期间的许多庆祝活动都因大雪而取消。就连本应异常隆重的“烟虚考古第一人”章疑的葬礼，都操办得简单而冷清。大年三十下午，在漫天飞舞的雪花中，一口漆黑的棺材被八名身穿制服的保安团员抬着，高一脚、低一脚地从北关走向荒郊的坟场。跟在后面的送葬队伍只有稀稀落落十来口人，都穿着白色的孝服，在白茫茫的大雪中就如同隐形人一般。这大概是烟虚地区最安静的葬礼。没有吹吹打打的送葬乐队，没有夹道围观的人群，甚至都没有孝子们的哭声。只有抬棺材的团员们吃力地踩踏积雪时，发出一阵阵咯吱咯吱的响声来。

章疑遇害，是过年期间最为轰动的重大事件。虽然目睹过凶案现场和冷清葬礼的人寥寥无几，但相关细节却被传得面面俱到、巨细无

遗。其中人们猜测最多的，莫过于章疑遇害的原因。这样一个与世无争又受人敬重的学者，人们想不出谁会与他结怨，更无法想象谁会仇恨他到几乎将其脑袋砍掉的地步。他一介穷书生，加上为人正派，也不太可能死于谋财害命和情杀。所以不知从何处流传开来的关于死因的版本，很快就为几乎所有人所认可：章疑并非为烟虚人所害，凶手正是神出鬼没的异族人。异族人之所以杀害章疑，一是因为他是烟虚保安团团总的父亲，此举可以起到杀一儆百、敲山震虎的作用；二是据说章疑从收集的资料和洪水冲带而来的漂浮物中，获得了关键线索，对异族人的考古研究已经取得了阶段性的成果，这对于揭开这些茹毛饮血的怪物的秘密、针对性地制定抵御方案，都将变得至关重要。这也完美地解释了为什么异族人不但残忍地杀掉了章疑，而且从地下室带走了大量的研究资料。人们通过各种细节不断地验证这个传闻的合理性：选择在下雪之前行凶，让落雪完全掩盖了凶手的行踪；平时因腿疼睡觉很浅的章疑老婆，那天夜里偏偏睡得死沉，一定是异族人实施了传说中的催眠术……这一切都在向烟虚人强化着从未见过的异族人的形象：来去无踪、残忍凶狠、谲诈多端，随时随地都可能神秘地现身眼前，易如反掌地取走你的性命。

“都是为了烟虚人，章无为才失去了父亲啊。”烟虚人想着那场冷冷清清的葬礼，想着大年三十家家户户忙过年的时候，章家却沉陷在痛失亲人的哀伤之中，不觉对章无为充满了感激和愧疚。而有关葬礼

上章无为表现的传闻，更让民众对这个昔日据传父子失和、兄弟反目的浪荡子另眼相待、敬重有加。据说在葬礼上，那个疯疯癫癫的章有志不知犯了什么毛病，时不时嘴眼歪斜地冲着双胞胎哥哥“疯子！疯子！”地喊叫。章无为一直沉默无语，等到了坟地，棺材徐徐落下墓穴的时候，章有志忽然跑上来扇了哥哥一个耳光，章无为这才默默地抱住智障的弟弟，夺眶而出的眼泪洒了一地。葬礼另一个为人们所津津乐道的细节，就是章疑老婆的表现。这个刚刚成为寡妇的女人，在一瘸一拐地跟随送葬队伍去坟地的过程中，居然未哭一声，也未流一滴眼泪。她目光散乱而无神，只是不停喃喃自语地说：“阎王派来的索命鬼！应验了，果然应验了啊。”

有关章疑凶案的各种传闻，就如同厚厚的积雪一样，在烟虚人的生活中留存了很长一段时间。当天气渐渐转暖，大地上的积雪融化、泥土裸露的时候，旧闻也慢慢消失在了人们的记忆深处。在这个万物复苏的初春，各种各样的新传闻也如同到处飘飞的柳絮，多得让人应接不暇。其中争论最多、持续时间最长的热点话题，都与紫雾有关。

两年连续在同一时间发生、持续同样时长的神秘紫雾，在大多数烟虚人看来，已经成为一种规律，必将在今年春天的同样时刻再次降临。经历了去年的棉花绝收、粮食危机和巨婴事件，人们早期对紫雾的乐观和坦然的看法，已经被更多的质疑和担心代替。“一切都是未知

数，还是得听殷伯的，最好做到防患于未然。”人们在这样认识的驱使下，在刚刚开春之时，就四处预购防护服和其他各种防护设备。但到了这个时候，人们才发现了一个可怕的事实：姜氏部落棉花绝收造成了被服厂布匹严重不足，加上去年紫雾期间防护服大量滞销，被服厂便将库存防护服全部拆掉，改制成了各类普通服装……防护服越是缺货，就越是激发了人们疯狂求购的欲望。一时间到处人心惶惶，大家对即将到来的春天充满绝望。

“要死都得死，就算是相互陪葬吧。”

“都是自己吓唬自己，去年紫雾期间那么多人根本没穿防护服，不是活得好好的吗？”

……

在惶惶不可终日和过一天算一天两种情绪的交织中，人们终于等到了紫雾发生的日子。头一天就封闭好门窗、待在家里的人们，终于听到了如约而至的发自大地深处的沉闷的地鸣声。令人没有想到的是，人们一直从上午等到黄昏降临，也没有等来那带着淡淡甜味的紫色雾气。“难道今年是干打雷不下雨吗？”这个意外的变故让烟虚人有些手足无措。他们不知道该正常出门还是该呆坐在家，这让众人甚至可笑地对紫雾的出现充满了渴望。

两三天后，人们陆续走出家门，生活逐渐恢复了正常。除了不紧不慢沉闷响起的地鸣声，一切似乎都保持着原样。但一种比紫雾更加

让人惶恐的情绪开始到处弥漫，就如同人们明明听见一头危险野兽的咆哮声近在咫尺，却依然看不见它藏身何处一样。在这种末日丧钟般的地鸣声中，各种令人惊惧的传闻日日翻新，更是加剧了人们内心的不安和惶恐：先是有传闻称，许多人家粮仓里本来堆得满满的粮食，经过一个冬天以后，居然都化成了轻飘飘的谷壳；随即又传出深山中出现了一种体型巨大的猛兽，无论豺狼虎豹还是猎人，遇之即食，概莫能外……而这些传闻中最令人忧虑的，还是关于那些巨婴的。传播者言之凿凿地说，那些几乎不吃不喝也能快速成长的巨婴，在夜深人静的时候，会发出一种与众不同的奇怪哭声。这哭声凄厉无比，如同春天里交配期猫的哀嚎，让人闻之心惊。

在这种到处像紫雾一样弥漫的萎靡情绪中，烟虚镇商铺关门，饭馆倒闭，市场歇业，游商绝迹，以一种明显的速度冷清萧条下去。唯独烟虚酒吧和正坤神殿非但没有萧条，反而越发红火热闹起来。烟虚酒吧已经不光是一个纯粹的饮酒之处，它兼并了相邻的一家旅馆，由已经成为老鸨的白雅寰招收了数十名卖春女，为寻欢客随时提供服务。烟虚镇大十字一带到处是醉醺醺的男人和妖冶轻佻的女人，从早到晚充斥着奢侈淫靡之风。而位于公正堂一侧的正坤神殿，也是整天香火不断、信众盈门。人们跪倒在金光闪闪的巨大图徽下，虔诚祈祷，希望在这个绝望的季节能得到神灵的庇护而逢凶化吉。

三月初的一天上午，姜执贤骑着一匹新换的黑马来到荒滩，却意

外地发现寡妇和阿吾母子所住的那孔破窑坍塌了，洞口已经被堵得只剩下一道窄窄的口子。姜执贤驻马坪坝，心中难免有几分惆怅。为了联手各方势力对付越来越靠武力横行烟虚的章无为，他之前已经来找过阿吾多次了。但这对母子似乎去了什么远方，一次都没有碰到。正当姜执贤犹豫不决的时候，不远处的酒厂大门里赶出一队牛车来，每辆车上都装满了巨大的酒桶。瘦猴骑着一匹枣红马走在车队前头。他看了一眼姜执贤，问道："姜头人是找阿吾吧？"

"对啊，你知道他去哪里了吗？"姜执贤问。

"在保安团部，章团总接过去的。"

"我猜就是。"姜执贤惋惜地叹了口气。

"您不用惋惜，他已经不是那个被大神附体的阿吾了，"瘦猴咧嘴笑道，"有一天一觉睡醒，他把以前的事全部都记起来了，他现在又回到了原来那个毫不起眼的阿吾。真的！团总说了，不管谁来请阿吾，他都双手奉送。"

姜执贤觉得胸口一阵堵得慌。他调整一下呼吸，努力让自己平静了下来。正当他打算掉转马头的时候，瘦猴胯下那匹枣红马却忽然一声嘶鸣，惊得黑马一尥蹶子，差点儿把姜执贤从马背上掀下来。

"这不是殷伯的马吗？"姜执贤惊魂未定地问。

"对啊，殷伯早就顾不上骑马，枣红马胖得都快走不动道了。我死缠硬磨地要了过来。咋样？不出三个月，就又成为一匹日行千里的良

驹了。”说罢瘦猴一扬马鞭，枣红马便奋蹄扬鬃地疾驰起来，在不远处的灵龟河畔才吁的一声停了下来。

“殷伯啊殷伯！”姜执贤语意不明地自语了一句，一夹马肚，黑马也猛地向前奔去。

45

梁一龙到单位的时候，已经十点多钟了。

昨天晚上暴发户哥们儿老傅请吃饭，酒本来就喝多了，老傅仗着有钱，又非得叫了小姐去酒店开房。当时梁一龙说："不行，我明天九点单位有会。"老傅说："扯淡，你是一把手，几点开会还不是你说了算。"梁一龙本来心就痒痒，看被送过来的两个小姐都香软可人，嘴上说着"民主制度，怎么可能一个人说了算？"，但半个身子却进了车子。梁一龙做了回"一夜三次郎"，早晨醒来时已经九点了。他打电话给办公室主任说，自己临时被领导叫去汇报要事，今天会议取消。那个小姐等他打完电话，嘻嘻笑道："你已经给本领导汇报过三回了，要不要再汇报一下？"

梁一龙是本市汇仁精神收容所所长。收容所在市郊，由几栋五层小楼组成，年代久远，四下空旷，高高的围墙上装有防止病人逃跑的电网。梁一龙开车近一小时才到单位，他刚进办公室，身穿白大褂的

罗医生就敲门走了进来，有些无奈地说：“梁所长，36 号病员执意要见领导，他说自己能提供准确的社会关系。”

“36 号？就是那个坚称来自古代的阿吾？”梁所长今天情绪愉悦，工作热情高涨，一边泡茶一边道，“他不是武疯子，不会有危险。你带他来我办公室吧。”罗医生出去不久，就带一个身穿黄条纹病号服的年轻人走了进来。

“你真的想起你的住址和社会关系了？”梁所长问。

“我不叫阿吾，我叫胡正坤！”病员将一张字条放到了桌上，“这是我家地址、我养父母的名字和电话号码，您可以打电话证实。”

“那你一直说的阿吾是怎么回事啊？你思维清楚，逻辑正常，却对所有电器一窍不通，甚至连上个厕所都不会，有时让我都恍惚觉得你真是从哪个前朝穿越过来的。”梁所长这么戏谑地说着，还是看着那张字条拨通了电话。一通嗯嗯啊啊之后，他放下电话，用异样的目光上上下下地打量着年轻病人。

“没有错吧？他们怎么说？”病员一脸急切地问。

“没错！但他们没有一个叫胡正坤的儿子。”

“他们说谎！”病员闻言叫了起来，“如果不是他们的儿子，我怎么会知道地址和电话号码？”

“人家是知名富豪，公司地址和电话都印在企业名录上，想弄到个人信息还不是易如反掌的事？”梁所长对罗医生挥挥手，“带回去吧。

典型的妄想症！阿吾的身份估计也是类似情节的古书看多了。”

“我说的是真话，那对狗日的富豪真的是我养父母。等等，求你了，我能证明我是谁。”病员急得都起了哭腔。

“年轻人，你疯了，你、真、的、疯、了！”梁所长敲着桌子，一字一顿地说。

2020 年 11 月 25 日初稿于东京寓所

FONGHONG
凤凰联动出品